丁寧に読む古典

小松英雄
Komatsu Hideo

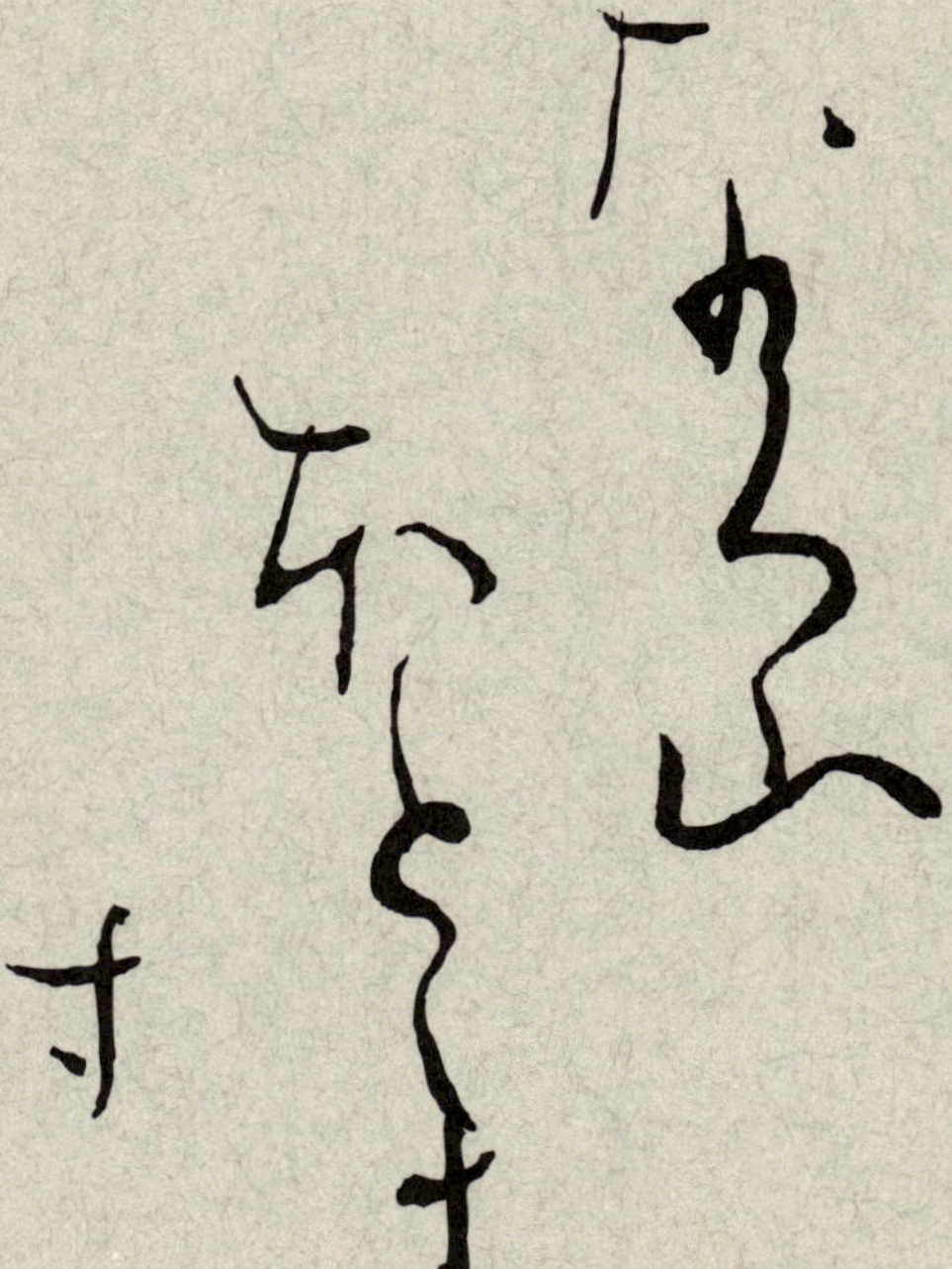

笠間書院

遊《ゆ》ふつくよをく《(ぐ)》ら／の山尓《に》那《な》くし可《か》の／こゑのうち尓《に》や秋／盤《は》くるら无《む》

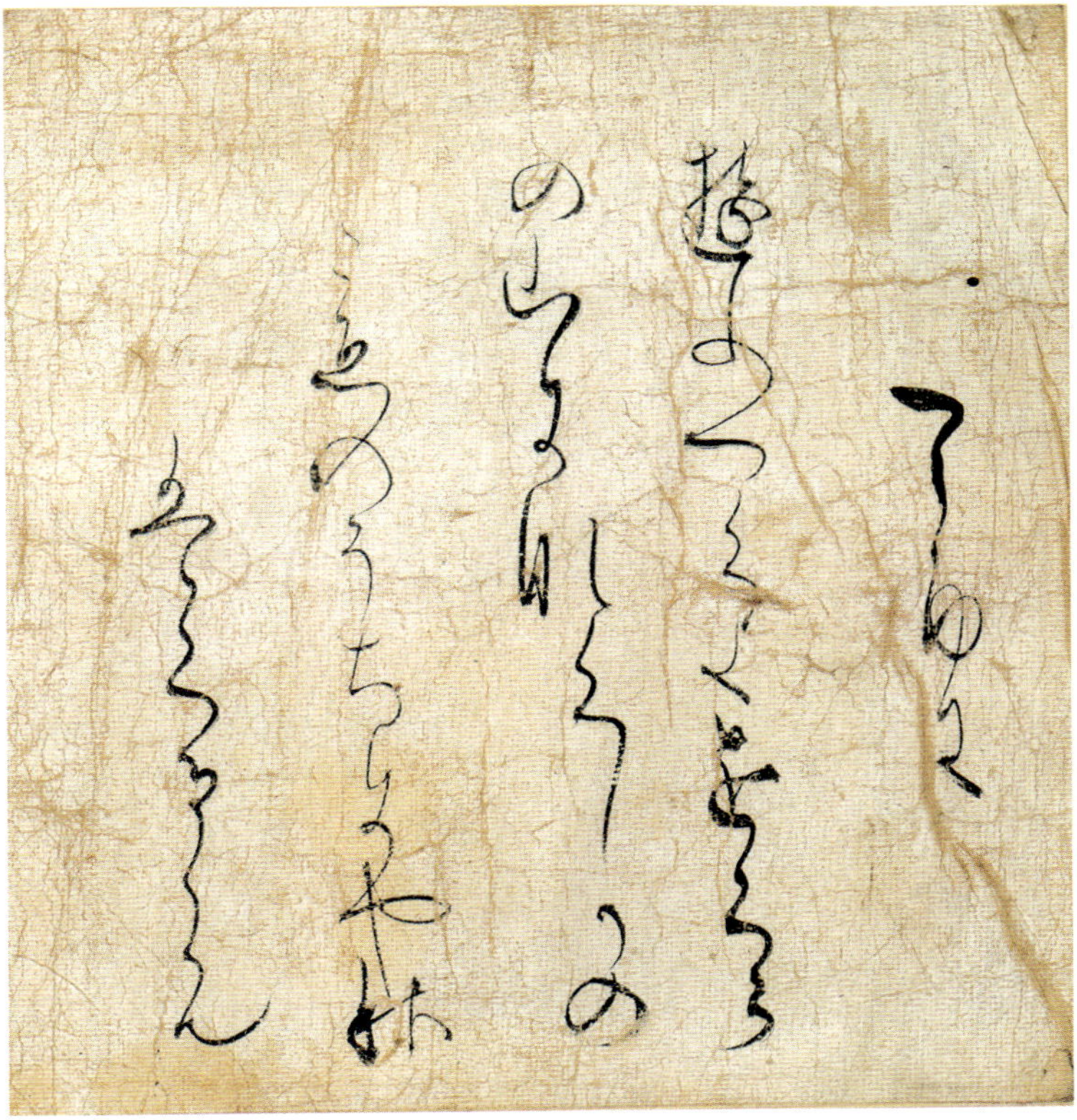

口絵Ⅰ　『寸松庵色紙』のひとつ『古今和歌集』〔秋下・312・貫之・題知らず〕の和歌。伝紀貫之筆　泉屋博古館蔵。
文字の巧拙を別として、それぞれの文字の選択や、濃淡、太さ、大きさなどの違いをよく見てみましょう。①草仮名「遊」の輪郭が丸い印象に書いてある理由（裏面「口絵Ⅱ」の「遊」と比較してください）、②「をぐらの山」の「をくら」が目立って濃く太く、しかも、それを行末に置いて、「の山」を次行に送っている理由、③「こゑのうちにや」が、細々と消え入るように書かれている理由などを、和歌の意味との関連で捉えたらどのような説明がつくかを考えてみてください（→54ページ以下参照）。なお、侘びしい秋の暮れにふさわしい、くすんだ色の料紙が選ばれていることにも注目してください。

遊《ゆ》ふ散《さ》礼《れ》波《は》散《さ》保《ほ》乃《の》可《か》／良《ら》乃《の》可《か》者《は》き里《り》耳《に》と／裳《も》末《ま》と波《は》世《せ》留《る》千《ち》とり／奈《な》久《く》那《な》里《り》

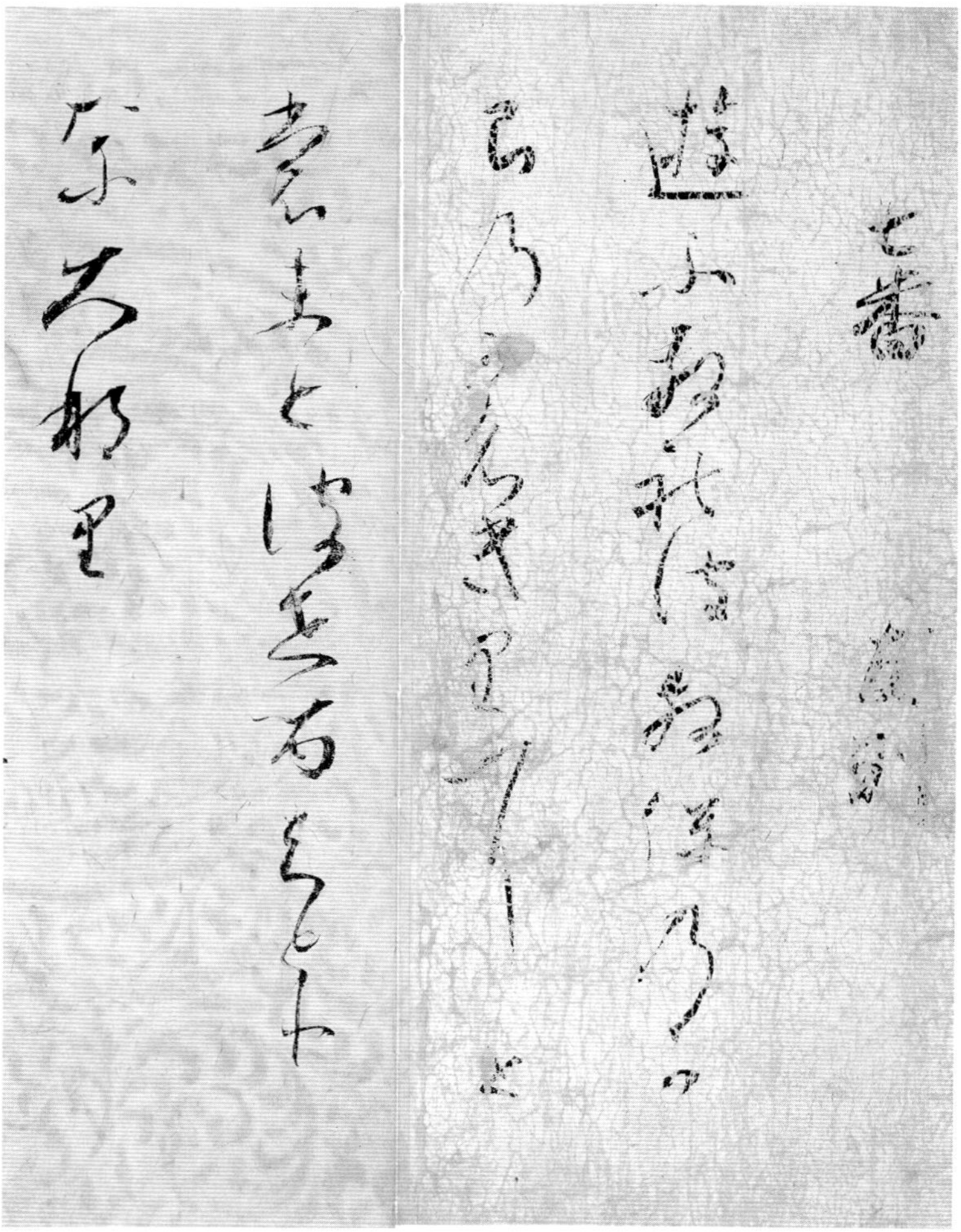

口絵Ⅱ　藤原行成撰『十五番歌合』の七番　紀友則　前田育徳会蔵。
①第二句「佐保のかはら」の「は」が不注意な書き落としではなく和歌の意味との関連で意図的に書かなかったとしたら、その理由、②「遊」、「裳」のふたつの文字が目立つように書いてある理由、③第三句の「と裳」（友）の「と」が仮名で小さく行末に、「裳」が込み入った字形の草仮名で大きく行初にある理由など。そして、この場合には、④この色の料紙が選ばれた理由も考えてみましょう。料紙の色を見ていただくために、カラーの口絵にしたのです。（→ 97 ページ以下）

目次

第2章

仮名はどういう特質をもつ文字だったのか——仮名ならではの表現技巧と草仮名ならではの表現技巧 77

仮名と平仮名とは、別々の文字体系であることを認識する

第3章

和歌における仮名文字の運用——仮名文の初読(recto)と次読(verso) 105

表現解析の糸口を見つける

第5章

ウタガタの姿（形状）と形（語形）

——文献学的アプローチの結実

仮名文を精読するために不可欠な日本語史の基礎知識

補章

頻繁に引用する叢書は、二度目の引用から、つぎのように略称します。ただし、引用回数の少ないものは、文脈から判断できる略称を適宜に使用します。

新大系　新日本古典文学大系（岩波書店）
新潮集成　新潮日本古典集成（新潮社）
新全集　新編日本古典文学全集（小学館）
和泉叢書　和泉古典叢書（和泉書院）

イントロダクション

導言　原作の時期の感覚で古典の表現を読み取る

「導言」は、それぞれの章の内容をよく理解していただくための、いわば準備体操です。ここでは、まず、だれも疑っていない『古今和歌集』の現行の解釈が、実は、たいへん危ないものだという現実を認識していただきます。

『古今和歌集』を読んでみたいと思ったら、あるいは、そのなかの特定の和歌の正確な解釈を知りたいと思ったら、たぶん、書店や図書館で注釈書を探すでしょう。いくつもあるので、どれにしようかと迷ったら、校注者の肩書きや出版社の知名度、あるいは、全文現代語訳つきかどうかなどを選択の決め手にするかもしれません。しかし、まさかつぎのような意見があるとは思いも寄らないでしょう。

いまだに古今集の注釈はダメです。ほとんど読めてません。それは、万葉第一主義で読むから。それでは、ぜんぜん意味がなくなってしまうわけです。（略）古今集を読むためには、濁点を用いない仮名文字のみの連綿表記に籠《こ》められた工夫、特に第三句の活かし方について勉強しなければならない。（略）これはもうはっきりいっておきますが、古今集はいまだに読めていない。

〔谷《たに》沢永一「万葉・古今・新古今、その違い」（谷沢永一・渡部昇一『人生後半に読むべき本』）ＰＨＰ研究所・2006〕

「古今集はいまだに読めていない」としたら、注釈書の選択に迷ったりすることは意味がなくなりますが、まさかそんなはずは、と考えるのがふつうでしょう。すくなくとも注釈書を書いたかたがたは、読めていると思っているはずです。「読めていない」などというのは独善的な放言だと考えるなら、研究者のプライドを賭けて正面から反論すべきです。引用が長くなるので省略しましたが、右の発言のあとには、論拠となる実例が挙げてあります。もし、それに反論できないなら、すみやかに軌道を修正すれば済むことです。言いたいだけ言わせておけばよい、ほおっておけば自然に鎮火するはずだという姿勢を貫くべきではありません。この領域の進歩を阻んでいるのは、不都合な批判を黙殺する前近代的体質です。

右に引用した現状認識の表明が無責任な放言ではなく、学界の保守的伝統を憂えた、歯に衣《きぬ》を着せぬ批判であり、痛いところを衝いているとしたら、そして、それが、『古今和歌集』の和歌だけにとどまらない、もっと根の深い問題だとしたら、古文の時間に疑いをいだかずに習い覚えたこと、また、自信をもって教えてきたことはどうなるのかという深刻な事態にならざるをえません。その波紋は、日本の古典文学を愛する一般の人たちはもとより、中学、高校の生徒や担当教員のみなさんから、大学や大学院の学生、さらには、当然ながら、大本《おおもと》の専門研究者にまで及ぶことになります。ちなみに、右に引用した対談には、「学界はどんな本を無視するか―谷沢」という一節もあります。いずれにせよ、この問題提起は、『古今和歌集』をはじめとする古典文学作品研究の根本的なありかたに関わりますから、明確な根拠なしに軽々しくどちらかの側についたりすべきではありません。

以上のような問題意識のもとに、本書では、このあとに続く四つの章で『古今和歌集』をはじめとする平安前期の仮名文学作品のテクストにみえる表現を丹念に解析し、第五章では、『方丈記』冒頭に使用されているウタガタという語の正体を解明するために、『万葉集』およびそれ以前に遡《さかのぼ》り、また、明治期の辞書まで下って詳細な検討を試みます。

本書にいう平安前期とは、第二章以下に指摘する仮名の特性を生かして和歌や物語が書かれていた九世紀から十一世紀ごろまでをさします。具体的には、仮名だけで和歌が作られていた時期が平安前期、自作の和歌に漢字を交えて書くようになった時期が平安後期です。そのように区分する根拠は、第二章以下の検討をつうじて理解していただけるはずです。

このイントロダクションでは、「ひとはいさ、こゝろもしらす、ふるさとは、はなそむかしの、かに、ほひける」〔百人一首〕という紀貫之の有名な和歌を例にして、現行の注釈書や古語辞典に共通する致命的な問題点を指摘し、作者の意図を過不足なく読み解くための筆者の方法を提示します。

本書全体をつうじて、注釈書や古語辞典の現代語訳をしばしば引用し、解釈上の問題点を指摘しますが、それは、表現解析の誤りが現代語訳に端的に表われているからであって、現代語訳そのものを重視しているわけではありません。大切なのは、それがどういう表現であるかを正確に説明できることであって、古典文法でつじつまを合わせた現代語訳を作成することではありません。むしろ、きちんと理解したらあまりにギャップが大きすぎて、現代語訳などできなくなるのが平安前期の和歌であることが、読み進むうちにだんだん理解していただけるはずです。当然ながら、それに代わるべき筆者の正しい現代語訳を示すことはありません。ケチを付けるだけで決してほめないなどと批判しないでください。右に述べた筆者の立場からすれば、ほめることのできる現代語訳はないので、そういう結果にならざるをえないからです。

もうひとつお断りしておかなければならないのは、引用した用例に、目前の問題とは無関係の、脱線と疑われかねない詳しい説明をしばしば加えることです。ふつうなら、〈ほかにも、つぎのような用例がある〉と、用例だけ引用して済ませてしまうところですが、本書では用例の解釈に踏み込みます。なぜなら、きちんと解釈できなければ引用する意味がないし、解釈を誤って引用したら傷はもっと深くなるからです。我々にとって大切な心がけは、急がば回れ、です。

Ⅰ．予備知識なしに読めるバリアフリーの専門書

平安時代の仮名文学作品を中心に据えて、古典文学作品のテクストの表現を的確に読み取る方法を根本から考えなおしてみようというのが本書の目的です。根本から考えなおしてみようとは、筆者が、現在の状況に大きな不満を抱いており、抜本的改革が必要だと考えていることを意味しています。著名な仮名文学作品のなかの、高校の古文教材としても好んで採択されている部分にさえ、誤った解釈が確固たる共通理解として定着している事例がたいへん多いのは、それぞれの専門研究者が、重大な過ちをおかしていることに気づいていないからです。少数ながら洞察に満ちた注釈書があることはせめてもの救いですが、現在の嘆かわしい研究水準は、大部分の注釈書や古語辞典の類に如実に反映されています。

筆者がここで問題にしているのは、作品論や作家論などではなく、テクストの表現を、作者によって意図されたとおりに過不足なく理解するという、もっとも基礎的段階の解釈です。過不足なくというのは究極の理想であって、現実には、少しでも誤差を縮めてゆく作業の繰り返しになりますが、その作業を可能にするためには有効な方法を開拓しなければなり

ません。誤差の有無の厳密な検証も不可欠です。

仮名文学作品の研究にはすでに長い伝統があり、研究にたずさわってきた人たちも膨大な数に上るのに、初歩的な誤りにさえだれも気づかないまま堂々巡りをしているのは、勘を頼りに手探りしてきたために、さまざまの解釈が横並びに際限なく広がるばかりで、レベルの向上が指向されていないからです。

方法のないところに方法を確立しようという試みですから、ゼロからの出発です。その意味で既成の専門家はいませんから、仮名文学作品の表現を的確に理解したいと考えている社会人のかたがたにも、学部や大学院に在籍している学生のみなさんにも、高校で古文を担当している教員のみなさんにも、そして、大学などで国文学や国語学の専門的講義を担当しているみなさんにも、これまで身につけた知識を白紙に戻して議論に参加していただきたいというのが筆者の希望です。

本書のコンセプトは、仮名文学作品に関心をもつ人たちならだれでも読めるバリアフリーの専門書ということです。ただし、平安文学や和歌文学、日本語史などにまたがる、これまでなかった新しい分野ですから、ナントカ学とは命名しないでおきます。創造的かつ啓発的で、研究水準の向上に役立ちさえすればよいし、方法に独自性がなければ、ナニナニ学と命名して格好をつける値打ちはありません。本書を啓蒙書や一般書ではなく専門書として位置づけるのは、現行の注釈書や古語辞典などの、目に余る誤りを正すとともに、誤りの根源に方法の欠如があることを実例に基づいて指摘し、本書のめざす文献学的アプローチの有用性を客観的に証明しようとするものだからです。

読んでみよう、という前向きの姿勢があれば、特別の予備知識がなくても理解できるように、それぞれの分野の研究者にとっては釈迦に説法の初歩的解説を随所に交えながら叙述します。ソフトカヴァーにして多めに振り仮名をつけるのも、デスマス体で叙述するのも、できるだけ多くのかたがたに筆者の考えかたに親しみをもっていただきたいと願うからであって、暇つぶしの読み捨て本を書くつもりはありません。

内容がおもしろそうでなければ、読む気になれません。筆者が目指しているのは、遺跡の発掘と同じように、ワクワクしながら読んでいただける本です。発見の興奮が読者にそのまま伝わるように書く、ということです。これは、筆者が大学院に入学した直後の学会でお会いして以後、他界なさる間際まで新鮮な刺激を与えつづけてくださったハムブルク大学のGünther《ギュンター》 Wenck《ヴェンク》 教授（1916–1992）が著書 *The Phonemics of Japanese. Questions and Attempts.* Wiesbaden. 1966.（『日本語音素論』）の注に書き残したことばです。「もろもろの疑問と、それらを解決するためのもろもろの試み」という副題は、本書にもそのまま当てはまります。筆者が伝えたいのは、筆者自身が経験した発見の喜びであり、この喜びは、順序をきちんと踏みさえすれば、だれにでも味わうことができるものだということです。博物館に整然と陳列された古代の壺や装飾品などは感動的ですが、そのひとつひとつは、特定の人物が胸をときめかして発掘したものなのです。その喜びは、発掘した人物だけの特権です。

明白な読み誤りや、まるで見当はずれの説明が、高校の教科書にも、大学や大学院の講義にも、古語辞典の解説にも満ちあふれています。本書では、そういう実例を取り上げながら、現今の共通理解の誤りを指摘し、筋道を立てて、より真実に近いはずの解釈を随所に提示します。厳密な方法に基づく検証が、お茶のみ話に毛が生えたような現今の解釈とまるで違う、テクストの繊細な姿を見せてくれることを期待してください。本書で導かれる帰結が究極の真実ではありえないにしても、現状における望ましい方向づけであると筆者は確信しています。

高校の古文教育をはじめ、大学や大学院の講義まで間違いだらけだとしたら、確実な解釈をめざした正統の試みによって導かれた帰結が、一部の専門研究者によって握りつぶされてしまうのは残念なことです。提唱者にとって残念であるだけでなく、貴重な文化遺産である仮名文学作品のテクストが、既存の研究者の面子を潰さないために光を浴びる機会を奪われ、冬眠状態に留められていることが残念でたまりません。伝統的国文学や国語学にとっての緊急の課題は偏狭な縄張り意識《セクショナリズム》からの脱却です。

Ⅱ．本書のアプローチ

筆者は、学生の身分を離れてから今日まで、日本語史関連の講義や演習を担当してきましたが、特定の専門領域をみずから決めることはしていません。もし、専門があるとしたら、その時その時に取り組んできた課題が、そして現時点では本書で取り組んでいるこの課題が専門なのかもしれません。これまでに執筆した単行の著作については本書の奥付を参照してください。論文やエッセイの類は含まれていません。一九九〇年代以降の仕事は、仮名文テクストの表現解析に大きく傾いており、本書はそれらの延長線上にあります。

目の前にある過去の文献に、どのような事柄が、どのように書かれているかを的確に読み取るためにはどのようなアプローチが有効であるかを、筆者は一貫した課題として追究してきましたが、個人が対象にできる文献の数は限られているので、特定の文献に集中して取り組むことでなるべく多くの文献に応用可能な方法を見いだそうとしてきました。そういう目的に適合する条件をそなえた対象のひとつとして『古今和歌集』を選び、平安時代の他の仮名文学作品も視野に入れて多角的に検討し、導き出された成果を折々に公表してきました。しかし、筆者のアプローチは、伝統的国文学や国語学の手法と質的な隔たりがあって保守的な研究者に理解されにくいだけでなく、現行の共通理解を根底から問いなおすものであるために、事実上、無視されている状態にあり、セクショナリズムの壁の厚さを実感しています。気に入らなければ反論せずに黙殺するという、古代中国に端を発する東アジアにおける人文学の伝統的体質が、この世界では二十一世紀の今日も脈々と受け継がれています。

伝統的国文学や国語学の枠を越えて、本書では、巻頭に例示したような平安時代の古筆《こひつ》にまで対象を広げますが、目前の課題が現在の専門だという立場をとる以上、取り上げた事柄に関する限り、書家ではないし書道史が専門でもないから、という言い訳をあらかじめ用意するつもりはありません。

注釈書は、その作品の隅々まで対象にしなければならないので、血の滲《にじ》むような努力が必要でしょう。そういう努力の成果が間違いだらけだと指摘されたら嬉しいはずがないことは、筆者も十分に理解しているつもりです。しかし、ひとつの仕事はつぎの仕事によって更新され、それがさらに更新されるという過程の積み重ねによらなければ水準の向上は期待できません。そのことを互いに理解しあえる日が来ることを筆者は切に望んでいます。先行する注釈書よりも進歩していなければ、もうひとつの注釈書を世に出す意味はありません。大切な文化財の真の姿を覆い隠している泥やほこりを協力して取り払いましょう。

筆者が熱い期待を寄せているのは、すでに一家をなしている専門研究者よりも、その道に関心のある、あるいはその道に進もうとしている新しい世代の人たちです。教員や研究者を目指している人たちはもちろんのこと、一般の読者にもぜひ積極的関心をもってほしいと切望して本書を書くのは、日本の古典文学作品が、日本の、あるいは日本人の、という枠を超えて、人類の貴重な文化遺産だと信じて疑わないからです。

初心者にも手が届くバリアフリーの専門書として本書を位置づける筆者の意図が、これで理解していただけたでしょうか。

バリアフリーを心がけても、従来の研究のどこにどのような誤りがあったかを十分に納得し、それに代わるべき新しいアプローチのメリットを認識していただくためには、最小限の専門用語を使わざるをえませんが、そういう場合には、その場、その場でわかりやすく説明するだけでなく、巻末に「キーワード索引」を添えて検索できるようにしておきます。

専門用語などと言うと排他的に聞こえますが、気にすることはありません。難しい数式が出てくるわけではないし、扱う対象は日本語で書いた作品のテクストですから、その気になれば、年齢や経歴などを問わずに理解できるはずです。大切なのは、なにかを説明する場合に、だれでも同じ意味に理解できることばで表現することです。文学作品を対象とする場合にも、独り合点の用語で叙述すると正確な伝達ができません。筆者が定義した用語を一般の国語辞典に解説されている日常的意味に理解しないでください。あとできちんと説明しますが、〈仮名〉や〈平仮名〉などはその典型です。

Ⅲ．古典文法フリーで日本語の感覚をよみがえらせる

前項でうるさい注文をつけた見返りとして歓迎してもらえそうなのは、初歩の英文法にも出てくる程度の、名詞とか副詞とかいうレヴェルの用語は別として、古典文法独特の、前時代的で難解な用語を持ち込まないことです。使わないように工夫するわけではなく、理不尽なその枠組みに縛られると、わかることまでわからなくなるからです。古典文法をマスターしないと古文は読めないとか、マスターすれば古文が読めるとかいう考えかたを叩き込まれてきた読者は、そう言われてもなかなか頭を切り替えにくいでしょうから、論より証拠。古典文法を排除すると、はるかに繊細な読みかたができる事例を豊富に提示します。その手始めとして、つぎの例を読んで目を覚ましてください。

高校では、古典文法を身につけるために『(小倉《おぐら》)百人一首』を覚えるように勧めたり、覚えさせたりしているようです。その風潮を反映して、近年では、どの学習用古語辞典にも『百人一首』の現代語訳と解説とが組み込まれていますが、頼りになるものはなさそうです。

人はいさ　心も知らず　ふるさとは　花ぞ昔の　香《か》に匂ひける

〔百人一首・35・紀貫之〕

『古今和歌集』ではこの和歌に長い詞書がありますが（春上・42）、『百人一首』では詞書が省かれているので、この場合には和歌だけで考えるべきです。『百人一首』のなかでも特に

よく知られているもののひとつなので、現代語訳ぐらいできるという読者も少なくないでしょう。もちろん、知らなくてもかまいませんが――。

あなたは、さあ、（その気持ちは）どうだか知らないが、古くからのなじみの土地では、（梅の）花は昔どおりの香りで咲いているよ。〔北原保雄編『小学館全文全訳古語辞典』2004（以下、『全々古語』）「ふるさと」の項〕

支離滅裂なこの訳文を理解できる日本語話者は、編纂にたずさわったスタッフを含めて、だれもいないでしょう。学習古語辞典の役割が古文解釈や古典文法を身につけるのを助けることだとしたら、奇妙な表現の前半と後半とが、木に竹を接《つ》いだような関係になっていたり、あとで説明するように、「花ぞ」を「（梅の）花は」と訳したりしていることは致命的です。「その気持ち」の「その」がなにをさすのかわからないし、末尾のケリも、同じ辞書の「けり」の項の解説と整合していません（本書末尾の「補章」）。

山ほどもある『百人一首』の注釈書や解説書のなかから、専門の研究者による文庫版をひとつ選んでみましょう。

現代語訳 あなたの方は、さあどうだか、お気持ちも知らないけれど、さすがこの旧都奈良では、花の方だけは、昔のままの香で咲き匂っていますね。〔島津忠夫訳注『百人一首』角川ソフィア文庫・新版10版・2006〕

右に引用した辞書に負けず劣らずひどい合点で意味不明の現代語訳です。そもそも、この和歌に「旧都奈良」が出てきたりするのは、伝統的歌学の「歌枕」を当然のように持ち込むからです。『百人一首』で歌集の詞書を切り捨てたのは、和歌を完結した表現とみなすのが、その撰者、藤原定家の基本的立場だからです。

人の方は、心が変わったかどうか、さあ、わたしにはわかりません。昔泊めていただいたこの里は、花の方はたしかに昔のとおりの香りがにおっていますね。

〔小島憲之・新井栄蔵校注『古今和歌集』新日本古典文学大系・岩波書店・1989〕

前引のふたつの現代語訳は「ひと」をアナタと訳していますが、こちらは人間をさすとみなして、下の句の「花」と対比しています。これは『百人一首』ではなく『古今和歌集』の注釈書なので、詞書を取り入れて「昔泊めていただいた」となっています。

「ふるさと」とは、以前になじんでいた懐かしい土地です。作者が、その地で親しくしていた知人に冷たくあしらわれたことは、第二句の「心も知らず」から推定できるのですが、あとで証明するようにこれまでその意味が正しく理解されていませんでした。

冷遇されたことに失望した作者は、咲いている梅の花に気づき、ふるさとは梅の花が間違いなく昔どおりの懐かしい香りに匂っているのだと心が慰められた、というようなことのようです。しかし、〈というような〉ですませておいたのでは、表現の核心に迫ることができないので、一語一句にこだわりながら、筆者の方法で読んでみましょう。

平安前期の和歌は、『万葉集』の短歌のように単線的、一回的ではなく、仮名の特性を生かして複雑に構成された表現をゆっくり解きほぐしながら読み味わうように構成されています。

ひとは、いさ

「人」には、大きく分けて、①人間一般をさす用法と、②〈ヒトに知られたくない〉、〈ヒトの傘を借りてきた〉などという、当事者以外の人間をさす、日本語独特ともいうべき、そして、日本語話者にとってはごくふつうの用法があります。以下には、②の用法の「人」をヒトと表記します。

「人」とよんだ対象が①なのか②なのか、また、②だとしたら、ダレを、あるいは、どういう人たちをさしているかは、日本語話者なら、場面や文脈から反射的に理解できます。注釈書や古語辞典などには、「いさ」が、現代語のサテに当たる語だと説明されており、右に引用した三つの現代語訳にも、「さあ」、「さあどうだか」となっていますが、どちらにしても、訳文のなかでそれだけが浮いていて、いかにも取って付けた感じがするのはどうしてなのでしょうか。以下の検討から明らかになるように、その違和感こそ、従来の解釈の誤りを根本から正す決定的なカギなのです。

ⓐ〈十七日は#サテ#金曜日だったかな〉……その日の曜日がすぐには思い出せず、サテでつないで、金曜日だったかな、と思い出しています。

#印はポーズ（pause、間《ま》）を表わします。

ⓑ〈十七日は#サテ。曜日なんて関係ないや〉……サテ、とつないでその日の曜日を思い出そうとしている間に、気が変わってしまいました。

どちらの場合でも、サテではなく、サテネ、ハテ、ハテナ、エートネ、などと言っても、果たす機能はまったく同じです。その機能とは、埋めコトバ（filler）、すなわち、つぎに言うコトバが頭に浮かぶまでのツナギです。

生きた英語にまだ慣れていなかったころ、ミネラルショップに珍しい石があったので店主に質問したら、親しげに“you know”を連発しながら詳しく説明され、そんなこと知らないよ、と心のなかでつぶやき続けたことがありました。“you know”とは、〈知ってるでしょ〉ではなく、アノサというたぐいのインフォーマルな会話の埋めコトバだったのです。「人は、いさ」も、〈ヒトは、エート、〉といった感じと理解しておけばよいのでしょう。この和歌の出典は謹厳な勅撰集ですが、日常的な言語使用のレヴェルに戻してみれば右のような解釈になります。俗なことばづかいですが、心の中のつぶやきですから、これが自然です。

文献に記録された過去のコトバを明らかにしようと試みる場合、右のように、現実の生活に即して捉えなおしてみることは、足を地に付けて考えるために大切なことです。ただし、それは第一段階の検討であって、そういう事態をテクストとして記録する場合、どのように変形されるかという第二段階の検討が必要です。

右のⓐⓑのうち、ⓐの、ちょっと間を置いたにすぎない「いさ」は書記テクストに組み込まれないのがふつうです。たとえば、〈彼はデスネ、エート、ボリヴィア人です〉は、〈彼はボリヴィア人です〉と簡潔化されます。しかし。ⓑの〈彼は、エートデスネ。なに人《じん》だってかまわないでしょ〉からエートデスネを抜いてしまうと、途中で気が変わったことがわからなくなってしまうので削除できません。この和歌で「人は、いさ」と、「いさ」を残してあるのもそれと同じ理由からです。

いさ [一]〔感〕（略）[二]〔副〕①（下に「知らず」などの語句を伴って）さあどうだか（知らない）。[例]「人はいさ（以下略）〈古今和歌集・春上四二〉[訳]あなたは、さあどうだかその気持ちはわからない、（昔と変わってしまったかもしれない）、（なのに）昔なじみの土地では、梅の花が昔と変わりない香りで咲いていることだ。〔『全々古語』〕

「あなたは、さあどうだかその気持ちはわからない」とひと続きにしてしまったのは、「いさ」が、文脈のなかで果たしている右に述べた役割に気づいていないからです。ちなみに、この「いさ」は「心も知らず」に直接に結びつかないので、副詞という説明は当たりません。文法的解釈を標榜《ひょうぼう》するまえに、テクストの正確な理解を心がけるべきです。

「人は、いさ」は、そこで切れており、あとに続いていません。これは、途中で打ち切った〈言い止《さ》し〉です。〈おまえは、いったい〉、と絶句したり、〈あれは、ソノー〉と頭を掻いたりする言い止しは、日常的によくあることです。

このほかの和歌で、「人は、いさ」がどのように使われているかをみてみましょう。

人はいさ　我は無き名の　惜しければ　昔も今も　知らずとを言はむ

〔古今和歌集・恋三・題知らず・有原元方 630〕

人さまは、さあ、いかがでしょう。わたくしは逢う実のないことをいう「無き名」がもったいないので、どうせなら昔も今もまったくあの人を知らないとそんな風に申しましょう。〔新大系〕

持って回った表現で、意味がつうじません。つぎの現代語訳なら意味は理解できます。

あの人はどう思うか知らないが、私は、根も葉もない噂をたてられるのは残念だから、昔も今もあんな人のことなんか知りませんと言っておこう。

〔奥村恒哉校注『古今和歌集』新潮日本古典集成・1978〕

初句のヒトは、①当事者以外の人たちをさして、〈世間の人たちは〉、という意味になります。また、②恋部の和歌ですから、当事者はふたりで、そのうちのもう一方、すなわち、ふたりが深い関係にあるといううわさを立てられている異性をさして〈アナタは〉となります。「知らずとを言はむ」のチは強調です。作者は男性ですが、『万葉集』と違って、『古今和歌集』の恋歌は和歌のジャンルのひとつなので、作者自身の経験とは限りません。この場合は、女性の立場とみるのが自然でしょう。

「人」を①の用法として読めば、〈世間の人たちは、サア、どう思っているのかしら。わたしは、根も葉もないうわさで名前が傷つきたくないので、以前にも、現在も、アナタとの関係など身に覚えがないと言いとおそう〉となり、②の用法として読めば、〈アナタは、サア、どう思っているのかしら……ワタシは、（以下、①と同じ）〉となります。両方を合わせると、世間の人たちがどのように思おうと、また、アナタがそのうわさどおりだと認めても、ワタシは否定しつづけます、という意志表明になります。ヒトは第三者でもありうるしアナタでもありうるので、両方とも対等に成り立ちます。ふたつの解釈は、見る角度の違いによって別々の絵が見えるホロスコープのような関係にあります。平安前期の和歌が複雑に構成されていると言ったのは、こういうことだったのです。

この和歌の「人はいさ」は右のように説明してよさそうですが、「人は、いさ、心も知らず」の「人は、いさ」に、これをそのまま当てはめてよいかどうかは即断できないので、ほかの用例も探してみましょう。

『後撰和歌集』に、右に引用したのと同文の和歌があります。ただし、『古今和歌集』では「題知らず」ですが、こちらは、男性からの恋文に対する「返し」になっています。

まず、男性からの恋文を見てみましょう。女性に和歌を送ったがいっこうに聞き入れないので、という趣旨の詞書があります。

おおかたは　なぞや我が名の　惜しからむ　昔の妻と　人に語らむ

〔後撰和歌集・恋二・633・貞元の親王《みこ》〕

いったい、わたしの名前に傷がついたからといって惜しいことなどあるだろうか、ヒトには、あなたが昔の妻なのだと言おう、ということです。第五句のヒトは第三者を念頭に置いています。これに対する「返し」が、前引の『古今和歌集』と同文の和歌です。

返歌だとすると、ヒトとよんでいる対象が「題知らず」の場合と違ってきます。すなわち、「題知らず」では、わたしから見たヒトはアナタですが、返歌なら関係が逆転して、アナタから見たヒトはワタシになります。アナタ様はそれでいいかもしれませんが、ワタクシはそうはまいりません、ということです。

『後撰和歌集』には、「人はいさ」で始まる和歌が三首あります。おそらく、貫之の和歌の影響なのでしょう。

男のもとに遣《つか》はしける　　詠み人知らず

人はいさ　事ぞともなき　ながめにぞ　我は露けき　秋も知らるゝ

〔秋中・287〕

詞書からみて、ヒトはアナタです。アナタのほうは、さて、ワタシは、これといった悩みがあるわけでもなく、ただぼんやりと外を見ているときなら、露にしっとり濡れた秋、すなわち、つらい恋の涙に袖が濡れる秋というコトバの意味を実感します、しかし、激しい物思いに苦しんでいる今は、「露けき秋」どころでなく、恋の涙でずぶ濡れになっています、という含みが、第三句のゾによって確実に暗示されています。

つぎも『後撰和歌集』の贈答歌です。男性からの恋文をまず見てみましょう。

大輔につかはしける　　左大臣

今ははや　深山《みやま》を出《い》でて　ほとゝぎす　け近き声を　我に聞かせよ

〔恋五・950〕

今はもう深い山から出てきて、ほととぎすよ、身近で鳴く声をわたしに聞かせてほしい、すなわち、宮中に出仕してずっと自分のそばにいてほしい、と誘っています。

それに対する大輔の「返し」がつぎの和歌です。

人はいさ　深山《みやま》隠れの　ほとゝぎす　慣《な》らはぬ里は　住み憂かるべし

〔恋五・951〕

誘ったアナタからみたヒトは、すなわち、このワタシは、さて、どうでしょうか。山のなかでひっそり暮らしているホトトギスにとって、慣れない人里に住むのは気詰まりに違いありません、という断りです。

『拾遺和歌集』にも「人はいさ」が一例ありますが、そのヒトは不特定多数をさしています。それ以降の和歌にも散発的に出てきますが、さしあたり、そこまで追いかける必要はありません。

以上の検討の結果、「人はいさ」の「人」は、文脈によって、さす対象が第三者にもなり、ワタシにもなり、アナタにもなることがわかりました。我々が知りたいのは、「人はいさ、心もしらず」の「人」が、だれをさしているかということですが、そこがまだはっきりしていません。

心も知らず

第二句は「心も知らず」ですが、「人の方は、心が変わったかどうか、さあ、わたしにはわかりません」〔新大系〕は、「心も知らず」を〈人間のほうの心はわからない〉と理解しているようです。「(その気持ちは)知らないが」、「その気持ちはわからない」いう『全々古語』のふたつの現代語訳は、アナタの気持ちはわからない、という解釈です。「あなたの方は、さあどうだか、お気持ちも知らないけれど」〔ソフィア文庫〕

も同様です。原文に「心も」とあるので「お気持ちも」と訳しただけで、実際には、「お気持ちは」、「お気持ちを」と区別していません。

「人はいさ」が「心も知らず」に直接には続いていないとしたら、「心も知らず」とは、ダレの「心」をダレが「知らず」なのでしょうか。「人は」のヒトは、「人は、いさ」と言いさしにしたときに作者の脳裏にあったヒト、すなわち、当事者ふたりのうち、自分でないほうですから、ふるさとに住む旧知の人物です。

現代では、〈ワタシの心も知らないで〉と相手を非難したり、〈アナタの心も知らないで、ごめんなさい〉とあやまったりというように、ダレの心かを明示的に表現するのがふつうですが、和歌の場合はどうでしょうか。用例を探してみましょう。

菊の花折れりとて、人の言ひ侍りければ、詠める　詠み人知らず

いたづらに　露に置かるゝ　花かとて　心も知らぬ　人や折りけむ

〔後撰和歌集・秋下・431〕

＊「折れり」は、折れている。

「心も知らぬ人」は〈心ない人〉ではなく、その菊を大切にしていたワタシの心も知らないだれか、すなわち、〈ワタシがこの菊をどれほど大切にしていたかも知らない人〉でしょう。要するに、〈ワタシの心も知らず〉です。

月だにも　慰めがたき　秋の夜の　心も知らぬ　松の風かな

〔新古今和歌集・秋上・419・摂政太政大臣・詞書略〕

すばらしい秋の夜の月でさえ慰めることのできない、（悲しみに沈んだ）このわたしの心も知らずに吹く、秋の夜の松風であることよ、ということです。「秋の夜の心」ではありません。「秋の夜の」は、「心も知らぬ」をかすって「松の風」に続いています。月がことのほか美しい秋の夜だからこそ、ワタシの心は敏感になっているのです。したがって、「（ワタシの）心も知らぬ秋の夜の松の風かな」と単純化して理解すべきではありません。ともあれ、「心も知らぬ」が〈ワタシの心も知らぬ〉であることは間違いありません。

つぎもまた『後撰和歌集』の贈答歌です。

題知らず　　　　　　　　　　　　　　橘敏仲

侘《わ》び人の　そほつてふなる　涙川　下《お》り立ちてこそ　濡れわたりけれ

〔恋二・610〕

「侘び人」は、心が満たされない人。「そほつ」は濡れそぼつで、涙川の涙にびっしょり濡れること。「てふ」は「と＋いふ」の縮約、「なる」は、〜と聞いている。下の句は、あなたが恋しくて自分から進んで涙川に入っていったばかりに、涙で全身がずぶ濡れですよ、ということです。

返し　　　　　　　　　　大輔

淵瀬《ふちせ》とも　心も知らず　涙川　下りや立つべき　袖の濡るゝに〔611〕

ワタシの心が深い淵だとも浅瀬だとも知らないまま、一方的に恋に落ちて涙の川に入ったりすべきでしょうか、袖が濡れてしまうのに、というそっけない返事です。男性から送られた和歌のことばづかいに言いがかりをつけて愛情の深さを疑うのは女性からの返書のパターンです。「心も知らず」で切れずに、ワタシの心も知らずに、独り合点の恋などしないでくださいと、あとに続いていることに注目しましょう。

本書は古典文法フリーだと読者を誘いましたが、古典文法フリーとは、因習的な古典文法に邪魔されずに、日本語話者の感覚を生かしてすなおに読み取るという意味であって、日本語の運用規則など、どうでもかまわないなどということはありえません。

否定の助動詞ズの活用表を見ると、終止形も連用形もズになっています。ズの場合、そこで切れる活用形（終止形）と、そのあとの活用語に続く活用形（連用形）との区別がないという事実は、滑らかに話を進めるためにも、また、仮名文を効率的に運用

	未然形	連用形	終止形	連体形	已然形	命令形
ナ行系	（な）	に		ぬ	ね	
ザ行系		ず	ず			

カッコ内は奈良時代まで

するうえでも、たいへん重要な意味をもっていました。

古典文法を重視して読む立場では切れるか続くかに神経質ですから、ズが出てくると、そこでマルにするのか、テンを付けて後に続けるのか、しばしば頭を悩ませます。注釈書を読み比べると、校注者によって、ときどき判断が違っています。古典文法を信奉する人たちが切れ続きにこだわるのは、付かず離れずで句節をあとに継ぎ足していくのが仮名文の特性であるという基本原理を理解していないからです〔『仮名文の構文原理』〕。

もともと、否定の助動詞はナ行の活用で、そこで切れる活用形（終止形）ヌと活用語に続く活用形（連用形）ニとが古くは使い分けられていましたが、話をする場合、そこで切れたのかあとに続くのか、はっきりさせないほうが話しやすいし、聞く側も理解しやすいので、右表のようにザ行の活用形を割り込ませて連用形と終止形との区別をなくしてしまったのだと推定されます〔『日本語はなぜ変化するか』〕。本書の課題にとって大切なのは、そういう付かず離れずの仮名文の特性が、口頭言語と共通していることです。

ラ行変格活用（ラ変）という奇妙な名称のアリ・ヲリも、本来は、「取る」、「知る」など と同じ活用型だったのに、ズと同じ理由で、切れる活用形（終止形）を、あとに続ける活用形（連用形）と同じ語形にして使いやすくしたものです〔『日本語はなぜ変化するか』〕。使用頻度のきわめて高いズとアリとに同じ変化が生じて、使いやすい形に変化させていることに注目しましょう。はっきり物を言わないのが日本人の、そして日本語の特徴だなどという俗説と結びつけてこの変化を理解しないでください。

「知らず」が〈知らない。〉となるか〈知らずに〉となるかは、コトバの流れしだいです。どの注釈書も「ひとはいさ、心も知らず」で明確に切っていますが、日本語話者の感覚が麻痺していなければ、コトバの流れは〈ワタシの心も知らずに〉のほうに大きく傾いています。すなわち、相手のヒトは、ハテ#。なつかしいふるさとの知人に会いたくて訪れたわたしの気持ちも知らないで（あんな態度をとるとは）、というのが第二句までの表現です。

わたしの気持ちも知らないで、と読み取るべきだと言われても、あとにそれを受ける動詞が出てこないではないかと、古典文法の亡霊になって反論しないでください。ここでヒトとよんでいる人物の考えが作者の考えと違うことは「ひとは、いさ」の含みとして明白ですから、この表現は、「人はいさ」と同じように、最後まで言わずに中断した〈言い止《さ》し〉として読み取るべきです。「いさ」、と言って言い止し、つぎに「心も知らず」と言って言いさすという、ボツボツと切った表現に、相手の人物に裏切られた作者の、揺れる心が反映されています。あんなことばを平気で口にするとは！　あんな態度をとるとは！　と呆れ返ったか、激怒したか、落胆したか、失望したか、悲しんだかと推測しても、ひとつだけには絞れないので、推測しただけの可能性が累積されて豊富な表現になるのが言い止しの表現効果ですから、和歌のもっとも重要な表現技巧のひとつになっています。

家百首歌合に、余寒の心を　　摂政太政大臣

春はなほ　霞みもやらず　風冴《さ》えて　雪げに曇る　春の夜の月

〔新古今和歌集・春上・23〕

このような体言（名詞）止めは、新古今調の特色とされていますが、ナニガだけを表明して、ドウダ、ドウスル、ドウナルなどを読者の推察に委ねる言い止しにほかなりません。いわゆる連体止めの効果もそれと同じです。なお、第二句の「霞みもやらず」は、続く形でもあり、切れる形でもあります。

わたしの心も知らずに、と鬱屈《うっくつ》した思いでいたら、そこに梅の花が咲いていました。ふるさとに住む親しかった相手に裏切られて沈んでいた作者の心はにわかに明るくなりました。ふるさとは、梅の花が昔どおりの香りでちゃんと咲き匂っているではないか、やはり、ここはなつかしいふるさとだったのだ、ということです。これが第三句以下の表現です。上の句が、ボツボツとした言い止しの連続であったのと対照的に、最後の二句は滑らかに叙述されています。

ガとハ

「花ぞ昔の香に匂ひける」の「花ぞ」を、多くの注釈書が、「花は」と現代語訳しています。「花（ガ）匂ふ」にゾを挿入すると「花ぞ匂ふ」になりますが、

「花は匂ふ」にゾを挿入することはありません。「匂ひける」のケルは、それが疑いのない事実であると認識したことを表わしています。

ハとガとの違いは日本語文法のメイントピックスのひとつなのに、それを混同してしまうのは、疎読、勘読で作り上げた筋書きに合わせて考えているからです。その筋書きとは、人間は裏切るがペットは裏切らない、などという〈〜は、〜は〉という形式の対比です。こんなことでは、文法的解釈という錦の御旗《みはた》がボロボロです。間違いのもとは、「人はいさ、心も知らず」をひとまとめに把握してしまったことにあります。上《かみ》の句と下《しも》の句とを安易に対比してしまったことも一因かもしれません。

三上章『象は鼻が長い』〔くろしお出版・1960〕は、日本語文法論のユニークな著作で、古典文法を重んじる立場をとる古語辞典の編者が知らないはずはありません。この本のタイトルの構文は、「ふるさとは花ぞ昔の香に匂ひける」とそっくりです。〈象は鼻は長い〉に変えたら意味が違ってしまいます。

古典文法のメダマは助詞・助動詞だ、と古文教育で強調されていると聞きますが、ただ一首の和歌の表現を解析してみただけでも明らかなように、いちばん大切なのは個々の語句の意味や用法をきちんと把握することです。そうすれば、語句と語句とを結びつけて表現を形成する助詞や助動詞の機能も自然に理解できるようになります。その逆の過程で文章が読めるようになることはありえません。

読者に特別の予備知識を求めないとは、とりもなおさず、既成の知識を前提にして本書を読まないでほしいということです。ここにいう予備知識とは、学校でそのように習ったとか、古語辞典にそのように説明されているとかいうことです。古典文法はその代表格です。

これまで信じきってきたことを、つぎからつぎへと崩されてしまうと、危険なカルト宗教に引きずり込まれつつあるような不安に駆られるかもしれませんが、読み進んでいけば、そうではないことがわかってくるはずです。ただし、カルト宗教も自信に満ちたコトバで引きずり込もうとするに違いないので、筆者を信じてついてくればよいなどと言ったら、いよいよカルトじみてしまいます。筆者が提示する新しいアプローチによって導かれた結論を鵜呑《うの》みにせず、眉にツバを付けて読んでください。筆者が望んでいるのは、順序をきちんと踏んで考えてほしいということです。

はじめて筆者の著作に接する読者にとってバリアにならないように、理論に関わる事柄は、他の著書で説明したことでも、核心に関わる事柄は再述三述します。すでに筆者の著書になじんでいる読者も飛ばさずに読んでください。筆者の新しい見解が織り込まれている部分があることに気づいていただけるはずです。

Ⅳ．時間の壁を乗り越える

本書で検討の対象とするのは、政治史の区分でいえば、平安時代を中心として、奈良時代から中世初期にわたる期間の、雅の文体で書かれた作品のテクストですから、現代の日本語といろいろの面で違いはありますが、日本語の一貫した流れの上流と下流との違いですから、「人はいさ」のヒトや「心も知らず」のモの例でみたように、基本は共通しています。古文は外国語と同じだなどと教育している人たちは、根や幹を見ないで枝葉末節ばかり見ています。入門期に、ここが違う、あそこが違うと、違いばかりを強調されると、それに釣られて根幹を見失ってしまいます。

こういう日本語は正しくないとか、あなたの敬語は間違っているとかいうたぐいの安直な日本語本の広告が手を変え品を変えて新聞の広告欄を賑わしていますが、近年になって、だれもが日常の日本語に神経質になったのは、不安を助長する日本語本の影響もさることながら、二十世紀後半に日本人の平均寿命が五十歳から八十歳へと急速に伸びて、日本語話者の年齢幅が著しく広くなり、古い世代が新しい世代のことばに強い違和感を覚えるようになったことにあります。

同時期の言語共同体（speech community）のなかで生活している人たちが話している日本語でさえ、これほどの違いがあるのですから、何百年も経てば、そのままではつうじなくなるのが当然です。十分に自戒しなければならないのは、日本語だという安心感があるばかりに、調べたり考えたりする手続きを省略し、勘を働かせていい加減な解釈をし、わかったと思い込んでしまうことです。

ⓐあれは、確か六年まえの十一月だったかな。………不確実な記憶

ⓑあれは、確かに六年まえの十一月だったよ。………確実な記憶

現代日本語の話者なら、①は、正確に思い出そうとしたが、確実だとは保証できないという気持ちの表明であると反射的に理解しますが、五百年後の日本語話者が読んだら、②と同じ意味に読み取ってしまいそうです。古語辞典などの解説に、〈〜に同じ〉と書いてあったら、それは、違いがあったことに編集者が気づいていないだけだと理解しておきましょう。厳密な意味での同義語は、すなわち、どちらを使ってもまったく同じ内容が伝達される複数の語群は、いつの時期にも、事実上、存在しません。

現代語で考えてみてください。

自転車に乗った女が、通りかかった女性のバッグを奪って逃げた。（作例）

この文脈で、〈女〉と〈女性〉とを入れ替えることはできません。なぜなら、同義語ではないからです。

我々は古典文学作品のテクストを、〈〜と同じ〉という程度の疎読、勘読による理解で、

名作だ、名文だと絶賛していないでしょうか。また、いいかげんな読みかたしかできないために、すばらしい名作や名文の存在を見過ごしていないでしょうか。

過去の日本語の表現を同時期の人たちとまったく同じに理解することなどとうていできませんが、作品に強く心をひかれたなら、理解可能な限界まで迫ってみるべきです。

高く吊したバナナを、チンパンジーが試行錯誤の回り道をしながら、道具をみずから工夫して手に入れるまでの根気のいる実験を可能にしたのは〔ケーラー（Wolfgang Köhler）著・宮孝一訳『類人猿の知恵試験』岩波書店・1962〕、チンパンジーがバナナを食べたかったからであり、また、チンパンジーにバナナをなんとかして取らせようという実験者の熱意があったからです。

過去の日本語で書かれた文学作品は時間の厚い壁の向こう側にありますが、それをきちんと読みたいなら、適切な道具を考え出して目的を達成すればよいのです。その場合に工夫しなければならない道具は、棒や箱ではなく、具体的問題に即した解決の方法です。我々も、過去の日本語の表現を的確に把握するための知恵試験をみずからに課して、古典文学作品のテクストをじっくりと読み味わってみましょう。

平安時代の仮名文学作品は日本文学史のなかでも特に光り輝いているようにみえますが、残念なことに、それらのテクストの表現は一般の人たちが考えているほど的確には読み解かれていません。専門研究者の多くがその事実を自覚していないことに筆者は歯がゆい思いをしてきました。読み解けていないことに気づかないのは、実験対象となったチンパンジーがしたのと同じように適切な道具を工夫して使おうとせず、感性（勘性？）だけで読み解けると信じて、十年一日《いちじつ》のように疎読、勘読をしてきたからです。数多くの注釈書があるのに、さすがは専門研究者の仕事だと脱帽するような、洞察に満ちたものに、たまにしか出会えないのはそのためです。いちばんの問題は、専門研究者の多くが、研究の現状を肯定的に捉えて安住していることです。新刊の注釈書が先行する注釈書の水準に及ばない事例が珍しくないことは、事態の深刻さを如実に物語っています。

文学の研究者にとって作品論や作家論は大切な課題でしょうが、不毛な議論で砂上の楼閣を築かないためには、議論の前提として、テクストの表現が正確に解析されていなければならないことを理解すべきです。

平安時代の仮名文テクストの表現が的確に解析されていない原因は、主としてつぎの四点にあると筆者は考えています。

ⓐ仮名文の表現を理解するためには、仮名文字の特質と、その特質を生かした運用のしかたに関する基礎知識が不可欠であるという事実に気づいていないこと。

ⓑテクストの一字一句をおろそかにしない、丹念な読みかたをしていないこと。

ⓒ古注と古典文法とが、的確な解釈を妨げている事実に気づいていないこと。
ⓓ原文と等価の現代語訳が可能だと信じ、それを達成の目標としていること。

これらの問題点は、すべて、研究者が研究対象をなめてかかっていることに起因しています。対象をなめてかかると、対象になめられてしまいます。これまでの研究に欠けていたのは、わからないことがあったらテクストに教えてもらおうという謙虚な姿勢です。

これまでにも、筆者は、機会あるごとに、ここに述べた趣旨のことを指摘し、仮名文テクストの表現解析の方法がどのようにあるべきかを、具体的問題を解決する過程をつうじて提示してきましたが、本書では、これまでほとんど触れたことのなかった平安時代の辞書の適切な利用のしかたまで含めて、包括的に考えてみることにします。

以下に、本書の約束事をいくつか記しておきます。

ⓐ引用する書籍の情報は初出の箇所に示し、二回目からは、書名だけを示します。ただし、筆者自身の著作は最初から書名だけを示します。情報は本書の奥付にあります。ところどころに筆者の著作を示したのは、それを読まないとその部分がよく理解できないからではなく、そこに詳しい説明があるので、関心のあるかたは参照してくださいという意味です。

ⓑ著書や論文からの引用は、原文の符号を適宜に変更する場合があります。たとえば、原文の「…」は同じ符号の重複を避けて「〈…〉」に置き換えます。

ⓒ表記の方針は、正確かつ迅速に読み取れることを旨とします。たとえば、「短かい」の「か」は意図的挿入です。「謝意を表します」では、アラワシマスなのかヒョウシマスなのか判断に迷うので、「表わします」と表記します。和語の片仮名表記も随所に導入します。

ⓓ日本でも定着しつつある国際的慣行に従って、敬称を使用しません。「敬称略」とは意味あいが違います。

第一章　仮名文テクストの表現を読み解く方法

——「をくらのやま」と「をくらやま」との違いに反応できる感覚

導言　ひとつひとつのことばによく注意しながら和歌表現を解きほぐす

『百人一首』のなかでも特によく知られている一首を選んで検証を試みた結果、イントロダクションの「導言」に引用した現状批判が唯我独尊の妄言とは言えないことが明らかになりました。たまたま、ひとつの和歌の表現解析を誤ったわけではなく、対象そのものの本質を見誤っているようです。つじつまの合わない浅薄な解釈をしてわかったつもりになっているのは、注釈書も古語辞典も、テクストをなめてかかっているからです。平安前期の和歌表現は、仮名連鎖を丹念に解きほぐさなければ作者が意図したとおりに解析できないことを認識していません。この章では、正統の手順を経て語句の意味を帰納する手間をかけずに、語構成から短絡的に語の意味を決めてかかったために、そして、詞書と結びつけずに和歌だけで解釈してきたために、和歌表現を作者の意図どおりに解析できないままになっていた事例のひとつを扱います。十一世紀から十二世紀にかけての古筆が、和歌表現をよく理解したうえで書かれていることをも併せて指摘します。古筆とは、平安時代から中世初期ぐらいにかけて芸術作品として書かれた仮名文の総称です。

■ 考察の糸口――「をぐらし」とはどういう状態なのか

日本には有名な古典文学作品がたくさん残されていますが、数百年もまえの、さらには千年以上もまえの日本語で書いた文学作品の表現が、はたして、どこまで精確に読み解かれているのでしょうか。教室で習った古文の解釈に、あるいは、教室でたびたび教えたことのある解釈に、疑問を抱いたことはないでしょうか。

複数の古語辞典で同じ語句を引き比べてみると、あるいは、同じ作品の同じ箇所を複数の注釈書で読み比べてみると、解釈の違いに戸惑うことがあるはずです。そういう場合、どちらが正しいのだろうとは考えないように心がけましょう。なぜなら、どちらも間違いである場合が少なくないし、どちらも一面では正しいが両方を合わせないと十分な解釈にならない場合もあるからです。

どの古語辞典の説明も、どの注釈書の解説も、事実上、すべて一致している場合でも安心してはいけません。なぜなら、現在の確立された共通理解が大間違いである事例がいくらでもあるからです。イントロダクションで取り上げた「人はいさ」の和歌はその一例ですが、以下に検討する有名な和歌もまた正しく理解されていません。

本書でこれから和歌を引用する場合、詞書は漢字を当てて読みやすく書き換えますが、和歌は原則として仮名だけで表記します。この当時の和歌は清音と濁音とを書き分けない仮名だけで書かれ、その形で読み解かれるものだったからです。仮名と平仮名との違いは次章以下で詳しく説明します。平安前期の和歌に漢字を交えることが許されなかった理由はすぐ明らかになります。

九月《ながつき》の晦日《つごもり》の日、大堰《おほゐ》にて詠める　　貫之

ゆふつくよ　をくらのやまに　なくしかの　こゑのうちにや　あきはくるらむ〔古今和歌集・秋下・312〕

夕月夜《ゆふづくよ》　をぐらの山に　鳴く鹿の　声のうちにや　秋は暮《く》るらむ

ひとつの注釈書は、この和歌をつぎのように現代語訳しています。

夕ぐれて薄暗い小倉山に鳴いている鹿の声のうちに、秋は暮れて行っているであろう。〔新大系〕

「夕月夜」および「をぐらの山」に、それぞれ、つぎの注があります。

夕づくよ……もと陰暦七日ごろに出る月。又、その月の夜をいう。万葉集に例が多い。ここは夕方のほのぐらさ「小暗」から地名「をぐら(山)」を出す表現となる。(略)

をぐらの山……うす暗い意の「小暗（し）」と地名「小倉（山）」を掛ける。（万葉集・
巻十・1875・用例引用略）

詞書にあるツゴモリは、本来、*ツキゴモリ（月隠り）の縮約形であり、その対語に当たるツイタチは、*ツキタチ（月立ち）の縮約形です。語形表示の右上の〈*〉印は、文献上に確認できないが理論的に推定される語形であることを示します。

新月が空に見えはじめるのが*ツキタチであり、満月をピークに欠けはじめて、ついに見えなくなる段階が*ツキゴモリですから、ユフヅクヨが〈夕方の月〉ならば、「九月の晦日の日」に夕月が出ているはずはありません、右の現代語訳に月が出てこないのは、その矛盾を避けて、枕詞にしたのかもしれません。しかし、そうだとすれば、「ここは夕方のほのぐらさ〈小暗〉から地名〈をぐら（山）〉を出す表現となる」の「ここは」という限定は、この場面に合わせた、一時しのぎの仮説になってしまいます。一時しのぎの仮説（*ad*《アド》 *hoc*《ホック》 hypothesis《ハイポセシス》）とは、この場面ではこうだというだけで、それを支持する類例もなく、また、そのように認めるべき積極的理由も提示できない説明のことです。筋道を立てた証明の過程にアドホックな仮説が入ると、その説明全体の信頼性が失われます。

夕月夜を思わせる小暗い名前の小倉山で鹿が寂しそうに鳴いている。その鳴き声を別れの曲として、秋は暮れるのだろうよ。

〈小沢正夫・松田成穂校注『古今和歌集』新編日本古典文学全集・1994〉

頭注に「夕月夜がほの暗いところから〈小暗〉の連想で小倉山にかかる枕詞」とありますが、「夕月夜を思わせる」となると、枕詞の概念規定を問いなおさなければならなくなります。これもまた、アドホックな仮説ですが、日本語話者の正常な感覚が麻痺していなければ、「小暗い名前の小倉山」などという表現は出てこないはずです。「下句には、人の世に別れゆく〈暮秋〉の心が感じられる」とありますが、筆者には、その意味が理解できません。もし、あえて推察するような意味だとしたら、表現が拙劣です。

■ツゴモリの夕月夜

詞書の「晦日《つごもり》の日《ひ》」は日付です。この「晦日の日」が、月が姿を見せない「月隠《ツキゴモリ》りの日」であったなら、すなわち、日付と月齢とが一致していたなら、ツゴモリの日に「夕月夜」が出るはずはないので、この場合の「夕月夜」は枕詞だと逃げるほかなくなりますが、逃げるまえに、日付と月齢とが一致していたかどうか考えてみなければなりません。

ツゴモリは*ツキゴモリの縮約形だと説明されると、なるほどとそのまま納得してしまいかねませんが、*ツキゴモリの［キ］が脱落したとすれば、それは順当に生じる語形変化ではありません。なぜなら、［ツキ＋コモリ］が複合して後部成素の第一音節［コ］が［ゴ］に変化したのは、［月＋隠り］という語構成を透明に保つためだったからです。その原理を逆に当てはめれば、ハナゾノを［花＋園《その》］、イシバシを［石＋橋］と分析できるように、*ツキゴモリは［月＋隠り］と反射的に分析できます。これは、連濁とよばれる濁音化が担う、もっとも大切な機能なのです。それなのに［キ］が脱落したのでは、ツゴモリから［月］を析出できなくなってしまいます。*ツキゴモリ↓ツゴモリという変化は、連濁の機能を失わせた、その意味で破壊的変化だったのです。

破壊的変化が生じて［月］が析出できなくなったことは、観点を逆にすると、これは、［月］を析出できなくするための変化だったことを意味しています。

太陰暦（陰暦）は、本来、月球（暦月と区別するために中国語から借用しました）の盈《み》ち虧《か》けに基づいています。しかし、盈ち虧けの周期は29.53日、十二回で354.36日ですから、毎年、十一日ほど足りなくなるので、ほぼ三年に一度、閏月《うるうづき》を設けて調整されていました。四月のあとなら閏四月を挿入して、その年は十三ヶ月になります。したがって、暦月の日付と月球の満ち欠けとの間にかなりのズレが生じるのはふつうのことでしたが、月球が隠るはずのツキゴモリの日に月球が見えるのは不都合なので、暦月の末日をさす語として、*ツキゴモリの［キ］を脱落させて月球のイメージを消したツゴモリが形成されました。

新月が姿を見せるときが*ツキタチ（月立ち）ですが、右と同じように、暦月の初日がその日に当たるとは限りません。というよりも、ズレルのがふつうだったので、このほうはツキの［キ］を［イ］に変えて月球のイメージを消し、ツイタチが形成されました。ツイタチとツゴモリとは、ほぼ同じ時期に形成されたのでしょう。変化の類型から考えると、*ツキタチ→ツイタチという変化が先行し、それに続いて*ツキゴモリ→ツゴモリの変化が生じたと推定されます。一方は子音の脱落で、他方は音節の脱落ですが、両方とも月球のイメージを消した、［ツ］で始まる四音節語のセットとして定着したところに語形変化の機微があります。いっそう効率的に運用できる方向で言語は変化することを示す適例のひとつです。

右のように考えるなら、「晦日の日」に「夕月夜」が出ていても不思議ではありません。夕方に出ているのは、月齢の若い上弦の月です。この章の末尾に引用する紀貫之の和歌では、九月末日に「有明の月」が出ています。夜明け前に出ているのは月齢の進んだ下弦の月ですから、その年のその日に「夕月夜」は見えなかったことになります。

■「をぐらし」とはどういう状態をさす語だったのか

「大堰」（大井）は京の北西を流れる大堰川のあたり。貴族たちが「川逍遙《かわしょうよう》」（川遊び）を楽しんだ場所。初句の「夕月夜」によって、この和歌を詠んだ時間帯が示されています。名歌らしい印象は受けるものの、一読しただけで描写された情景をイメージするのは困難です。

夕暮れ時ではあっても、真っ暗というわけではないので、「小暗《をぐら》し」とは、うす暗い状態なのだと反射的に勘読しがちであるところに、現代語話者にとっての落とし穴があります。

古語辞典で「をぐらし」の意味を調べてみましょう。

をぐらし【小暗し】《形ク》《ヲは接頭語》暗い。薄暗い。「山の陰はをぐらきここちするに」〈源氏夕霧〉。「わけて問ふ心のほどの見ゆるかな木陰をぐらき夏の繁りを」〈更級〉〔大野晋他編『岩波古語辞典』補訂版・1990〕

この項目を読んだ限りでは〈薄暗い〉という語釈でよさそうにみえますが、引用された部分だけでは用例の文脈がわからないので、確かめてみましょう。

日、入《い》り方《がた》になりゆくに、空のけしきもあはれに霧《き》りわたりて、山の陰は小暗《をぐら》き心地するに、ひぐらしの鳴きしきりて、垣ほに生《お》ふる撫子《なでしこ》の、うちなびける色もをかしう見ゆ〔源氏物語・夕霧〕

その前から読んでくると、この「山」は、庭園に作られた築山《つきやま》をさしています。見逃してならないのは、①あたり一面ではなく、「小暗き心地する」範囲が「山の陰は」と限定されていること、そして、②夕方ではあってもまだヒグラシが盛んに鳴いており、ナデシコの花の色もはっきり見分けられるのに、築山の陰のあたりだけが「をぐらき心地す」と表現されていることです。

この疑問を解くカギは、右の古語辞典に引用されている部分の直前にある「空のけしきもあはれに霧《き》りわたりて」という描写にあります。一面に霧が立ちこめているのです。確かに薄暗くなりかけている時間帯ではありますが、叙述の順序としては、まず、少し遠くにある築山の、夕陽の当たらない陰の部分は「をぐらき心地」がする、すなわち、目を凝らしても立ちこめた霧のために、物の見分けがつかない感じだと述べたあとに、近くの垣に咲いているナデシコの花はよく見えるという順序で叙述されています。この場合の「小暗し」は、明暗の度合いよりも、なにがあるのかはっきり見えない状態を表わしています。だからこそ、「小暗きに」ではなく、「小暗き心地するに」と表現されているのです。

『源氏物語』には「をぐらし」の用例がもうひとつあります。

外《と》の方《かた》をながめ出《い》だしたれば、やうやう暗くなりたるに、虫の声ばかり紛れなくて、山の方《かた》、小暗く、なにのあやめも見えぬに、〈宿木〉

右に引用した夕霧の巻の例と似ていますが、鳴く虫の声がはっきり聞えていますから、ヒグラシが鳴いているよりもさらに遅い時間で、あたりがかなり暗くなっています。

「外の方をながめ出だしたれば」は、〈屋外のようすになんとなく目をやると〉という意味です。少し遠くにある築山のほうは「小暗く」て、物の輪郭が見分けられない状態ですから、〈薄暗くて〉ではなく、真っ暗になっているはずです。ただし、山のあたりがまっ暗だという表現は、もっと近い範囲ならなんとか見分けがつくことを含意しています。「心地」

という語はありませんが、なにがあるのか見たいという意志が確実に働いています。

夕霧の巻の例は、「小暗き心地するに」、すなわち、物の輪郭がはっきりしないような感じであるのに対して、こちらは、「小暗く、なにのあやめも見えぬに」、すなわち、なにがあるのか見分けがつかない状態ですから、薄暗いどころか、真っ暗です。


まだ夜深きほどの月、さし曇り、木《こ》の下をぐらきに〔紫式部日記〕

「夜深きほど」とは、「あかつき」のきざしが見えるまえの、夜のいちばん深い時間帯ですから、月がなければ真っ暗です。その月が雲に隠れ、光がグッと弱くなったために、木の下のあたりは、なにがあるのか見分けがつかない状態で、ということです。

これらの例に共通しているのは、物の見分けがつかない範囲が限定されていることです。したがって、帰納される「小暗し」の意味は、光が妨げられているために、すこし遠くのほうの場所は、見ようとしても、なにがあるのか見分けがつかない状態だ、ということです。立ちこめた霧のために見分けがつかなくても、あるいは、夕日が沈んで真っ暗になり、物の見分けがつかなくても、さらには、月の光が当たらない部分も、すべて「小暗し」です。言い換えるなら、「小暗し」とは、すこし遠くのほうにある対象が判別できなくなっている状態を表わしています。

右に引用した古語辞典の「をぐらし」の項を読んで疑問をもたなかったとすれば、それは、①接頭辞「を」の意味を〈小さい〉、〈少ない〉と決めてかかってテクストを読んだからであり、そして、②用例の引用が短かすぎて、当否を判断できなかったからです。

その場におけるその語の意味は、場面と文脈とに支えられて判断が可能になります。辞書の用例は、その場の意味を判断できるために必要にして十分な範囲をテクストから切り取るか、さもなければ、場面や文脈の説明を添えておかなければ引用する意味がないし、ときにはかえって誤解を招きます。それぞれの用例をテクストから適切に切り取るためには、その語句の意味や用法をよく理解できていなければなりません。不適切な切り取りかたをした用例に間違いだらけの現代語訳を添えた安直な古語辞典の氾濫を筆者が絶対に容認しない理由もそこにあります。

『源氏物語』から右のふたつの用例を引用して、「まっ暗なようす」と説明し、要説欄につぎの解説を加えた異端の古語辞典があります。

「小暗し」という字を引き当てて、ちょっと暗いと理解されがちであるが、用例（特にⓑ〈「宿木」筆者補〉）から知られるように、まっ暗な状態をいう。〔小松英雄他編『例解古語辞典』第三版・三省堂・1992〕

夕霧の巻の用例のうち、「空のけしきもあはれに霧《き》りわたりて」の部分を中略にして、霧が立ちこめているという条件を無視したまま、もっぱら宿木の用例に基づいて考えたために、

「まっ暗なようす」という中途半端な形になってしまいました。この辞典は改訂作業が中断されたままですが、それ以後に続々と刊行された古語辞典の編者のうち、ひとりでもこの指摘に着目してきちんと検証していたなら、右に述べたことはすでに常識になっていたでしょう。

十二世紀中葉に編纂された『色葉字類抄』（三巻本）は、日本語の語句に当てるべき適切な漢字を検索するためのイロハ引きの字書で、その「遠《チ》」部、「辞字」門（動詞や形容詞など）には、「籠・朧」の二字が「チクラシ」に当ててあり、また、同じく「遠」部の、熟字を集めた「畳字」門には、チグラシに「朦朧」が当てられています。その下に、もうひとつ熟字がありますが、いっそう朦朧とした難しい漢字なので引用を省略します。

朦朧《もうろう》とは、寝不足で頭がモーローとしているなどという、その朦朧です。辞書に収録されていることばは、たとえていえば、野外を自由に飛び回っているチョウではなく、生息環境から切り離され、生命を奪われて、虫ピンで止められ、分類されたチョウですから、すぐにこれだと飛びつかず、慎重に判断すべきですが、「朦朧」ということなら、「小暗し」の意味によく適合することは確かです。

「小暗し」の意味をここまで詰めてくれば、「をぐらの山に鳴く鹿」の場合も、日が暮れかけて上弦の月が見える状態になり、川霧の立ちこめた山のあたりが朦朧としており、鳴いている鹿の声が聞こえるだけで、その姿を見ることはできなかったのだと、確信をもって断言できそうです。
「九月の晦日の日、大堰にて詠める」というさりげない詞書に、我々は細心の注意を払うべきでした。なぜなら、冬の直前であり、大堰は川のほとりですから、鹿が鳴く夕暮れには川霧が立ちこめていたことを、この詞書きが明確に示唆しているからです。川霧は、秋ではなく、冬の景物でした。もう冬が確実に忍び寄っていたのです。

以上のような場面設定のもとにこの和歌を読めば、「鳴く鹿の声のうちにや秋は暮るらむ」という結びのもつ余韻も、従来の説明より、はるかに増幅されて心を打ちます。

ついでに、本書を執筆している時点で最新の改訂版が刊行された、一冊本の大型国語辞典も見ておきましょう。

> **お‐ぐらい**【小暗い】〘形〙[文]をぐら・し(ク) 少し暗い。何となくうすぐらい。ほのぐらい。「こぐらい」とも。源宿木「山のかたをぐら・く、なにのあやめもみえぬに」〔新村出編『広辞苑』第六版・岩波書店・2008〕

現代語中心の辞書であっても、項目を立てる以上、正確でなければなりません。どこがどのようにおかしいかは指摘するまでもないでしょう。

現代語訳付き学習用古語辞典はたくさんありますが、どれかひとつ手元にあったら、ためしに「をぐらし」の項を引いてみれば、序文や宣伝文句と内容の質とが必ずしもマッチしていないことを確認できるでしょう。

■「をくらのやま」と「をくらやま」

『古今和歌集』の原本が残っていないので直接には立証できませんが、すべての和歌が、つぎのように仮名だけで表記されていたことは疑いありません。

ゆふつくよ　をくらのやまに　なくしかの　こゑのうちにや　あきはくるらむ

注釈書では適宜に漢字が当てられていますが、当てかたは校訂者ごとにまちまちです。第三章で詳しく説明しなおしますが、和歌の読み手は仮名連鎖を順に目で追いながら理解していくので、たとえば、「ゆふつくよ、をくらやまにも」というように、「をくらやま」がひと続きになっていれば、大堰川のほとりの「小倉山」だとストレートに判断しますが、「おくらの・やまに」となっていると、初句で「夕月夜」のイメージが形成されているので、「夕月夜、小暗の・山に」、すなわち、上弦の夕月を背景に、川霧が立ちこめて朦朧とした山の姿を一次的にイメージし、これは「小倉山」のことだと二次的に理解します。一次的理解から二次的理解に移行する時間はきわめて短かいにしても、大切なのはそこに理解のステップがあることです。つぎの和歌は、そのことを端的に教えてくれます。

大堰なるところにて、人々酒たうべけるついでに　業平の朝臣

おほゐかは　うかへるふねの　かゝりひに　をくらのやまも　なのみなりけり〔後撰和歌集・雑三・1231〕

大堰川　浮かべる舟の　篝火に　をぐらの山も　名のみなりけり

＊たうべにける……「たうぶ」は「賜はる」に由来する語で、現代語の「食べる」につながる。

篝火……鵜飼《うかい》の際、周囲を照らすために、舟の上であかあかと焚く火。

詞書が「大堰にて」ではなく、「大堰なる所にて」、すなわち、〈大堰とかいう場所で〉となっていることが注目されます。作者は、「大堰」という場所も、そこに「をくらのやま」があることも、よく知らなかったという前提でこの和歌を読むようにという誘導です。在原業平がほんとうに知らなかったかどうかは別問題で、詞書に従えばそのように読むべきだということです。

チグラノヤマと聞いて、作者は、「小暗の山」、すなわち、〈朦朧として、なにがあるのか見分けがつかない山〉という意味に分析します。ところが、実際に来てみると、舟で焚く篝火に煌々《こうこう》と照らされて隅々までくっきりと見えるではないか、「小暗の山」とは名前だけではないか、というのがこの和歌です。

どうしてこの和歌は秋部でなく雑部にあるのか、そして、詞書に、どうして「酒たうべけるついでに」と断られているのでしょうか。この和歌は、現実と合わない名称への皮肉などではなく、酒席における即興のしゃれであり、裏返せば、見えないとあきらめていたのに、鹿がよく見えてよかったな、という嬉しさの表明でもあるでしょう。ヤマナシ《山無》県とかいう所なので山がないと思って来たのに、富士山がよく見えるではないか、というようなことです。注釈書は、詞書の「酒たうべけるついでに」とある理由を考えようとしていません。

『後撰和歌集』が手元になかったら、図書館に行ったついでに、雑三の部をざっと眺めてみてください。『古今和歌集』と違って、『後撰和歌集』に「誹諧歌《はいかいか》」（第四章参照）という部《ぶ》立《だて》はありませんが、雑三には「誹諧歌」に相当する優雅なコトバ遊びが集められています。第四・五句が、「をくらやまとは、なのみなりけり」だったなら、一次的に「小倉山」と理解されるので、「なのみなりけり」まで読んでから、ちょっと考えて「小暗山」を二次的に引き出すことになり、そのモタモタが、この和歌のおもしろさを殺《そ》いでしまうでしょう。

九条右大臣家の賀の屏風《びやうぶ》に　　平兼盛

あやしくも　しかのたちとの　みえぬかな　をくらのやまに　われはきぬらむ〔拾遺和歌集・夏・128〕

あやしくも　鹿の立所の見えぬかな　をぐらの山に我は来ぬらむ

『拾遺和歌集』では、この和歌が、つぎに引用する和歌のすぐあとにあるので、まえから順に読んでくれば、どうして「あやしくも」、すなわち、「不思議なことに」であるのかは、鹿が立っている場所を篝火で照らしているのに、であることがすぐにわかります。

延喜《えんぎ》の御時、月次御屏風《つきなみのおほむびやうぶ》に　　　　貫之

五月山《さつき》　木《こ》の下闇に　ともす灯《ひ》は　鹿の立所《たちど》の　標《しるべ》なりけり〔127〕

このように、勅撰集は、前から順々に読み進むように編纂されています。

この季節になると鹿がよくそこにいる場所を篝火で照らすことを、当時の貴族たちは知っていたはずなので、この和歌だけでも、作者が「あやしくも」と感じた理由を即座に理解できたでしょうが、現今の我々には、知識として与えられないとそのことがわかりません。しかし、直前の和歌を読んでいれば、この和歌もまた、「小暗の山」に来たのだろうという一次的理解のあとに、「小倉山」が二次的に引き出される構成であることがわかります。

■「ゆふづくよ」の和歌の要約

冬の到来を告げるかのように寒々と夕空にかかった月。すばらしい季節であったこの秋も今日が最後で、明日からは、ひたすら寒さを堪え忍ぶ冬になる。行く秋を惜しんで最後の一日を美しい紅葉で知られる小倉山のあたりで過ごそうとやってきたが、「をぐらの山」は立ちこめた夕霧のために朦朧としてよく見えない。鹿の姿も見えず、弱々しく鳴く声だけが聞こえてくる。その声が聞こえているなかで、美しい秋は幕を下ろすのだろう、という感慨の表明がこの和歌です。

■余談（秋は来るらむ）　一九七〇年代のこと。大規模な国語辞典が刊行されて話題になりましたが、「ゆうづくよ」の項目に、用例としてこの和歌が引用されており、第五句が「秋は来るらん」となっていました。辞書の初版には起こりがちなことですが、そのことを国語教育に深く関係している知人に話したところ、「らむ」は終止形接続だから、「来る」なら「来《く》らむ」でなければならないのに、と慨嘆していました。古典文法をしっかり身につけなければいけない、と納得させる絶好の材料として使えそうです。しかし、筆者なら、文法などと言わずに、詞書を読みなさいとアドヴァイスするでしょう。陰暦の九月末日に秋が来るはずはないからです。そういう読みかたをしてほしいというのが本書の趣旨にほかなりません。なお、その辞書の第二版では「くるらん」と改められています。

■仮名の運用によって和歌の心象をイメージ化する試み

本書巻頭の「口絵I」に示したのは、『寸松庵色紙《すんしょうあんしきし》』という名で知られる一群の古筆のなかの一葉です。

前述したように、古筆とは、平安時代から中世初期ぐらいの間に芸術作品として書かれた仮名の書の総称です。ほとんどの古筆がそうであるように、この色紙もまた、いつだれが書いたかは不明です。

『寸松庵色紙』ぐらい知っている。書の素人の解説など読む必要はないと、とばし読みをしないでください。本書は書法講座ではありません、書の専門書に書いていない、新しい視野から見いだされた事柄を指摘します。

こんな文字はとても読めないし、読みたくもないという読者がいるなら、その気持ちはよくわかります。なぜなら、ごく最近まで、筆者もこういうものを読む気がしなかったし、読むこともできませんでしたが、研究の都合で読む必要が生じ、書くことはとてもできないので読みかただけをひとりで覚えました。文字はコミュニケーションの手段なので、だれも読めない字を書くはずはありませんから、使われている言語を知っていれば読めるのが当然であることを身をもって理解しました。筆者を駆り立てたのは、つぎつぎと出てくる新しい発見でした。ひとつの発見はつぎの疑問を生み出すので、興味は尽きません。

つらゆき
ゆ《遊》ふつくよ　をくら
の山に《尓》な《那》くし　か《可》の
こゑのうちに《尓》や秋
は《盤》くるらむ《无》

毛筆を使えなくても、『高野切《こうやぎれ》』や『名家歌集切』などのように、端麗な線の美しさにほれぼれする古筆も少なくありませんが、博物館や美術館で『寸松庵色紙』などが展示されていても、美しいと感じないどころか、乱雑な印象しか受けず、横目で見て通り過ぎていました。なぜなら、日本語史研究にたずさわるひとりとして、このようなテクストを好きになれない理由があったからです。それは、この種のテクストには脱字が多いだけでなく、テクストのことばをかってに書き改めたり、原文を確認せずに写したとしか思えない独自の異文が少なくないので、日本語史の資料として使い物にならないと思い込んでいたからです。昔の能書たちはテクストの内容を理解しようとせず、文字を美しく書くことだけを考えて、やたらに変体仮名を多用したり、語句の切れ目を無視して書いたりしたために、でたらめなテクストになってしまったのだと、ひそかに憤慨していました。古代日本語を研究する立場にとって、それは乱暴狼藉の許しがたい行為でした。筆者が古筆に新しい価値を見いだして認識を百八十度転換してから、まだ数年しか経っていません。現在でも、古典文学や国語史の研究者のほとんどは、古筆をまともに相手にしていません。

口絵の色紙を見ると、規則的な韻文なのに語句の切れ目を無視して、いいかげんな行替えをしているし、行頭は高さがまちまちで乱雑な印象です。『古今和歌集』では、この和歌に、大切な詞書が添えられているのに、無神経にもそれを省いています。

このような見かたをするなら、文学や言語の研究資料として無価値にひとしいと考えるのは当然です。しかし、対象をなめてかかると、対象になめられます。対象をバカにすると、対象はなにも教えてくれません。この事例についても、まさにそのとおりでした。あとで考えれば、無神経にも詞書を省いたと決めつける感覚が傲慢で無神経でした。

先入観や既成の知識を捨てて、「口絵I」を改めてよく読んでみましょう。

「ゆふつくよ」の「ゆ」に「遊」が使われています。このような異体仮名は変体仮名とよばれ、視覚的変化をもたせるために使用されたと考えられているようですが、この「遊」が円形に近い形に書かれていることが注目されます。このすぐあとに、同じ書き手によるもう一葉の図版を示しますが、そこに出て来る「遊」と比較すると、それぞれが和歌の内容に合わせた意図的な筆遣いになっていることがわかります。この場合は、場面設定として、「遊」字が月を象《かたど》っています。ただし、くっきりと目立つ書きかたになっていないのは、一面に川霧が立っているためでしょう。

なによりも目を引くのは「をくら」が太く黒々と書かれていることです。夕月がぼんやりとしか見えず、「をぐらの山」はようすがわかりません。鳴いているのは確かに鹿に違いありませんが、その声は消え入りそうな心細さです。暮れ果てる寸前の「秋」は、行末に、それも料紙の末端ギリギリに、かろうじて踏みとどまっています。

無造作に書いていて「秋」がたまたま行末の窮屈なスペースにきてしまったために、このような書きかたになったわけではなく、その位置に来るように周到にデザインされた結果です。全体を見ればわかるとおり、語句の切れ目にこだわらない書きかたですから、「秋」を次行にまわすことも自由でした。「秋」に漢字を当てたのも、恣意的な選択ではなく、それが実体をもつ存在であることを表わしたものです。

かつての筆者を知る人たちは、右の解説を読んで、理論指向だったこの筆者もついに焼きが回ったかと目を疑うかもしれません。なぜなら、若い時期の筆者は、整然たる言語体系の美しさに心を奪われており、ほんとうか嘘かわからない主観的説明を腹の底から軽蔑していたからです。しかし、この一葉についてだけなら、いかにも独りよがりのように見えるかもしれませんが、これから取り上げるいくつかの事例をみれば、書き手が考えてもいなかったことを勝手にこじつけて説明しているわけではないことを理解していただけるはずです。この段階では、半信半疑で結構です。

なによりも、「をくらのやまに」の「をくら」が黒々と書かれていることに、我が意を得たりとうれしくなりました。鹿が、細々と消え入りそうな声で鳴いていることを、「をくら」の太さと対比的に細さで表出していることにも心を引かれました。この色紙の書き手は魔法の筆記具である毛筆を自在に操る魔術師です。

筆者は以前からこの和歌を知っていましたが、この色紙とまともに対するまで、今日が鳴き納めということで、たくさんの鹿が声を張り上げて鳴いている情景を想像していたのですが、それは、鹿の生態を知らないためであることを、この書き手に教えてもらいました。この色紙の書きかたを見て改めて考えると、鹿が妻を恋うて情熱的に鳴くのはもっと早い時期のことで、『古今和歌集』では秋上の214–218であり、「夕月夜」の和歌は秋下の末尾312ですから、妻を求めて鳴く時期はとうに過ぎています。ここで聞こえてくるのは、秋の終わりの寂しさをひとしを感じさせる侘びしげな声に相違ありません。この色紙の書き手は的確な解釈を見事に視覚化しています。

以上に述べた解釈を読者はこれまで読んだことも聞いたこともないはずです。なぜなら、この色紙をこのような視点から捉えて説明を試みたのは、おそらく筆者がはじめてだからです。以上の説明が幸いにして書き手の意図を大筋で代弁しているとしたら、この色紙は、数百年の仮眠から目覚めたことになります。たくさんの信者たちが何百年もありがたく拝んできた仏像の体内に仏舎利が隠されていたようなものです。

この発見が、筆者の妄想が描き出した幻影でないとしたら、つぎにしなければならないのは、発見された事実の価値を的確に査定することです。それが心霊写真の説明まがいのものだとしたら、争いがたい根拠をもって明確に否定されなければなりません。

以下の各章で取り上げるいくつかの古筆については、その道の専書でなくても、webや百科事典などから必要な情報が容易に入手できるので、書《しょ》や書道史について無知にひとしい筆者が受け売りすることは控えておきます。主な古筆は原色の写真複製も手軽に入手できます〔日本名筆選・二玄社〕。ただし、芸術作品ですから、当然ながらそれぞれの作品についての解説は、担当者ごとにまちまちです。

■秋はいにけり

「夕月夜」の和歌は、行く秋を惜しむ心を詠んだ名歌であり、さすがは貫之、と嘆息を禁じえません。いかにも秋部の末尾にふさわしい余韻嫋々《じょうじょう》の作品という感じですが、『古今和歌集』の秋部は、この和歌ではなく、そのあとに置かれたつぎの一首で締めくくられています。

同じ晦《つごもり》の日、詠める　　躬恒《みつね》

みちしらは　たつねもゆかむ　もみちはを　ぬさとたむけて　あきはいにけり〔313〕

道知らば　尋ねも行かむ　もみぢ葉《ば》を　幣とたむけて　秋は往にけり

「幣《ぬさ》」は神に祈るときに手向ける捧げ物です。楮《こうぞ》の木の外皮を裂いて糸状にした「木綿《ゆふ》」を榊《さかき》に掛けたものが基本でしたが、材料はそれに限らなかったようです。

貫之の「夕月夜」の和歌は、季節の推移として秋が終わるのを惜しむ心を詠んだものですが、この和歌では秋が親しみを込めて擬人化されています。

もし秋の去って行くその道がわかるならば、その道を探して訪ねてでも行きたい。もみじ葉を旅の安全を祈る手向けものとして供えて秋は去って行ってしまったなあ。〔新大系〕

秋が地上から西方に帰っていく道が分ったら、私はそのあとだって追って行こう。秋はもみじの葉を道の神様へのお供え物にまき散らして、行ってしまった。〔新全集〕

それぞれの現代語訳に反映された理解と、筆者の理解との間にはかなりの違いがありますが、さしあたり、第五句の「秋は往にけり」に問題を絞りましょう。筆者は、この表現をつぎのように読み取ります。

秋は、旅の安全を祈願してモミジの葉をどっさり神に捧げ、しばらく、ここからいなくなってしまった。秋の通り道を知っていれば尋ねて行きたいが、それを知らないので、戻ってくるのを待つほかはない。

いくらか不自然な表現であることを承知のうえでこのように言い換えた《paraphraseした》のは、「いにけり」の意味を生かすためです。

「秋は去って行ってしまったなあ」とか「秋は（略）行ってしまった」というような現代語訳には大切なナニカが欠落していると感じるのは、どうしてなのでしょうか。

「去る」「行《い》く」（行《ゆ》く）、「往《い》ぬ」という三つの動詞は、ほぼ、つぎのように使い分けられています。

去る……その場を離れる。戻ってくるつもりはない。

行く……別の場所に移る。戻るつもりかどうかは場面や文脈によって判断される。
往ぬ……目的を果たしたら戻ってくるつもりでその場を離れる。

「去る」の意味、用法は〈去る者は追わず〉のサルだという程度の説明で十分ですが、イク（ユク）とイヌとの違いはきちんと理解しておかなければなりません。それなのに、古語辞典の類でも、両者は、事実上の同義語として扱われていることが多く、右のふたつの現代語訳にもそれらの区別は反映されていません。

大型古語辞典のひとつは、動詞「いぬ」の意味を①行ってしまう。去る。②時が過ぎ去る。経過する。③世を去る。死ぬ。④帰る。戻る。」の四つに分け（各項とも用例省略）、語誌欄につぎの解説を加えています。

「いく」「ゆく」と類義であるが、もとの場所に帰る、いなくなる、消え去るといった意味が強い。それが「死ぬ」「経過する」などの意で使用される際の基調をなしている。［岩淵匡］

〔中田祝夫他編『古語大辞典』・小学館・1983〕

説明がわかりにくいのは、①の〈行ってしまう。去る〉が基本的意味であり、②以下は派生した意味だと読み取れるからです。〈行ってしまう〉と〈去る〉とをひと括りにしたり、〈もとの場所に帰る〉、〈いなくなる〉、〈消え去る〉をひと括りにしたのでは境界がどこにあるのかわからなくなります。

「行《い》く」と「往ぬ」とは語幹［イ］を共有しており、［ク］はサク（咲く）やナク（鳴く）などと同じ、形式的な活用語尾ですが、［ヌ］は「雨降りぬ」、「夏は来《き》ぬ」などの［ヌ］と同じ意味で、活用のしかたもまったく同じです。

この［ヌ］は、ある動作や状態がすでに始まっており、まだ終わっていないことを表わしますから、イヌは、イクという行為が完結していないことを意味します。それが完結するのはもとの場所に戻ったときです、現代語に置き換えれば〈出かける〉とか〈出かけている〉、〈行ってくる〉とかいうことです。東京に行った父親が帰るかどうかは事情しだいですが、東京に出かけた父親は用が済んだら帰ってきます。

「道知らば」の和歌の作者は、秋と永別したと思っているわけではありません。来年になれば擬人化された秋は、秋風とともに戻ってくるはずですが、取り残された作者を待っているのは、寒く耐えがたい冬の季節であり、いずれ暖かい春が来ても、その後には厳しい夏があり、待ちに待った秋風が吹くのはその先のことです。

イ・クという動詞が先にあり、イ・クの語幹に助動詞ヌを添えて〈出かけている〉ことを表わす動詞として作られたのがイ・ヌだろうと、筆者は推測しています。

眼前にいたものがいつのまにかどこかへ去ってしまう意の「去《い》ぬ」のはじ

めの母音を脱落した「ぬ」は、無作為的・自然推移的な作用・動作を示す動詞や助動詞「る」「らる」の下について、すでに動作・作用が成り立ってしまったという完了の意を示すのである。

〔「基本助動詞解説」『岩波古語辞典』補訂版〕

右に述べた筆者の推測と逆方向で、イ・ヌのイが脱落して助動詞ヌができたという推測ですが、そうだとすれば、活用型の同じ「死ぬ」はどのように説明したらよいのでしょうか。本書は、こういう議論を展開する場所ではないので深入りしませんが、当然ながら、両方ともに正しいことはありえません。助動詞の意味などというのは、こういう危ない橋を渡って理論化されている場合があることを覚えておいてください。

さしあたり、動詞イヌの意味がよくわかる用例をひとつ『伊勢物語』から引用しておきます。幼なじみの男女が結婚したが、男は河内《かわち》の国に愛人ができて通うようになった。それでも、女は、いやな顔もせずに男を送り出したので、さてはほかに男ができたのではと疑って、という叙述のあとに、つぎのように続いています。

前栽《せんざい》のなかに隠れ居て、河内に往ぬるかほにて見れば〔第二十三段〕

男は、植え込みにじっと身を隠し、河内に出かけたふりをして見張っていたところ、女が、男の身を案じる和歌を口ずさむのを聞いてたまらなくなり、「河内へも行かずなりにけり」という結果になりました。

「秋は往にけり」を「秋は去って行ってしまった（なあ）」と現代語訳すると物足りない感じが残る理由はふたつあります。そのひとつは、このような場合の「往ぬ」の含みを自然な現代語の表現に訳しようがないことです。〈秋は（来年まで）出かけた〉と訳すわけにもいきません。そしてもうひとつは「往にけり」のケリを、つぎのように理解していることです。

この説明は「気づきの助動詞」などとよばれて、現今の共通理解になっているようです。

　「けり」は、見逃していた事実を発見した場合や、事柄からうける印象を新たにした時に用いるもので、〔「基本助動詞解説」『岩波古語辞典』補訂版〕。

（今まで気付かずにいた事実に、初めて気付いて驚き詠嘆する意を表す）…だった。…だったのだなあ。〔『全々古語』〕

古典文法では、「秋は往にけり」のケリを右のように説明していますが、これでは説明のつかない事例が多すぎます（本書「補章」参照）。

結論だけを言えば、ケリは、疑う余地のない事実として確認することを表わすというのが筆者の説明です。「秋は去にけり」とは、秋はもう確実によそに出かけている、ということです。出かけているのだから、また戻ってくるはずです。

図版は、『寸松庵色紙』の、前節で検討した『古今和歌集』秋下の末尾の和歌です。

みつね《年》／道志《し》らは　たつね《年》／もゆか《遊可》む　もみち／盤《は》を　ぬさ《佐》とた／无けて《む介弖》
秋は《盤》／いにけり《尓介利》

寸松庵色紙

最初の文字を見てください、不思議なことに「道」と読めるのですが、書体字典の類で調べても、このような字体の「道」は採録されていません。仮名の書きかたには工夫を凝らしているのに、漢字となるとウソ字でもそのままかり通るのが古筆なのだろうか。仮名で書けばウソ字を書かずにすんだのに、どういうつもりで漢字で書いたりしたのだろうと疑問になりますが、複製の解説などを読んでも、各行頭の位置関係や仮名の美しさに最高の賛辞を呈しているだけで、この「道」については一言のコメントもないので、自分で考えるほかありません。

正統の書きかたをしていないのに「道」としか読めないこの不思議な文字を、よく見てみましょう。書道の用語を知らないので、常識的な捉えかたで説明します。

書き出しの、「そ」の仮名のような形になっている部分の初画の点と第二画の点とは離れていますが、筆の勢いは続いています。そして、第二画から文字の最後まで一筆で続けられています。ただし、一筆ではありますが、筆の動きにいささか不自然な部分があります。

「道知らば尋ねも行かむ」とは、秋が通っていった道を知っていたら尋ねても行きたいが、知らないので、あきらめざるをえない、ということです。なるほど、奇妙に曲がりくねったこんな道は、慣れていなければ迷ってしまうに違いありません。途中に方向感覚が狂いそうな折り返しがあるところなど、なかなか凝っているではありませんか。しかも、「道」としか読めない形に仕上げたところは、毛筆で心を描くことのできる能書の達人芸です。いい加減な漢字しか書けないなら仮名で書くべきだ、などという高慢な姿勢で読んだら、この達人芸には気づきません。この「道」はミチ一般の概念を表わす文字ではなく、この和歌のこの文脈におけるミチを表わすためだけに工夫された象形文字です。

難しい道を下ると、ほぼ山を一周して麓にたどり着いています。

「道」のつぎは「志《し》」の仮名です。「道」とは切れていますが、その延長のような太さで曲がりくねり、「志らは」と続いています。この「波《は》」もまた単純な表音文字ではなく、曲がりくねった道になっています。『寸松庵色紙』だけでなく、多くの古筆を通覧してもこういうひねくれた字体の「波《は》」はなかなか出てきません。

「道志らは」までがひと続きで「たつ年《ね》」から新しく書きはじめられています。ここだけを見れば自然な切りかたですが、あとまで読むと、一行のなかでこれほどはっきり切ってあるのはここだけです。第三行の「(もみち) はをぬさと」(もみぢ葉を幣と) の「を」と「ぬ」とは、語句の境界を無視して続けられています。そういう書きかたをしていながら、ここでいったん切ったのは、山道を下りきったこの場所に、旅だった「秋」が足を止めるべきなにかがあったために立ち寄ったからではないでしょうか。その疑問を頭に置いて、あとを読んでみましょう。

第二行には「毛《も》」の仮名がふたつ出てきますが、字体がかなり違います。従来はこの違いを視覚的変化を求めたヴァラエティーとして説明したのでしょうが、筆者の視点からは、秋がここでひと休みしたあとで、再び歩きはじめたようにみえます。行頭の「も」の最初の点は離れていますが、「もゆかむ」がひと続きになっており、この「遊《ゆ》」が、またまた、難しい道の象形になっているからです。

すでに見たように、「遊」は『寸松庵色紙』のなかにもうひとつ出てきますが筆遣いが違います。「夕月夜」を象徴したと思われる丸い「遊」と違って右肩が突き出しています。こちらは、山のなかの道を象っているようです。

第二行を「もみち」で切って、つぎの行頭に「盤《は》」を大きく書いています。というよりも、大きく印象づけるには、「波」や「者」よりも「盤」を使うのが効果的だったのでしょう。パッと目に入る美しいモミジ葉の印象を強調するためにも、また、幣として捧げるたくさんのモミジ葉を象徴するにも、字形が複雑で大きな「盤」が適切だったというのが筆者の解釈です。つぎの行の末尾の「盤《は》」は、同じ字母なのに前行の行頭の「盤」ほど目だちませんが、「波」や「者」よりも〈ほかならぬ秋は〉と強く印象づける効果を発揮しています。

第三行に戻ります。第三字と第四字とで「ぬさ」ですが、ひとまとまりの語なのに運筆が「ぬ」から「さ」へ直行せず、手元が狂ったかのように右に揺れており、かなり不自然です。

その理由は、つぎの行まで読めばすぐにわかります。

第四行の行頭の「无《む》」はむやみに縦長で、ズンと高く突き出ています。「幣《ぬさ》」については前節で簡単に説明しましたが、「幣と手向けて」は、神主さんが地鎮祭とか結婚式とかで神前に幣帛《へいはく》を捧げる動作を思い浮かべてください。まず、幣帛を低い位置で横に小さく振ったあと、ぐっと高く捧げます。「ぬ」から「さ」に移る部分が奇妙な運筆だと指摘しましたが、「幣」を横に振る動作を描いたとすれば、奇妙どころか、実景を動的に描写した巧みな運筆です。

ここまで来て、第一行の「道」と「志らば」とがなぜ離れているのかについて、ひとつの解釈が可能になりました。それは、山を下《くだ》りきったその場所で、旅の安全を祈るために「幣」を手向けたのだろうということです。『土左日記』のつぎの例は、その解釈を支持しています。

夜中ばかりに船を出《い》だして漕ぎ来る道に、手向《たむ》けする所あり、楫取《かぢとり》して幣《ぬさ》奉《たいまつ》らするに、幣の東《ひむがし》へ散れば、楫取の申し奉ることは、この幣の散る方《かた》に御船《みふね》すみやかに漕がしめ給へ、と申して奉る

〔土左日記・一月廿六日〕

船頭に幣を奉らせたところ、幣が東のほうに散ったので、楫取は、幣が散った東の方角に

このお船を順調に漕がせてくださいますよう、と言って幣を奉った、ということです。
そのつぎの行では「幣」が高々と上がっています。柄が付いているので、細長いのは当然です。この場合の「幣」は「木綿《ゆふ》」ではなくモミジの葉です。手向けた「盤《葉》」は前行の第一字として、どっさりまとまって高い場所にあります。手向ければ風に舞って地面に落ちてきます。色紙の書き手の心は、地面を埋め尽くした美しいモミジの落ち葉を目の前にして、それを幣にして手向けたときの様子を想像しています。

第四行で「秋」が漢字になっていますが、「道」と違って素直な書きかたです。文字に工夫を加えないなら、どうして仮名で書かなかったのか。それは、この和歌の作者が、「秋」を擬人化ないし神格化して捉えていたことを、色紙の書き手が理解していたからです。

末行の「いにけり」が、グッと下に小さな文字で書いてあるのは、人目を避けてこっそり姿を消したようすを表わしているのでしょう。

筆者の解釈を肯定するにせよ否定するにせよ、『寸松庵色紙』の二葉だけでは十分な証拠にならないので、第二章では『十五番歌合』から、第三章では『継色紙《つぎしきし》』から、そして、第四章では元永本『古今和歌集』から、それぞれ一首を選んで、同じような視点から解析を試みます。本書ではその程度にとどめておきますが、筆者はすでに類例をたくさん見いだしています。興味をもっていただいた読者は石川九楊『ひらがなの美学』（新潮社・2007）所収の石川九楊・小松英雄〈ひらがな対談〉を参照してください。対談の記録なので、簡潔な指摘にとどめてありますが、そのなかでいくつもの事例に言及しています。蛇足ながら、同書の著者は視野のきわめて広い独創的書家であり、その本文部分は、古筆についての得がたい入門書です。

この色紙を一瞥《いちべつ》しただけで、以上に述べたことが、筆者の脳裏に忽然《こつぜん》とひらめいたはずはありません。ベッドで眠りにつくまでのひとときに、この字をこんなふうに書いたのはどういうつもりなのだろうと、疑問をひとつひとつ解いていった集積ですから、この一葉についてだけでも大切なことをまだ見過ごしているかもしれません。

■対極にある感受性

行く秋を惜しむ歌を数首並べ、最後を「秋はいにけり」で止めている。しかし、歌は概して理知的なものが多く、晩秋のしみじみした気分を感じさせるものが少ないと評せる。〔新全集〕

色紙の書き手とこの注釈との感受性《sensibility》はまさに対極にあります。『古今和歌集』に限って〈理知的〉という語をマイナス評価の決まり文句にする因習から抜け出せないのは残念です。どの和歌であるかを特定せずに、概して、多く、少ない、などと一括批評したりする姿勢は、作者にも、撰者にも、そして、注釈書の読者にも失礼だと筆者には感じられます。研究の進歩を目指すなら、『古今和歌集』の和歌に理知的とか観念的とかいう手垢の付いたラベルを貼ることは、もうやめなければなりません。

■貫之作「道知らば」の和歌

『古今和歌集』の藤原定家自筆校訂テクストには、本編に相当する巻十八までが千首、付編に相当する巻十九・巻二十が百首で、合計千百首ありますが、そのあとに、「家々称証本之本、乍書入、以墨滅歌今別書之」として、十一首があります。和歌の道の家々に「証本」と称して蔵されているテクストには、『古今和歌集』のなかのそれぞれの位置に和歌を書いたうえで墨で滅《け》したものがある。それらを抜き出し、ここにまとめておくということです。「墨滅歌《すみけしうた》」とよばれていますが、抹消した和歌であるために注目されない存在になっています。しかし、読んでみると、出来が悪いものを削除したとは考えられません。

墨滅歌のなかに、巻十四（恋四）から抜き出された貫之作のつぎの和歌があります。

みちしらは　つみにもゆかむ　すみのえの　きしにおふてふ　こひわすれ
くさ

道知らば　摘みにも行かむ　住の江の　岸に生ふてふ　恋忘れ草

貫之作のこの和歌がすでにあることを知らずに躬恒が「道知らば尋ねも行かむ」と詠んだとか、また、貫之が躬恒のまねをして右の和歌を詠んだとかいうことは考えられません。唯一の可能性は、貫之の「夕月夜、をぐらの山に」の和歌に共感した躬恒が、貫之作の「道知らば」の和歌をデフォルメしてそのあとに添えたのだろうということです。躬恒作の「道知らば」の和歌に「大堰《おほゐ》にて」という詞書がないのは、編纂過程での話し合いがあったことを思わせます。躬恒の「道知らば」を入れたために貫之の「道知らば」は墨滅歌として残されたのでしょう。

■『後撰和歌集』秋下の末尾二首

紀貫之と凡河内躬恒とはふたりとも『古今和歌集』の撰者でしたが、撰者の違う『後撰和歌集』秋下の末尾二首も、このふたりの和歌で結ばれています。貫之、躬恒という順序も同じです。

九月晦日《つごもり》に　つらゆき

なかつきの　ありあけのつきは　ありなから　はかなくあきは　すきぬへらなり〔441〕

長月の　有明の月はありながら　はかなく秋は過ぎぬべらなり

「有明の月」は、朝になっても出ている月です。秋の最後の日に出た月が翌朝にも出ている状態だけれど、はかなくも秋は確実に過ぎ去りつつあるようだ、ということです。

同じ晦日に　みつね

いつかたに　よはなりぬらむ　おほつかな　あけぬかきりは　あきそとおもはむ〔442〕

何方に　夜はなりぬらむ　おぼつかな　明けぬ限りは秋ぞと思はむ

秋の最後の夜に出て、冬の最初の朝に沈む月です。今は夜がどちらの側になっているのだろう。自信がもてないが夜が明けないうちは秋だと思うことにしようという、過ぎ行く秋への未練の表明です。『古今和歌集』の丸みのある「夕月夜」に対して、こちらは下弦の細い「有明の月」のセットで秋部を閉じているところに撰者たちの工夫があります。

第二章　仮名はどういう特質をもつ文字だったのか

——仮名ならではの表現技巧と草仮名ならではの表現技巧

導言　仮名と平仮名とは、別々の文字体系であることを認識する

西洋から導入されたペンが普及するまで、日本では毛筆が唯一の筆記具だったので、仮名の体系は毛筆で仮名文を書くことを前提にして形成されました。筆者自身、この原稿をワープロソフトで入力していますが、毛筆離れをしている読者も、その事実をつねに念頭に置いて以下を読んでください。

日常生活では区別しないでもかまいませんが、文字や書記について正面から議論する場合には、仮名と平仮名とを区別して扱う必要があります。なぜなら、九世紀に形成された仮名の体系と、現行の平仮名の体系とは、機能と運用のしかたとのうえで、同一の文字体系とはみなしがたい大きな違いがあるからです。

《仮名》……前後の文字との切れ続きを示し、語句のまとまりを表わすことができるように、漢字の草書体を基本にして平安初期に発達した音節文字の体系。連綿（続け

書き）や墨継ぎ、濃淡のめりはり、線の太さの違いなどによって、語句の単位を明示することができるので、楷書体の漢字に基づいた奈良時代の音節文字（借字）と違って、韻律を手がかりにしないでも散文の読み書きが可能になった。鉛筆やボールペン、ワープロソフトなどでは、毛筆のように多彩な書き分けができないので、仮名や仮名文を書くことはできない。仮名の体系では清音と濁音とを別々の文字で書き分けない。仮名文は句読点や引用符などを受け付けない。

《草仮名》……字体はほぼ漢字の楷書、行書と同じであるが、奈良時代の借字と違い、清音と濁音とを別々の文字で書き分けない。変体仮名ともよばれ、古筆では仮名と併用されている場合が多い。

《平仮名》……仮名文を運用する過程で徐々に発達した音節文字の体系であるために個々の字体は仮名に近いが、濁点の有無で清音と濁音とを書き分ける。平仮名文では句読点や引用符を自由に使用する。前後の文字との切れ続きを示す機能をもたないので、どんな筆記具でも書くことができるし、フォントで印刷することもできる。ポルトガルの宣教師たちが編纂した『日葡《にっぽ》辞書』（長崎刊・1603）に「Firagana. 日本の文字の一種」とあるのが古い例として知られている。

仮名と平仮名とを右のようによび分けることは、まだ学界の常識になっていません。それは、仮名だけがもつ固有の機能が十分に認識されていないからです。筆者が強調したいのは、まさにその点にあります。

■仮名文テクストを平仮名文に置き換えるとなにが失われるか

仮名文テクストの表現を的確に解析するには、紀貫之や紫式部が、仮名の特性をどのように生かして『土左日記』や『源氏物語』を書いたのか、それらと同じような仮名文学作品を鉛筆やボールペンなどを使って平仮名文で書くことはできるのだろうか。活字に置き換えたテクストには、もとのテクストにあったなにか大切なものが失われていないだろうか、また、その逆に、もとのテクストになかった余計なものが加わっていないだろうかということを考えてみなければなりません。

伝統的国文学や国語学の研究者たちの多くは、書き換えによって失われてしまう大切なものがあることに気がつかずに、毛筆で書かれた仮名文テクストを活字に置き換え、仮名に漢字を当て、濁点、句読点、引用符を加えて、もとのテクストを、それと等価で読み取りやすいテクストに改めたと信じているようにみえます。

仮名文学作品は毛筆で書かれた写本で読まなければ読んだことにならないなどと、筆者は教条的《ドグマティック》に主張しているわけではありません。それが理想ではありますが、毛筆が実用的筆記具の地位を失った現在、そういう非現実的な関門を設けたら、せっかくのすばらしい作品を享受できる人口が激減してしまうに違いないからです。筆者自身、活字で翻刻した校訂テクストの恩恵を日常的に受けていますが、もとのテクストがどのように書かれているかを頭のなかで復元できる程度の基礎知識はもっているつもりです。

外国語の新聞や本を読むためには、その言語で使用されている文字の体系と、その運用のしかたとを身につけなければなりません。そのことがわかっているなら、平安時代の仮名文テクストを読むためには、仮名文字の体系と、その運用のしかたを身につける必要があることもわかるはずです。それなのに、専門の研究者を含めて、こういう当然のことを認識していないのは、『源氏物語』や『枕草子』も、現代の新聞や小説も、基本的に同じ文字体系を同じように運用して書かれているとアタマから信じ込んでいるからです。

確かに、平安時代には、現代では使用されていない「ゐ」や「ゑ」の仮名が使われていたし、そもそも仮名遣いが違います。しかし、それは、音韻変化の結果であって、文字体系の根本は変わっていないのだから、「あふひ」（葵）と書いてあれば現代語の発音で「アオイ」と読めばよいだけだ、という程度の認識なのでしょう。そうなれば、お荷物になるのは仮名遣いぐらいしかありません。

平安時代には仮名文テクストの表記がまだ発達途上にあり、濁点や句読点、引用符などを使用して読みやすく書くことにまで思い及ばなかっただけだから、それらの符号を補い、仮名が多すぎると読みにくいので適当に漢字を当てた校訂テクストを提供すればよいと、専門の研究者たちまでが信じているようですが、もしもそのとおりなら、当時の人たちは未発達な段階の不便な文字体系を我慢しながら運用して物語や日記などを書いていたことになるでしょう。電気掃除機がなかったので、やむをえず不便な箒《ほうき》で掃いていたというような考えかたですが、それは近代人の思い上がりです。紀貫之にせよ紫式部にせよ、清濁の仮名を書き分けたければ、奈良時代の方式を継承して、「久」の草体と「具」の草体とで書き分けることぐらい思いつかなかったはずはありません。必要を感じていたら句点や読点に相当する符号も工夫できたはずです。そもそも、清音と濁音とを書き分けない仮名文字の体系が形成されることはなかったはずです。したがって、そのような方式を導入しなかったのは、必要を感じなかったからだと考えるべきです。

仮名文テクストの表現を理解するためには、仮名とはどういう特質をそなえた文字だったのか、そして、仮名文は仮名文字のどういう特質をどのように生かして書かれているかをわきまえておくことが不可欠です。

わかりきったことを、どうしてこれほど強調するのだろうと不審に思う読者が少なくないでしょうが、それは、仮名の特質ぐらいよく知っていると思い込んでいるために、筆者のいう特質とはどういうことをさしているのか理解しようとしないからです。そのことは、平安時代の和歌や物語などの研究者の多くにも当てはまります。高校はもとより、大学の専門課程でも、講義や演習などで仮名文学作品のテクストを読む場合、仮名文字の特質やその運用のしかたについての予備知識について講義を受けた記憶はないでしょうし、そういう趣旨のことをなにかで読んだ記憶もおそらくないでしょう。

■仮名文字の特質とは

仮名文テクストを読むために心得ておかなければならない仮名文字の特質とはどういうことを指しているのか、実例に即して簡単に説明しておきます。

たとえば、『土左日記』冒頭の一文が、古文の教科書や注釈書、古語辞典の用例などに、つぎのように表記されています。

男《をとこ》もすなる日記《にき》といふものを、女《をむな》もしてみむとてするなり。

この一文をもとに、『土左日記』は紀貫之が女性のふりをして書いたものだと説明されてきました。しかし、内容を読んでみると、女性ならではの着眼や叙述がどこにも見あたらないどころか、女性がこういうことを絶対に書くはずがないと断言できる叙述まで出てきます。それもそのはず、この一文は、つぎのような重ね合わせの構造になっているからです。

をとこもすなる日記といふものを　ゝむなもしてみむとてするなり

をとこもし（男文字）　をむなもし（女文字）

前半はことばどおりに理解するとしても、後半の「してみむとてするなり」という表現は、モタモタした言い回しで、いかにも不自然です。そもそも、〈日記をスル〉と言えば、〈日記を書く〉という意味だと理解はできますが、日本語話者がこういう表現をすることはありません。

当時の読者なら、こういう不自然な表現の裏にはなにかあるに違いないと考えて、「をむなもしてみむ」という仮名連鎖に、もうひとつの仮名連鎖「をむなもし」(女文字)が重ね合わせてあることに気づいたはずです。なぜなら、『古今和歌集』に代表される平安前期の和歌には、それと同じ方式による重ね合わせの表現技巧が好んで使われていたからです。

「女文字」を導き出したうえで改めて読みなおすと、前半の「をとこもすなる日記」の「をとこも」は、「をとこの」でなければ不自然です。その不自然さをヒントにして考えれば、「をとこもすなる」の部分に「をとこもし」(男文字)の「をとこも」までを重ね、語末の「し」は「す」と音のイメージが近いので、「をとこもし」(男文字)を連想することは容易です。「男文字」が不完全な重ね合わせで、「女文字」が完全な重ね合わせになっているのは、〈男文字ではなく女文字で書く〉と、女文字を優先していることを含意しています。女文字とは、女性用の文字ではなく仮名のことです。平仮名ではありません。

男文字で書くとは漢字文で書くことであり、女文字で書くとは仮名文で書くことですから、冒頭のこの一文は、書き手が女性であることではなく、仮名文で書くという宣言です。作者が知恵を絞った表現ですから、頭を使わなければ読み解けないのに、これまでは、最初に導き出される語句が表現のすべてだと思い込んで、そのあとに導き出されるもうひとつの語句があることに、そして、そのほうが肝心な語句であることに気づかなかったのです。

「日記」という語の発音は［nitki］でしたが、この語形を仮名では適切に写すことができなかったために、貫之自筆のテクストに漢字で書いてあったことがわかっています。教科書や注釈書などで「にき」と振り仮名を付けてあるのは、優雅な文体の仮名文テクストに促音に相当する品《ひん》の悪い音は使わなかったと勝手に決めつけているからです。仮名文テクストには、その当時、中国語ふうに発音されていた多くの語が漢字で表記されています。

以上は、前著『古典再入門』の第I部に書いたことの部分的要約です。

清音と濁音とを別々の文字で表記する平仮名の体系では「をむなもして」に「女文字」を重ねるような技法は使えません。仮名文学作品のテクストを読む場合には、まず、仮名文字の体系の特質とその運用のありかたとを知らなければならないと筆者が強調する理由の一端がこれで理解していただけたでしょうか。一端と言ったのは、以下の各章で明らかにするように、このようなことがまだまだたくさんあるからです。

冒頭の一文を根拠にして、紀貫之が女性を装《よそお》って『土左日記』を書いたと今日まで信じられてきたのは、専門の研究者が、仮名と平仮名との質的な違いに気づいていなかったからなのです。『土左日記』を千年の眠りから目覚めさせたのは、頭脳明晰な研究者のひらめきなどではなく、考察の出発点をどこに置くべきかを慎重に見極め、テクストとじっくり対話しながら考察を進める、愚直とも言うべきアプローチがもたらした成果であることを理解してください。

■仮名の体系の形成

日本語を書き表わすための文字体系が、日本で独自に形成された形跡はありません。素朴な絵文字のような試みぐらいはあったとしても、文字体系とよべるまでに発達せずに終わったことでしょう。日本社会にとって文字との最初の出会いは、中国を中心とする東アジア漢字文化圏に組み入れられたことによって、共通の伝達媒体として中国語古典文（いわゆる漢文）が導入されたことでした。初期の姿は出土したおびただしい木簡からうかがえますが、八世紀初頭には、日本語に適合した方式の、したがって、日本語話者以外には通用しない漢字文が工夫され、また、短かい語句や《五七》の韻律に基づいた歌謡などを記録できる借《しゃく》字《じ》も発達しました。借字とは、漢字の意味を捨てて音《おん》だけを借りた「耶麻《やま》」、「都紀《つき》」などのような音節文字です。一般には万葉仮名とよばれていますが、『万葉集』は文学作品であるために単純に表音的とはみなせない用法も少なくないので、筆者はその名称を避けて借字とよんでいます。漢字の意味を捨てて、音を借りた文字という意味です。

日本語の音韻体系に基づいて日本語を表記し、日本語で自由に読み書きできる表音文字の体系を求めて日本語話者が創り出した仮名文字の体系が、十世紀初頭までに成熟していたことは、日本文化史のうえで特筆すべき出来事でした。仮名文字は日常生活に大きな便益をもたらしたはずですが、本書で注目したいのは、それが、『古今和歌集』（勅撰集）、『土左日記』（日記形式の作品）、『伊勢物語』（歌物語）など、仮名文学作品の伝達媒体として使用されたことです。言い換えるなら、仮名文字の体系がなければ、日本語話者の、すなわち、日本語話者による日本語話者のための文学作品が生み出されることはありえませんでした。

《仮名文学作品》という用語は、〈仮名で書かれた文学作品〉という意味で一般に使用されているために、原作のテクストは漢字を交えずに仮名だけで書かれていたと誤解されがちですが、〈仮名文字の特性を最大限に生かし、漢字を交えて書かれた文学作品〉という意味であることを確認しておきます。

■仮名文

特定の個人や集団が新しい言語を考え出して社会に通用させる試みが成功することはありえません。また、特定の個人や集団が好ましいと考える方向にコトバを変化させたり、すでに生じた変化を逆もどりさせたりすることも不可能です。現代日本語に関する安直な似非《えせ》啓蒙書がつぎつぎと現れて、もてはやされるのは、書く側の日本語学者にも、読む側の無邪気な人たちにも、コトバとはどういうものかについての基本認識が欠けているからです。もちろん、その社会的責任は、低俗な日本語本で大衆に媚《こび》を売りつづける人たちが全面的に負うべきです。

　言語を人為的にコントロールすることはできませんが、それを書き表わす文字体系は、伝達のための道具ですから、あらゆる道具がそうであるように、いっそう使いやすく改善したり洗練したりすることが可能です。言語があってこその文字体系ですが、衣服が身体の一部ではないのと同じように、文字は言語にとって不可欠《インテグラル》な構成要因ではありません。文字について考える場合には、最初にそのことを確認しておく必要があります。

　平安時代になって平仮名（筆者の用語は「仮名」）ができたことによって、漢字を読み書きできない女性たちも書く手段を獲得し、その結果、数多くの名作が生みだされたという、事実に反する俗説は論外として、確実なのは、もしも九世紀に仮名の体系が形成されていなかったら、紀貫之も紫式部も清少納言も、仮名文学作品の作者として名を残すことはなかったということです。ただし、つぎのような解釈は支持できません。

　奈良時代に発生した万葉がな（真がな）は、平安時代に入ってからもおよそ一〇〇年ほどの間、社会的に広く用いられた。これと平行して、万葉がなを略体化した草《そう》がな（当時は「さう」とよばれた）が徐々に発生してきた。そして、それは、さらに大胆に書きくずされ、もとの万葉がなの姿さえ見当がつかぬほどに変形し、今日でいう平がながつくり出されたのである。

〔小松茂美『かな—その成立と変遷』（Ⅱ展開）岩波新書・1968〕

万葉仮名（筆者の用語は「借字」）は、中国で周辺諸国の固有名詞などの表記に使用されていた表音方式を導入して、日本語を表記するために工夫されたものであって、日本で自然発生したわけではありません。人間が特定の目的に使用するために工夫して作り上げたものを、あたかも人間の意思と関係なく自然に生じたかのように漫然と捉えるべきではありません。コンピュータもケータイもひとりでに発生した機器ではありません。

さきに指摘したとおり、文字は道具ですから、その道具がどういう目的のために作られたか、そしてどのように使われたかを解明することが大切です。箒のたとえを繰り返すなら、箒が発生したので掃除をするようになったわけではなく、清掃したいという欲求を満たすために箒が考案され、また、さらに改良されつづけたという因果関係にあることを認識すべきです。万葉仮名が発生《appear》したと表現することは、どのような目的のためにそれが工夫され、実用化されたかについての認識が欠如していることを露呈しています。

右の説明によると、平安時代になっても万葉仮名は百年ほど使用されたが、その一方で、略体化が徐々に進行し、もとになった万葉仮名が特定できないほどに変形したのが平仮名だということですが、徐々に変形された過程を跡づけることのできる文献の存在は知られていません。要するに、楷書体の文字がしだいにくずされて、これ以上くずしようがない字体になったのが平仮名だと考えるほかはないということなのでしょう。

> 平仮名は、漢文訓読の訓点として用いられた草書体の音仮名・訓仮名が、同じ訓点の符号として自由に省画化された片仮名に影響されて、草書体をさらに自由に崩すようになった結果、漢字本来の字体からは離れてしまって、仮名文字として成立する。この新しく成立した平仮名が、音仮名で書いていた和歌などの韻文の文字にとってかわり、一方、私的な手紙に使われた音仮名文にも取ってかわるとともに、これの文体を昇華して文芸の場に用いられるようになる。
>
> 〔小林芳規『図説日本の漢字』第三章・大修館書店・1998〕

漢文訓読の場で共存した片仮名に影響されて（平）仮名ができたという独自の解釈ですが、所詮、これも自然発生説の系統に属する思弁《スペキュラチィヴ》的な空論にすぎません。右に指摘したとおり、借字で書き綴った文献が少なからず伝存しており、仮名文テクストも豊富に残っているのに、それらの中間段階にある文献資料がないことをこの立場からは説明できません。

文字を人間の創り出した道具とみなすなら、楷書体の借字が崩れに崩れて、もとの漢字がわからないほどになってしまったのではなく、そういう書体に意図的に切り替えた《スイッチした》と考えるべきです。切り替えであれば、過渡的な書体で書かれたテクストが知られていないのは、すべて失われてしまったからではなく、もともと存在しなかったからです。

漢字の書体には、フォーマルな楷書、インフォーマルな草書、そして、その中間に位置づけられる行書があり、三筆（空海・嵯峨天皇・橘逸勢《はやなり》）、三蹟（小野道風《とうふう》、藤原佐理《さり》、藤原行成《こうぜい》）をはじめとする日本の能書たちは、漢字の楷書、行書、草書を自在に読み書きする能力をもち、場面に応じてそれらを書き分けていました。

漢字は書体を崩すほどインフォーマルになります。楷書は端正な書体なので一字一字を切り離して書きますが、草書になると、運筆の都合でランダムに連綿（続け書き）が生じます。墨継ぎもランダムです。漢字は、それぞれに意味を担っているので、連綿や墨継ぎは文章の理解に影響が及びません。漢字文でランダムに現れるにすぎない連綿や墨継ぎの位置を、日本語を書き表わす音節文字の連鎖に有意的に使用すれば、語句単位の分かち書きが可能になります。ということは、楷書や行書の借字は、文字ごとに切り離されるので、《五七》の韻律を手掛かりにして語句の切れ目を見つけるほかありませんでしたが、草書体の音節文字なら、韻律に頼らなくても容易に読み取ることが可能になります。筆記用具が毛筆しかなかったという事実に注意を喚起した理由は、まさにそこにあったのです。

仮名は生活を便利にするための道具のひとつなのだから、どういう目的に供するために作り出されたかを解明することが大切であると強調しましたが、九世紀の人たちが目指したのは連綿や墨継ぎを生かして分かち書きができる音節文字を作り出し、日本語を日本語のまま自由に読み書きできる仮名文を書けるようにすることだったのです。

漢字は表語文字なので、一字だけでも意味を伝達できますが、一字や二字で伝達可能な情報はきわめて限られています。まして、音節単位の表音文字では、「か」が人を刺す虫を表わし、「た」が水田を表わすことができるなどといってみたところで、個々の文字を切り離して書いたのでは、まとまった情報を伝達することはできません。

以上に述べたことを要約して、再確認しておきます。

ⓐ日本語を日本語のまま記録するために、漢字の意味を捨てて音《おん》だけを借用した借字による書記を発達させたが、楷書体の借字では前後の文字との切れ続きを効率的に表示できないので、語形の短かい固有名詞や、韻律を手掛かりにかろうじて解読できる韻文の表記にしか使うことができなかった。

ⓑ前項の制約を克服するために、楷書体の借字から、連綿や墨継ぎで語句のまとまりを表示できる草書体に切り替えた仮名文字の体系を形成したことにより、韻律を手

掛かりにできない散文で長いテクストを書いても容易に読み取れるようになった。ⓒ仮名の体系が形成されたのは、短かい語句や韻文の表記にしか使えなかった借字の制約を克服し、長い散文でも自由に読み取ることのできる仮名文テクストを書けるようにするためであった。

■仮名文における仮名と漢字との使い分け

仮名文とは、漢字文、片仮名文と並ぶ書記様式の名称であって、仮名だけで書いてある文章という意味ではありません。

中国文化の強い影響のもとに造営された平安京では、中国語からの借用語が日常生活にあふれていました。上流階級の生活では、おそらく、現今のカタカナ語なみの頻度で漢語が使用されていたでしょう。寺院名、仏教用語や仏具、寺院や内裏などの建造物、官職名、年号などは、すべて中国式に命名されていました。[kja]、[kjo] などの開拗音を含む音節や[kwa]、[kwi]、[kwe] などの合拗音を含む音節をもつ漢語など、仮名で表記できない漢語は仮名文でも漢字で書くほかなかったので、事実上、仮名だけで上流社会の日常生活を描写することはできませんでした。それは、カタカナ語を使わずに現代日本語による伝達が不可能であるのと同じだったと考えてよいでしょう。ただし、和歌の語彙は和語に限られていたので漢字を使う必要はありませんでした。仮名だけで書くことを前提にして、仮名の特質を生かした平安前期独特の和歌の技法が発達しました。その一端は、すでに、「夕月夜」の和歌や『土左日記』の冒頭文などを例にして説明しました。

■ひゝら木ら

仮名文における仮名と漢字との書き分けに関する前節の説明は原則であって、必要な場合には、一部の和語に漢字を当てたり、仮名で表記できる漢語を漢字で表記したりしている事例があります。必要な場合とは、原則どおりに書き分けると誤読や誤解を生じる恐れのある文脈だったり、漢字表記によって強い意志を読み手に伝えようとしたりする場合などです。

仮名文学作品の最初に位置づけられる『土左日記』(935年以後の数年内)の貫之自筆テクストを子息の為家が忠実に写し取ったテクストには、仮名と漢字とが、ほとんど前節に述べた原則どおりに使い分けられていますが、つぎの事例はわずかな例外のひとつです。

土左日記　青谿書屋本

けふは　みやこのみぞ　おもひやらる、　こへのかとの　しりくへなはの
なよしの　かしら　ひゝら木ら　いかにぞ　〔元日〕

今日は都のみぞ思ひやらる、　小家《こへ》の門の　注連縄《しりくべなは》の鯔《なよし》の頭《かしら》　柊《ひゝらぎ》ら
いかにぞ

*「しりくべ縄」は、しめ縄。「鯔」はボラの幼魚。「ひゝらぎ」は、ヒイラギ。枝にトゲのある常緑樹。京では正月に「なよし」の頭と柊とをしめ縄に付けて一年の安全を願った。

樹木名の「ひゝらぎ」（ヒイラギ）は和語なので、原則どおりなら「ひゝらき」と表記するところですが、末尾音節に「木」を当てています。

ここで、我々は、事実と解釈との問題に直面します。すなわち、「ひゝらきら」でなく「ひゝら木ら」と書いてあることは事実ですが、その事実をどのように説明すべきかということです。

書いた人物がみずから立てた書き分けの原則につねに忠実であったはずだとか、忠実であろうとしたに違いないとか考える教条主義的立場をとる研究者は、こういう事例を不用意な誤記や誤写とみなす説明に傾きがちです。誤記とは、原作者が書き分けの原則をうっかり踏み外したとみなすことであり、誤写とは、書写した人物がもとのテクストの文字を読み誤っ

たとみなすことです。

どれほど周到に書写しても、神ならぬ身の、書き間違いや写し間違いをする可能性から逃れることはできません。したがって、あらゆるテクストのあらゆる部分に誤記、誤写の可能性がありますから、理解できない部分を〈～の誤り〉、〈～の誤写歟《か》〉などとごまかす口実が用意されていますが、人間はいつどこで誤りを犯したり勘違いをしたりするかわかりません。真実に近づきたいなら、安易にその可能性に逃げ込むべきではありませんが、解釈が困難な事例に直面した場合に、テクストには誤りがないという前提でさまざまの可能性を考えてみたうえで、納得できる説明ができないと断念したときに、はじめて、誤記、誤写の可能性を控えめに示唆すべきだというのが筆者の基本姿勢です。もとより、ケースバイケースの柔軟な判断は必要ですが。

「ひゝらき」は木の名であり、「キ」はその末尾音節なので、「えの木」(榎)、「火の木」(檜)などからの類推(analogy《アナロジー》)で、うっかり「木」と書いてしまったのではないか。十世紀半ばには仮名文がまだ発達途上にあり、上代の借訓仮名の伝統から完全には脱却していなかったために、このような取り違えが生じても不思議はない、と説明したら、もっともらしく聞こえるかもしれませんが、為家書写のテクストを見れば(図版参照)そういう思弁的説明が成り立つ余地はありません。

「ひゝら木ら」とは、複数の「ひゝら木」という意味ではありません。京の元日に付き物の〈注連縄の鰡の頭、柊、そのほか、例の品々〉ということです。「ひゝらきら」という仮名連鎖を「ひゝら＋きら」と分析されたら意味不明になってしまうので、「ひゝら木ら」と表記し、木の名であることがすぐわかるようにしたのでしょう。この表記なら、「ら」も接尾辞として簡単に分離できます。「ひ、らきら」と書いても、改めて読みなおせば「ひゝらき＋ら」と分析できたでしょうが、テクストは確実かつ迅速に理解できなければなりません。ちなみに、じっくり考えて解きほぐすように構成された和歌表現などに〈迅速に〉という条件は当てはまりません。

■読まれるため、読ませるための書記

漢字と仮名との使い分けの原則を破った「ひゝら木ら」という表記についての解釈は、前節の最後に述べた線が、ほぼ正しいと筆者は判断しますが、このままでは書記研究の基本姿勢があいまいになってしまいます。この場合に大切なのは、通俗の語源意識に基づく分析なので読者に容易に理解されたはずだという書き手の判断です。

文字や表記に関するこれまでの研究は、もっぱら、書き手の立場に立って考えられてきました。いわゆる万葉仮名の字体が、使用されているうちにだんだん崩れて平仮名が出来たという解釈もそのひとつです。

発音の便宜のために［サキテ］が［サイテ］になり、［トビテ］が［トンデ］になったという音便の説明は、話し手側の都合による変化だという前提で考えられており、その語形がどのように聞き取られ、また、どのように理解されたかが考慮されていませんが、大切なのは、話し手がどのように発音するかではなく、聞き手がそれをどのように聞き取るかです。それと同じように大切なのは、書き手の都合でどのように書くかではなく、書いたものを読み手がどのように読み、どのように理解するかであることを忘れてはなりません。

なにかを書くことは、書いたものがだれかに読まれることを、あるいは、それをだれかに読ませることを前提にしています。読み取れない書きかたをしたら読んでもらえないし、みすみす誤解される書きかたをしたら逆効果になってしまいます。書く場合に大切なのは、書きやすい書きかたで書くことではなく、書いた結果が正確かつ迅速に読み取れることです。『土左日記』の作者は、仮名と漢字との書き分けの原則を忠実に守ってテクストを書いたのではなく、意図したとおりに読者に理解してもらえるように書きかたを工夫しています。正しいのは書き手の真意などではなく、読み手による理解であることを強調しておきます。

■かものか（は）ら

誤記、誤写の可能性との関連で、ひとつの例を補っておきます。

本書巻頭の「口絵Ⅱ」は、藤原行成撰『十五番歌合』の、十一世紀後半の写本のなかの一首です。実際に催された歌合ではなく、三十人の歌人の作品を、十五のセットに仕立てたものです。もとの漢字がすぐにわかる草仮名と、仮名とが交えられています。

七番　友則

遊《ゆ》ふ散《さ》礼《れ》波《は》散《さ》保《ほ》乃《の》可《か》／良《ら》乃《の》可《か》者《は》き里《り》耳《に》と／裳《も》末《ま》と波《は》世《せ》留《る》千《ち》とり／奈《な》久《く》那《な》里《り》

夕されば　佐保のからの　川霧に　友まどはせる　千鳥鳴くなり

第二句「さほのからの」がこのままでは理解できません。《七》の句ですから、どこかに一字の脱落があるとみて間違いないでしょう。佐保は「佐保山」か「佐保川」しかないので「佐保の」までは確実です。「さほのからの」なら、この和歌を知らなくても、「かはらの」の「は」が脱落していることが容易に推定できます。まして、秀歌として知られた作品ですから、当時の人たちなら、記憶と照合して、「は」の脱落を見抜いたことでしょう。総索引を引いて、『拾遺和歌集』冬部にこの和歌を探し出すこともできます〔冬・238〕。

『拾遺和歌集』では、第二句が確かに「さほのかはらの」になっています。複製に添えられた解読でも、「(は)《脱か》」となっています。不用意な脱字があり、しかも、その字をあとから補っていないことは、細心の注意を払って書写しなかった証拠として、このテクストの信頼性に疑問を抱かせると、これまで考えてきましたが、「かはら」の「は」が不注意による脱字ではなく、読者にそれを発見させようとした〈隠し字〉であるとすれば、どういう効果をねらってこの仮名を隠したのかを解明しなければなりません。
千鳥の鳴き声がするので河原のほうを見やっても、川霧が立ちこめているために、近くのあたりが見えるだけで、その向こうは、目をこらしても、なにがあるのか判別できない、すなわち、河原のあたりが「を暗し」という状態であることをこの脱字が示唆していると解釈することが可能です。言い換えるなら、「かはら」の手前の端に当たる「か」のあたりまではようやく見えるけれども、鳴き声は、それより奥の「は」のあたりから聞こえてくるということです。このような説明が可能であることは、効果を計算した隠し字という推定を確からしいものにしています。

第一行末の「可」は、語句の切れ目と一致させるために、次行に送ったほうが自然なのに、狭い空間に嵌《は》め込《か》まれた形になっています。この文献には、これと同じ小さな「可」がほかにも使用されていますが、「加」の草体も使用されているし、また、語頭には「〻」の下に「の」を書いた字体の「可」を使っていますから、語頭の「か」を、この字体で行末に押し込めたことには、なにか理由がありそうです。それは、あのあたりからむこうが「かものかはら」だという、そのいちばん手前の部分がようやく見える程度に、したがって、その先はまったく見えないほどに、川霧が立ちこめていることを、小さな「可」と隠し字「は」とで象徴的に表わそうとしたのではないでしょうか。

■草仮名でしか使えない表現技巧

「かはら」の「は」の欠落については、誤記、誤写ではなく隠し字ということで説明できましたが、この古筆切には、ほかにも注目すべき技法が使われています。それは、第四・五句の表現です。

夕方になって、佐保の河原の川霧にまぎれて、友とはぐれてしまった千鳥が鳴いていることだ。〔小町谷照彦校注『拾遺和歌集』新大系・1990〕

「友とはぐれた」は文脈に合うように考えられた解釈であって、「友まどはせる」という表現を解析して得られたものではありません。注に「友を見失う」とあるのも、それと同じレヴェルの言い換えです。「まどはせる」は［マドハス＋ル］という結合ですから。〈友を、どうしたらよいかわからなくさせている〉、すなわち、〈自分がどこにいるか、友にわからなくさせている〉ということですが、これにはふたとおりの理解が可能です。

鍵を置きまどはし侍りて、いと不便《ふびん》なるわざなりや〔源氏物語・夕顔〕

門のカギをどこかに置き忘れて探していたために、たいへん御迷惑をおかけしました、というお詫びのことばです。文法形式として「置きまどはす」は他動詞ですが、ここは、カギをどこかに置き忘れたという意味になります、そうなった責任は、不注意だった話し手の側にあります。こういう場合の他動詞、あるいは、使役の助動詞とよばれている「置きまどはす」のスは、不注意のためにそういう結果を招いたことを表わします。「友まどはせる千鳥」とは、自分の不注意がもとで友の居場所がわからなくなった千鳥ということです。「友千鳥、諸声《もろごゑ》に鳴く〔源氏物語・須磨〕」と表現されるように、千鳥は集団で行動します。

以上がひとつの理解ですが、無生物のカギと違い、擬人化された千鳥には意志があるので、もうひとつの理解が成り立ちます。

こどもにそのつもりはなくても、帰宅が遅かったり、成績が悪すぎたりすると親を心配させてしまいます。それと同じように、迷子になった千鳥にそのつもりはなくても、友を途方にくれさせてしまいます。

この場合、どちらの解釈が正しいかと考えるべきではありません。迷子になった千鳥は自分の不注意で友の行方がわからなくなってしまったし、友のほうは、迷子になった千鳥がどこにいるのかと途方にくれているということです。

どうして、この千鳥はひとりぼっちになってしまったのでしょうか。その理由を求めて、この一首全体を眺めると、際だって大きく書かれた文字が、目を引きます。そのひとつは、第一行の行頭にある「遊」です。

前章に続いて、ここでもまた「遊」ですが、こんどは筆遣いの妙ではありません。どうしてはぐれたのだろうという疑問をいだいて見れば、この「遊」はもとの漢字の意味〈遊ぶ〉を自然に連想させます。それが、この「遊」字に書き手が担わせた二次的機能だとするなら、この千鳥は、遊びに夢中になっているうちに気がついたらもう夕方になっており、まわりに友の千鳥がいなくなっていたことになります。これはたいへん困った事態です。

書き手の意図を過不足なく理解しようという立場からは、この「遊」字に右のような意図を認めると「過」になるのか、認めないと「不足」になるのか、率直なところ筆者は判断に迷います。筆者はあえて表意性を読み取りましたが、読者の判断はどちらになるでしょうか。疑わしきは採らずというのが研究の立場ですが、このあとに類似した事例がいくつか出てくるまで最終的な判断を保留しておきます。

三行目の行頭にある大きな「裳」の字も目を引きます。前行末の「と」と合わせて「とも」（友）になります。いくら探しても迷子の千鳥が見当たらず、暗闇が迫ってくるのでついに断念してそろって飛び立ち、夕空のなかを塒《ねぐら》に急ぐ千鳥の群れが、「裳」の字形で見事に形象化されています。口絵で料紙の色をよく見てください。夕焼空の色が一首全体の雰囲気を表わしています。河原に取り残された一羽の千鳥と、それを残して空高く舞い上がった千鳥の群れとの距離が、行末と行頭との救いのない高さの差に象徴されています。

みんなが一団になって飛び立ったあとに、河原に取り残された一羽の千鳥がしょんぼりと鳴いています。この小さな「と」は、飛び立った群れと反対の方角を向いて鳴いています。

以上がこの古筆切の表現解析です。テクストのままではどうにも説明がつかないと判断した場合に、はじめて、誤記、誤写の可能性を控えめに示唆すべきだというのが筆者の基本姿勢であると述べましたが、これはそのひとつの実践例です。

このテクストの書き手は藤原伊房（1030–1096）と推定されていますが、十一世紀後半には仮名の体系がすでに十分に発達しており、仮名だけでこの和歌を書けなかったはずはありません。藤原行成（972–1028）筆のテクストを模したとしても、その時期に、右に指摘したような草仮名によるイメージ描写をするまでに書の技法が発達していたかどうかは疑問です。いずれにせよ、草仮名の密度が高いから古いとは言えません。

このテクストは芸術作品として書かれたものですから、仮名では実現不可能であっても草仮名なら実現可能なナニカを表出しようとして、草仮名と仮名との混用が選択されたと考えるべきです。「遊」や「裳」には草仮名の字形が生かされ、また、「かはら」の「か」に「可」を崩した字体を選んで行末に小さく書いたり、取り残された千鳥を小さな「と」でわびしげな姿に画いたりするために、草仮名と仮名とが、一首のなかで、それぞれの特性を生かして使い分けられています。

第三章　和歌における仮名文字の運用

——仮名文の初読（recto）と次読（verso）

導言　表現解析の糸口を見つける

前章で確認した仮名文字の特性が平安前期の和歌表現にどのように生かされているか、また、そういう技巧の存在が見逃されてきたために秀作が凡作にされてきていないか。この章では、『古今和歌集』のひとつの和歌を取り上げて、平安前期の和歌に特有の表現技巧について理論化を試みます。

本論に入るまえに、つぎの和歌を例に、どのようなところに目を付けて表現を解きほぐしたらよいかを考えてみることにします。

よにふれは　ことのはしけき　くれたけの　うきふしことに　うくひすそなく〔古今和歌集・雑下・958・題知らず・詠み人知らず〕

注釈書のテクストは、おおむね、つぎのように漢字を当てて書き換えられています。

世にふれば言の葉しげき呉竹の憂き節ごとに鶯ぞ鳴く

ひとつの注釈書は、この和歌をつぎのように現代語訳しています。

　この世に生きていると、竹の茎が伸びて葉が密生するように何かと噂《うわさ》が多くて、それがつらい折節《おりふし》には、くれ竹の節々で鶯がつらいつらいと口々に鳴くように、わたくしも泣いている。〔新大系〕

訳文全体の意味がわかりません。それは、どこかに読み誤りがあるからです。

①世にふれば……「ふれば」に、「生きるの意と成長するの意を掛ける」という補注があります。「生きる」は「経る」に当たるとしても、「成長する」が理解困難です。

②呉竹……中国渡来の呉竹は節《ふし》が多いことが特徴で、そのあとの「憂き節」が多いことと呼応していますから、ただ「竹」と訳すのは適切ではありません。節の部分から枝が出るので、呉竹はふつうの竹より葉も多くなります。その「葉」を周囲の人たちの口にする「言の葉」、すなわち、うわさ話に重ねています。

②鶯……ウグイスは梅の枝で鳴くのが平安時代の和歌の約束なのに、ここでは、どうして呉竹の節などで、しかも、つらいつらいと鳴いたりしているのでしょうか。

　こころから　はなのしつくに　そほちつゝ　うくひすとのみ
　とりのなくらむ〔古今和歌集・物名・422「うくひす」・藤原敏行〕

心から花の雫《しづく》に濡《そほ》ちつつ　憂く干ずとのみ　鳥のなくらむ

「物名」とは、与えられた語句の仮名連鎖を和歌のなかに隠して詠み込む遊びです。ここでは「うくひす」が詠み込まれています。

自分から進んで梅の花のしずくでびしょ濡れになったのに、鳥が、嫌なことに（憂く）、乾かない（干ず）と繰り返し（のみ）鳴いているのはどうしてだろう、ということで、仮名連鎖「うくひす」は第四句にあります。この和歌では、梅の花のしずくでびしょ濡れになって乾かないと泣いていますが、「世にふれば」の和歌では、同じ「憂く干ず」ではありますが、絶え間ない噂に苦しめられて悲しみの涙が乾く間《ま》がないと泣いています。「うくひす」という鳥名は、鳴き声をウ《う》ーク《く》ピ《ひ》ツ《す》と聞き取って命名したものです（「す」は、現在のツに近い音でした）。「鳴く」と「泣く」とは、本来ひとつの語です。

どうして、ただの竹ではなく呉竹なのか。どうして、梅の枝で鳴くはずのウグイスが呉竹などにたくさん飛んできて、辛い辛いと泣いたりしているのだろう、そもそも、節から出た枝ごとにウグイスがとまって鳴くことなどあるだろうか、と考えてみれば、重ね合わせの多いこの和歌の表現は自然にほぐれてきます。

間違いのもとは、仮名連鎖「うくひす」に「鶯」を当て、それが鳥名だけを表わしていると考えてしまったことにありますが、図版に示したように、その誤りは藤原定家自筆本に遡ります。定家所用の字体は「鶯」字の異体です。定家は、平安前期の和歌にこのような仮名

古今和歌集　伊達本　第四・五句
「うきふしことに鶯ぞなく」

連鎖の重ね合わせの技巧が駆使されていることに気づいていなかったのです。〔『みそひと文字の抒情詩』序論2・3〕。校注者は、作成した現代語訳を提示するまえに、それで意味がつうじるかどうかをチェックすべきでした。

■ いろはうた〈(7＋5)×4＝48〉

つぎに示すのは、十一世紀に使い分けられていた四十七種の仮名文字を、重複させずに網羅して韻文に綴った《いろはうた》です。

いろはにほへと　ちりぬるを　わかよたれそ　つねならむ
うゐのおくやま　けふこえて　あさきゆめみし　ゑひもせす

色は匂へど、散りぬるを　我が世誰ぞ、常ならむ
有為の奥山、今日越えて　浅き夢見じ、酔ひもせず

《七五》四句の構成ですが、第二句の「わかよたれそ」だけは一字不足の《六》になっています。その理由はつぎのように推定されます。

古代日本語には、現代日本語と同じ母音音節［e］(衣)がありましたが、十世紀後半ごろに［je］(江)に合流したために《いろはうた》には［e］がありません。五十音図に当ては

めると、「衣」はアイウエオの［e］、「江」はヤイユエヨの［je］に相当します。《いろはうた》の原形は、おそらく、まだ［e］が［je］に合流していなかった十世紀に作られたために、第二句が「わかよたれそ衣、つねならむ」だったのでしょう。

「衣常ならむ」とは、〈常住不滅でありえようか〉という意味ですから文脈にいっそうよく当てはまるし、〈(7＋5)×4＝48〉という《七五》四句のきれいな韻文になります。《いろはうた》が仏教社会で実用されるようになった十一世紀には、「衣」と「江」とがどちらも［je］になっていたので、仮名文字の重複を嫌って「衣」が削除されたのでしょう。それ以後、さらに音韻変化が生じて「お［o］」、「ゐ［wi］」、「ゑ［we］」も、それぞれ、「を［wo］」、「い［i］」、「え［je］」に合流しましたが、《いろは仮名遣》が普及したために、削除されることなく、四十七字のままで使われつづけました〔『いろはうた』〕。

《いろはうた》には清音仮名と濁音仮名との書き分けがなく、同じ仮名文字が清音と濁音とを兼ねています。そのことが、日本語を書き表わす文字体系としての仮名の、もっとも顕著な特質のひとつです。

仮名文字を重複させずに網羅した《いろはうた》を見ただけでは、仮名の運用上の特性まで理解することはできませんが、それを記憶しておかなければ、仮名文学作品のテクストの表現を的確に解析するための第一歩を踏み出すことはできません。

平安時代の仮名文学作品を研究するのに、仮名の運用のしかたなど知る必要はない、なぜなら、仮名文で書いたテクストでも、それを平仮名文に置き換えたテクストでも、書いてある内容に違いはないからだ、というのがこれまでは暗黙の了解になっていました。写本で読んでも活字で読んでも『源氏物語』の内容はまったく同じだということです。毛筆だからこそ実現できた表現技巧については、前章までの検討でもしばしば指摘してきましたが、この章で試みる具体例の表現解析を読んでいただけばそういう安易な認識の致命的な誤りがわかるはずです。古典文学作品の表現を的確に解析するためには、日本語史や日本語書記史についての知識が不可欠です。

■歌集の文脈のなかで個々の和歌を読む

寛平《かんぴやう》の御時《おほむとき》の后宮《きさいのみや》の歌合の歌　壬生忠岑

くる、かと　みれはあけぬる　なつのよを　あかすとやなく　やまほと、きす〔古今和歌集・夏・157〕

千年以上もまえの日本語でも日本語であることに変わりはないので、仮名だけでもまったくわからないことはありません。どこがわからないかをいちおうチェックしてみたうえで、このあとを読んでください。また、この和歌をすでに読んだことのある読者も、白紙の状態に戻って、右の形で読んでみてください。習ったり読んだりした解釈とは違う解釈がありうることに気づくかもしれません。以下に筆者の解釈を述べますから、ほんとうにそれでよいかどうかも慎重に判断してください。当然ながら、筆者が正しいと思うことが客観的に正しいとは限りません。

古文解釈とは現代語訳することだと刷り込まれた読者が少なくないでしょうが、この和歌を現代語に置き換えることはできません。理由はあとでわかります。大切なのは現代語にどう訳すべきかではなく、テクストの表現をきちんと説明できることです。

専門の研究者でも、とかく詞書を無視して和歌の解釈を考えがちですが、詞書が和歌のまえに書いてあるのは、こういう事情を頭に入れたうえで読まなければわからないと撰者が考えた事柄が記されているからです。「題知らず」とは、この和歌にどういう題があったか不明だということではなく、この和歌は予備知識なしで理解できるという意味です。詞書と和歌とは一体ですから、詞書を読まずにいきなり和歌を読んだのでは、撰者が読んでほしいと考えたとおりには理解できません。ここに取り上げるのは「歌合の歌」ですから、ホトトギスの声を耳にして即興で詠んだものではなく、歌合の場で、課題に合わせて詠んだ和歌であることを、したがって、理念的に構成された和歌であることを頭に置いて読むべきです。ただし、この歌合が、いつ、どこで行なわれたかまで考慮する必要はありません、

つぎに三種の注釈書を選んで現代語訳をみてみましょう。

ⓐ暮れるかと思うと、たちまち明けてしまう。そんな夏の短か夜を、もの足りなく思って鳴くのか、あの山時鳥は。〔新潮集成〕

ⓑ暮れるかと思っていると、すぐにも明け初めてしまうこの短い夏の夜を、満ち足りないと思って鳴くのか、山ほととぎすよ。〔新大系〕

ⓒ暮れるかと思うと、すぐに明けてしまう夏の短い夜を、飽きたりない、もっと続いてほしいと言って鳴いているのか、あの山ほととぎすは。

【要旨】すぐ明けてしまう夏の夜を惜しんで鳴く山ほととぎすに、自分と同じだと感情移入しているのである。

〔片桐洋一『古今和歌集全評釈』講談社・1998〕（以下、「全評釈」）

これら三つの現代語訳を対比すると随所に違いがありますが、以下には、もっぱら第四句「あかすとやなく」だけに絞って検討します。どの注釈書も、「あかすとやなく」を「飽かずとや鳴く」と書き換えていますが、それでよいかどうかが問題の出発点です。

■**あかすとやなく**

ほとんどの注釈書は、「飽かずとやなく」を〈夏の夜が短かくて満足できないのか〉という意味に理解していますが、つぎの注釈書は、「鳴いて悲しむ」と現代語訳しています。

ⓓ暮れたかなと思うと、すぐに明けてしまう夏の夜なので、それが物足り

なくて、山ほととぎすは鳴いて悲しむのだろうか。〔新全集〕

人間がナク行為を「泣く」と書き、虫や動物がナク行為を「鳴く」と書いて、別々の語のように扱っていますが、本来はひとつの動詞です。

『古今和歌集』にも、つぎのように、ホトトギスが自分と同じように悲しんで「泣いている」と、感情移入した事例がいくつもあります。

わかことく　ものやかなしき　ほとゝきす　ときそともなく　よたゝなくらむ〔恋二・578・題知らず・藤原敏行〕

我が如く　物や悲しき　時鳥　時ぞともなく　夜ただなくらむ

＊第四・五句は、夜通しひたすらなき続けているのだろう、ということ。

作者は恋の苦しみに泣いています。ホトトギスも、やはり、鳴くという行為で、すすり泣いています。自分と同じように苦しい恋を泣き悲しんでいるのだろうか、ということです。ただし、歌集の文脈から切り離して個々の和歌を比較すると忘れがちになりますが、「あかすとやなく」の和歌は夏部にあり、右の和歌は恋部にあることに注意しましょう。

恋部の和歌なら、ホトトギスが恋の苦しみに耐えかねて泣いているのは自然ですが、夏部にある和歌をストレートに感情移入の表現とみなすことは、作者の本来の意図は別として、撰者の意図を無視した読みかたになります。和歌は本来的に抒情詩ですから、小野小町が

「花の色は移りにけりな」〔古今和歌集・春下・113〕と、みずからの容色の衰えを嘆いたとしても、それが春下部に置かれているのは、撰者がこの「花」を一次的にはサクラの花として読ませようとしたからです。それと同様に、撰者がこの和歌のホトトギスを夏部で鳴かせていることは、季節にふさわしい和歌として読んでほしいと考えたからです。古語辞典や専門的な論文、著書などに歌集の和歌を引用する場合、しばしば、部立てを省き、歌番号だけしか示していない執筆者が多いことに、筆者は批判的です。

「暮る、かと」の和歌の場合には、ホトトギスが夜の短かさに堪えかねて泣き悲しんでいるわけではないし、恋に苦しむ作者の感情移入でもないので、恋部で泣いているホトトギスとは鳴く理由が同じではありません。ⓒの「要旨」に、「自分と同じだと感情移入しているのである」とあるのは、夜がとても短かいことを作者と同じように残念に思っているという意味かもしれませんが、恋部の和歌ではないので、逢う瀬があまりに短かいことを残念がっていると手放しに読み取ることには疑問が残ります。ちなみに、この直前にあるのは、つぎの和歌ですが、感情移入の可能性は考えられません。繰り返しますが、個々の和歌は、歌集の流れのなかで読むように配列されています。

夏の夜の　臥《ふ》すかとすれば　ほと、ぎす　鳴くひと声に　明くるしの、め

〔156・紀貫之〕

■文化的生態

平安時代以降のウグイスは、梅の花が咲きはじめるころに里におりてきて、梅の枝でしか鳴きません。ホトトギスは、五月の夜にしか鳴くことができません。自然の生態がどうであろうと、それが日本社会におけるウグイスやホトトギスの文化的生態です。文化的生態とは、その社会に共通する約束事として文化に組み込まれた生態です。これは筆者の造語です〔『みそひと文字の抒情詩』〕。ホトトギスは、里に下りることが許される五月になるのを、羽ばたきしながら待ちかまえています〔古今和歌集・夏・137〕。待ちに待った五月が来て、ようやく里におりて鳴くことができたのに、夜がこんなに短かくてはとても鳴きたりないと鳴いているのだろうかというのが現今の共通理解ですが、それだけでは単純すぎて、『古今和歌集』に収録されるほどの傑作ではありえません。

■「〜に飽く」か、「〜を飽く」か

思い出してほしいのは、①平安前期の和歌が音節の連鎖ではなく仮名の連鎖として詠まれ、仮名の連鎖として読み解かれていたこと。そして、②仮名は清音と濁音とを別々の文字で書き分けない音節文字の体系だったことです。平安前期の和歌では、仮名のそういう特性を最大限に生かして、わずか三十一文字の枠のなかに豊富な内容を盛り込んでいます。借字による上代の短歌との最大の違いはそこにあります。

この和歌の場合、仮名連鎖「あかす」は、アカスでもありえたしアカズでもありえました。それなのに、どの注釈書も「飽かず」とだけ読んでおり、「アカス」の可能性が検討された形跡は認められません。それには、なにか理由があるのでしょうか。

可能性（probability）とは、〈ありうる、起こりうる〉ということ、あるいは、〈ありえないとはいえない〉、〈起こりえないことはない〉ということですが、ここで検討の対象にしているのは有意の可能性、すなわち、事実上、ありえない、起こりえない可能性を除いたものです。たとえば、「あかす」は「開かず」とも読めますが、開かないのはどこの扉なのか、どこのカギなのか特定できないので、その可能性を検討の対象にしないということです。

現在の共通理解になっている「飽かず（とや鳴く）」が成り立つかどうかをまず検討してみましょう。

先行部分からの直接の続きは「夏の夜を飽かずとや鳴く」ですが、そういう続きかたは、日本語としてどこか不自然ではないでしょうか。

前引の現代語訳から問題部分を抜き出してみましょう。

新潮集成……そんな夏の短か夜を、もの足りなく思って鳴くのか

新大系……すぐにも明けてしまうこの短い夏の夜を、満ち足りないと思って鳴くのか

全評釈……すぐに明けてしまう夏の夜を惜しんで鳴く

新全集……すぐ明けてしまう夏の夜なので、それが物足りなくて

全注訳は「夜を惜しんで」と直結させ、新潮集成と新大系とは、「夜を、もの足りなく」、「夜を、満ち足りないと」と、読点で前後に区切り、新全集は、「(短かい)夏の夜なので、それが物足りなくて」と、「夏の夜を」の助詞「を」を「なので」と置き換えたうえで、そのあとに読点を加えています。まとめ直すなら、全注訳は「〜を飽かず」とストレートに読み取り、新潮集成と新大系とは「〜を飽かず」と読み取りながらも、「を」と「飽かず」とを直結させることをためらっており、新全集は、「を」が理由を表わしていると解釈していますす。古典文法の用語でいえば、前三者は「を」を格助詞と認め、新全集は〈ノデ〉に相当する接続助詞と認めています。

古典文法や古語辞典には接続助詞ヲの用法のひとつに「〜なので」(順接)を設けていますが、示されているのは〈名詞＋ヲ〉ではなく、〈活用語＋ヲ〉の用例なので、この場合とは違います。「夏の夜を」の「を」を〈ノデ〉と認めることは支持できませんが、そこに逃げ込んだのは、日本語話者の直覚で、「夏の夜を＋飽かず」という続きかたを受け入れにくかったからかもしれません。

ますす鏡　手に取り持ちて　朝な朝な　見れども君に　飽くときぞなき

〔拾遺和歌集・恋四・857・題知らず・人麿〕

この和歌でも、「君を飽く」ではなく「君に飽く」になっています。ただし、つぎの和歌では「みるめに人を飽く」と続いており、動詞「飽く」が、「みるめに」と「人を」と、両方を受けているようにも見受けられます。

伊勢の海女《あま》の　朝な夕なに　潜《かづ》くてふ　みるめに人を　飽く由《よし》もがな

〔古今和歌集・恋四・683・題知らず・詠み人知らず〕

朝ごとに、そして夕ごとに、海女が潜水して採るのは「海松布《みるめ》」です。「海松《みる》」という語形もあります。「布《め》」は海草。「潜くてふ」は「潜くといふ」の縮約形です。この場合の仮名連鎖「かつく」を［カヅク］と読むか［カツグ］と読むかについて問題がありますが、当面の課題に直接には関わらないので、ここでは深入りせずに［カヅク］と読んでおくことにします。

右の和歌は『万葉集』のつぎの短歌を踏まえており、これを知っていれば、前半を読んだ時点で、この和歌の主題も片思いだと予想できたでしょう。

伊勢乃白水郎之《いせのあまの》　朝魚夕菜《あさなゆふなに》　潜　云《かづくといふ》　鰒貝之《あはびのかひの》　独念荷指天《かたもひにして》

〔巻十一・2798・寄物陳思〕

平安時代の恋歌に「海松布《みるめ》」が出てきたら「見る目」を、また、「海松《みる》」が出てきたら

「見る」を重ね合わせて後に続ける修辞だと考えて間違いありません。もとより、その場合の「見る目」や「見る」は、恋人に逢うという意味です。

伊勢の海女の　朝な夕なに　潜くてふ　海松布
見る目に人を　飽く由もがな

この和歌の表現が右のように二段構えになっていることは確かですが、後半の「見る目に人を飽く由もがな」の部分は、どの語句がどの語句にどのように続いているのかを解きほぐさなければなりません。

伊勢国の漁師が朝にも夕べにも水に潜って採ると聞いている「海松《みるめ》」、その「見る目」という名の通りに、朝にも夕べにもお逢いする機会があって、あの人に心から満ち足りるすべがあればよいのにと願っています。

〔新大系〕

大意は右のようなことでしょうが、ふたつの点が気になります。そのひとつは、「あの人に心から満ち足りる」が「人を飽く」に対応するとしたら、「〜を＋飽く」という結びつきは具合が悪いということであり、もうひとつは、「見る目に」に対応する語句が現代語訳から抜け落ちていることです。

伊勢の漁師は水にくぐって朝も晩も海松布《みるめ》を採るというが、私はそのよう

に何度もあの人に見る（逢う）ことができて満足できる方法があるといいなあ。〔新全集〕

現代語訳の後半は、日本語話者としての感覚に疑問をいだかせます。「あの人に見る（逢う）こと」という苦肉の策がかえって違和感を増幅します。

伊勢の漁師が朝も夕方も水に潜《もぐ》ってどっさり採るという海松布。私にも、あの人を見る目に堪能する手だてはないものか。〔新潮集成〕

原文にない「どっさり」を入れたのは、後半の「堪能する」と呼応させたのかもしれませんが、「どっさり」は量の豊かさであり、堪能したいのは「見る目」の頻度と時間の長さです。また、漁師が「海松布」を朝に晩に採る目的は、その朝その晩にたらふく食べるためであったとは限らないでしょう。

結論は単純です。すなわち、第四・五句は、制約がなければ「人を見る目に飽く由もがな」となるところですが、「潜くてふ海松藻」の仮名連鎖「みるめ」に「見る目」を重ね合わせるために、「人を」を下にもってきただけであって、この例もまた、「〜を飽く」ではなく、「〜に飽く」という続きになっています。

■夏の夜を明かす

以上の検討の結果、「〜を飽かず」は否定されたので、残る可能性は「〜を明かす」です。

暮る、かと　見れば明けぬる　夏の夜を　明かすとや鳴く　山ほと、ぎす

この場合の「明かす」はどういう意味になるでしょうか。セミのヒグラシが〈日を暮れさせるもの〉という意味なら、「暮らす」は〈暮れさせる〉です。したがって、その対《つい》である〈明かす〉は〈明けさせる〉という意味になります。

ホトトギスは、夜がいつまでも続いてほしいと願っているに違いないので、夜明けを早めようとして鳴いているはずはありません。したがって、「あかす」が明けさせるという意味だとすれば、「明かすとや鳴く山ほと、ぎす」という解釈は成り立ちません。

しかし、「明かす」には、もうひとつの用法があります。

夜一夜《よひとよ》、打たれ、引かれ、泣きまどひ明かし給ひて〔源氏物語・真木柱〕

取り付いた物《もの》の怪《け》を追い払うために、行者《ぎょうじゃ》に打たれたり、引っ張られたりして泣きまどいながら一夜を明かした、ということです。それと同じように、この和歌も、ホトトギスが短かい夜を最後の最後まで鳴き明かそうと鳴き続けているのだろうかということです。

ふたつの解釈が成り立ちそうな場合には、古典文法を当否の基準にするのが不文律ですが、文法で決着がつかなければ、Aの解釈を示して、〈Bとする説もある〉と書き添えたり、〈A・Bふたつの解釈があるが、しばらくAと解しておきたい〉などとあいまいに表現する慣習が定着しています。有名な和歌や、名文として知られる一節にそういう事例が多いため

に、歯がゆい思いをした経験が読者にもあるのではないでしょうか。

仮名文学作品のテクストについて、ふたつの表現解析がどちらも無理なく成り立つ場合には、正しいのはどちらだろうと迷ったりせずに、両方の解釈を生かすべきです。

この和歌は、つぎのように、第四句を、それぞれ違う意味として重ねて読まなければなりません。なぜなら、作者は、そのように読まれることを期待してこの和歌の表現を構成しているからです。

暮る丶かと　見れば明けぬる　夏の夜を　明かすとや鳴く
　　　　　　　　　　　　　　　　　　　飽かずとや鳴く　山ほと丶ぎす

鳴いて夜明かしをするというのだろうか、すなわち、ここまでは夜だから許されるというギリギリのところまで鳴きつづけるつもりなのだろうか、というのが「明かすとや鳴く」であり、明るくなったのにまだ鳴きつづけているのは、いくら鳴いても鳴きたりないからなのだろうかというのが「飽かずとや鳴く」だということです。まず「明かすとや鳴く」という解釈が成り立ち、もう朝なのにどうして鳴きつづけているのだろうかと考えて、「飽かずとや鳴く」という理由づけがなされています。

『古事記』の歌謡や訓注では、清音の［ス］に「須」を当て、濁音の［ズ］に「受」を当てて書き分けているので、このような重ね合わせの技巧はありえませんでした。『万葉集』

は文学作品なので用字が『古事記』よりも多彩ですが、書き分けの原理は共通しています。仮名連鎖「あかす」に「明かす」と「飽かず」とを重ね合わせるような技法は、清濁を書き分けない仮名文字の体系が形成されたことによってはじめて工夫され、発達したものです。平安後期になると、歌人たちは自作の和歌を漢字を交えて書くようになり、また、『古今和歌集』をはじめとする歌集や私家集などのテクストに漢字を当てて書写するようになったことによって、こういう重ね合わせの技法は自然に廃れてしまい、というよりも、そのような技法が廃れてしまったために漢字を交えて和歌を書くようになったことによって、平安前期の和歌が仮名の連鎖として作られ、また、読まれていたことが忘れられたまま今日に至っています。

■清音と濁音

仮名が清音と濁音とを書き分けない文字体系として形成された理由は後回しにして、まず、清音と濁音との関係について基礎的知識を確認しておきます。

和語の音節は、一個の子音（Consonant）と一個の母音（Vowel）とがその順序で結合して構成されています。母音だけの音節は子音ゼロとみなします。この型の音節を《CV 音節》とよびます。世界的には特に珍しくもありませんが、東アジアの諸言語やヨーロッパの主要言語に CV 型の音節構造を基本とする言語はありません。

日本語話者なら、清音とか濁音とか、〈清む〉とか〈濁る〉とかいうことばの意味を小学生でもわかっています。本書でも読者にそういう知識があることを前提にしてここまで使ってきましたが、清音と濁音とのセットは、日本語に固有の運用システムであって、日本語以外にもこれと同じセットをもつ言語があることを筆者は知りません。音声学にいう有声子音と無声子音とは、声帯の振動をともなうかどうかの違いですが、日本語の清音と濁音とは機能の違いで対立しています。たとえば、ヤマバトは［ヤマ＋ハト］、ヤマドリは［ヤマ＋トリ］という語構成であることを表わしています。このように、複合語の下位要素になったときにその先頭音節が濁る現象を連濁とよびます。連濁は、そこに意味の単位の境界があることの指標になっています。語頭に濁音をもつふつうの和語はありません。それがあったら連濁で語構成要素を明示することができないからです。

清音と濁音とは音節単位の対立です。すなわち、［ta］の頭子音［t］が清音で、［da］の頭子音［d］が濁音なのではなく、音節［タ］が清音で、音節［ダ］が濁音です。

■無標《アンマークト》と有標《マークト》

日本語では、清音と濁音との対立を複合語の語構成を明示するために利用することがどうして可能なのでしょうか。この対立の本質について、考えてみましょう。

「鉛筆、貸してもらえますか」と言うと、どうぞと黒芯の鉛筆を渡してくれますが、ときには、「青でもいいですか」とか、「赤しかないんですけど」とか言われたりします。あいにくふつうの鉛筆は持っていないということです。〈鉛筆〉といえば黒芯であって、それ以外は〈色鉛筆〉、すなわち、鉛筆ではあるが特殊な鉛筆です。

鉛筆と色鉛筆とのような対比関係の対があるとき、条件を添えずにさすほうを無標(unmarked)とよび、条件を添えてさすほうを有標(marked)とよびます。無標は標準的であり、有標は、それになんらかの制約的特徴が加わったものです。

清音は無標、濁音は有標です。無標の清音と有標の濁音とは、一枚のカードの表《おもて》と裏となぞらえることができます。カードは表裏一体ですから切り離すことはできません。仮名の体系で、清音と濁音とに同じ文字を当てたのは、無標の音節と有標の音節とを表裏一体の不可分の関係として捉えていたからであり、現在の書記様式でも濁点の有無でそれを書き分けていることを不自然だと感じないのは、清音と濁音とをセットとして捉えるのが歴史をつうじて一貫した日本語の特性のひとつだからです。アオとソラとが複合すると、「ソ」が裏返しになってアオゾラになるという日本語の特徴を文字に反映したのが仮名の体系です。日本語話者には、後にくる語の最初の音節が発音の都合で自然に濁る、すなわち、アオソラでは発音しにくいから自動的にアオゾラになるかのように感じられますが、これは日本語独自の現象です。"Christmas dree"とか"sports gar"などという英語はありません。

■初読と次読

カードでも宣伝用のリーフレットでも、なにか書いてあれば、まず表側を読んでから裏を読みます。はじめに読む表側を初読とよび、あとで読む裏側を次読とよぶことにします。もとはラテン語のレクトー（recto）とヴァーソー（verso）で、製本の用語として使用されていたようですが、それの転用です。カタカナ語にするといっそうなじみにくいし、〈表の意味〉、〈裏の意味〉とすると理解のしかたが違ってしまうので、初読、次読とよぶことにします。ここで新しく作った訳語ですから、辞書にはありません。

当面の課題にとっては、一枚のカードの裏表の比喩で十分ですが、欧米の書籍は左から右への横書きなので、まず右ページを読み、裏返して左ページを読みますから、製本の用語としては奇数ページが recto で偶数ページが verso であることを付け加えておきます。

平安時代の仮名「か」は一次的に無標の音節［カ］を表わし、二次的に有標の音節［ガ］を表わしました。右の用語を取り入れるなら、①仮名連鎖「あかす」は、初読のアカスから「明かす」が導かれ、文脈と照合されて候補となります。つぎに、②次読のアカズから「飽かず」が導かれ、文脈と照合されます。さきに検討した結果から、「夏の夜を飽かず」は排除されますが、「飽かずとや鳴く」という続きかたに問題はないのでこれも候補になります。③「開かず」は文脈に適合しないので排除されます。その結果、④初読から導かれた「明か

あかす
→ 初読　明かすとや鳴く
→ 次読　飽かずとや鳴く

す」と次読から導かれた「飽かず」とは、両方とも候補として残ります。［アガス］や［アガズ］は日本語話者の直覚が排除するので、検討の対象になりません。

■和歌の複線構造

「夏の夜を明かす」は自然な結びつきです。〈夜を明かす〉とは、夜が明けるまで同じ動作や行為を休まずに続けることで、この文脈では、鳴き明かす、すなわち、〈鳴きつづけて夜を明かす〉という意味になります。

古典文法では、前述した〈夜を早く明けさせようと懸命に鳴く〉という可能性も選択の対象にしたうえで排除するでしょうが、この文脈で、ホトトギスが夜を早く明けさせようとすることはありえないので、意味を考えれば最初から検討の対象になりません。さきに有意の可能性と言ったのはそのことです。

残る候補は、次読から導かれた「飽かず」です。右に指摘したように、「夏の夜を飽かず」は排除されますが、「明かすとや鳴く」を受けて、鳴くことに「飽かず」なら不自然な感じはありません。

以上の検討の結果をまとめると、①仮名連鎖「あかすとやなく」は、①初読の、あまりにも短かい夏の夜を、鳴き明かそうというのだろうかという意味にまず理解され、つぎに、②次読の、夜が明けたのにまだ鳴いているのは、鳴きたりないからなのだろうかという意味にバトンタッチされます。

ひと晩中、鳴き明かそうというのだろうかでは、『古今和歌集』の和歌としてものたりないと感じたのは、次読へのバトンタッチを読み取らなかったからです。

和歌の詠み手に与えられた仮名文字の数はわずか三十一字ですが、初読と次読との複線構造で構成することによって、単線の表現よりもずっと豊富な内容になっています。

つぎの和歌は、『源氏物語』で、天皇の寵愛した亡き桐壺の更衣《こうい》の里に遣わされた勅使の女性が内裏《だいり》に戻ろうとするときに、悲しみにくれた更衣の母が詠んだものです。

すすむしの　こゑのかきりを　つくしても　なかきよあかす　ふるなみたかな〔桐壺〕

鈴虫の　声の限りを　尽くしても　長き夜あかす　ふる涙かな

このエピソードをすでに知っている読者は、第四句の仮名連鎖「なかきよあかす」を「長き夜飽かず」と読んで疑いをもたないでしょう。なぜなら、どの注釈書も「飽かず」となっており、習ったとすれば、そのように習ったはずだからです。しかし、予備知識なしに、日本語話者のナイーヴな感覚で仮名連鎖を目で追えば、「なかきよあかす」を、まず、「長き夜明かす」、すなわち、秋の夜長を夜明けまで過ごすという意味として読み取るはずです。しかし、「長き夜あかす＋降る涙」という続きかたは不自然なので、仮名連鎖「あかす」を、次読として導かれる「飽かず」にバトンタッチして、「飽かず降る涙かな」と読み継ぐことになります。「飽かず」と読み継いでも、初読から抽出された「明かす」の意味は生きているので、両方を合わせると、〈長い秋の夜を、雨のようにとめどなく涙が降る状態で夜明けまで過ごす〉という意味になります。すなわち、つぎのような関係です。

鈴虫の　声の限りを　尽くしても　長き夜明かす　振る
　　　　　　　　　　　　　　　　長き夜飽かず　降る涙かな

第五句の仮名連鎖「ふるなみたかな」は、「鈴虫の～」から続いているので、まず、仮名連鎖「ふる」を鈴虫が鈴を「振る」、すなわち、声を振り絞る、と読み取ります。しかし、そのまま声を振り絞る涙、という続きかたにはならないので、「涙」にさかのぼって「降る涙と」読みなおします。ちなみに、現今は鈴虫の鳴き声が、いかにも秋らしさを感じさせる美しい鳴き声として鑑賞されていますが、つぎの例からも知られるように、平安時代の和歌では、聞き取りかたが、現今と必ずしも同じではありませんでした。「音《ね》（に）泣く」は、声をあげて泣くという意味の成句です。鈴虫は、声を振り絞って泣《鳴》いています。

昔を思ひ出《い》で、、むらの、内侍に遣はしける　左大臣

鈴虫に　劣らぬ音《ね》こそ　なかれけれ　昔の秋を　思ひやりつつ

〔後撰和歌集・雑四・1287〕

初読から次読へのバトンタッチは、清音から濁音へというタイプだけではありません。新しい用語をいちどにいくつも持ち出すと混乱してしまうので、第二章では、初読、次読という用語を出すのを控えておきましたが、「をぐら山」と「をぐらの山」とは、つぎのような関係として説明することが可能です。

	初読	次読
をぐらやま	小倉山（固有名詞）	小暗の山
をぐらのやま	小暗の山	小倉山（固有名詞）

注釈書や古語辞典の多くが、「夕月夜小倉の山に」と漢字を当てているのは、初読として導かれるべき「小暗の山」を排除しているという意味で、テクストを破壊しています。

初読で導かれた解釈から、次読で導かれた解釈にバトンタッチしてふたつの解釈を融合することは、平安前期の和歌表現を解析する場合のたいへん大切な手順ですから、次章でさらに詳しく説明します。

■方法論のまとめ

「くる、かと」の和歌は、第三句を「明かすとや鳴く」と読んでも文脈が整合するのに、どうして、どの注釈書も「飽かず」としか読んでいないのでしょうか。

考えられる理由のひとつは、「明かす」と読む可能性に思いついても、〈夜を明けさせる〉では文脈が整合しないので捨ててしまい、〈夜を明かす〉、すなわち、〈夜が明けるまで、休みなく鳴きつづける〉という意味でもあることに気づかなかったのではないかということです。あるいは、そのとおりかもしれません。しかし、和歌について専門の研究者とは比べものにならない短かいつきあいしかない筆者でさえ容易に思いつくこの解釈を、だれも思い至らなかったとは考えにくいので、理由は別のところにありそうです。それは、ひとつの仮名連鎖が、ふたつの意味に使われることはない、という基本的立場が滲透しているために、複数の解釈が可能な場合には、どれかひとつが〈正しい解釈〉だと考えるからです。この和歌の場合、「明かす」と「飽かず」とを天秤《てんびん》にかけて後者の側に大きく傾斜すると判断されれば、「明かす」の可能性は葬られてしまいます。

伝統的な歌学では、〈ひとつの仮名連鎖がふたつの意味に使われることはない〉という右の原則に例外を設けています。それは、いわゆる掛詞（懸詞）です。特定箇所に掛詞を認める場合には、たいてい、〈甲に乙を掛ける〉と表現されます。もしもこの和歌に掛詞を認めるとしたら、「飽かず」に「明かす」を掛けるとなるでしょう。〈鳴きたりない〉に〈鳴き明かす〉が付随するということです。それに対して、最初に無標の「明かす」を読み取り、そのあとに有標の「飽かず」を読み取ったうえで、鳴き明かすのに、鳴きたりないからなのだろうとか、鳴き明かしてもまだ満足できずに鳴き続けているのだろうとか、初読と次読とを関連させて理解するのが、平安前期における仮名文字の運用のしかたに即した表現解析だというのが筆者の主張です。

■鳴き明かしてねぐらに帰ったホトトギス

『寸松庵色紙』と並び称される名筆のひとつ『継色紙』にこの和歌があります（図版）。夕暮れの色でもあり夜明けの色でもあるくすんだオレンジ色の料紙の左側に、つぎの四行があります。

くる、かと／みれはあけ／ぬるなつのよを／あかすと／夜《や》

「夏の夜を」の「よ」は仮名なのに、疑問を表わす「あかすとや」の「や」に「夜」字が当てられています。この「夜」は、一字だけ離して料紙の左下端に書かれています。そこまでが夜だということです。この「夜」字は、音節［ヤ］を表わす表音文字であるとともに、表語文字としてヨルを表わしています。すなわち、左下端の「夜」は、音節［ヤ］を表わすと同時に、ここまではヨルだというぎりぎりの限界を示しています。

和歌の続きは、料紙の右側中央部の、やや下のほうにあります。「なく山／ほと、木《き》／寸《す》」と、三行になっています。とうとう「夜」が終わりになったので、ホトトギスは里を離れ、

山のねぐらに戻ってきました。

　夏の夜を最後まで鳴き明かすつもりなのだろうかという初読が右端末尾の「夜」字までであり、夜が明けたのに鳴きつづけているのは、まだ鳴きたりないからなのだろうかという次読が左側の部分です。

「なく」がこの位置にあるのは、ホトトギスが、そこまで鳴きつづけて戻ってきたことを表わしています。少し浮き上がった行末の小さな「山」字は、遠くにあるヤマで、上の部分しか書いてありません。中途半端な位置の小さな仮名「寸《す》」は、ホトトギスです。ホトトギスは山の「木」にとまろうとしています。「木」は、行末に、すなわち、地面に生えています。この部分は一幅《いっぷく》の見事な絵になっています。

　改めて左側の第一行を見ると、「供累、閑度」と、連読符ひとつを含んで草仮名だけを並べて全体を暗い印象にし、第二行は「み連盤阿遣」と、「み」の仮名

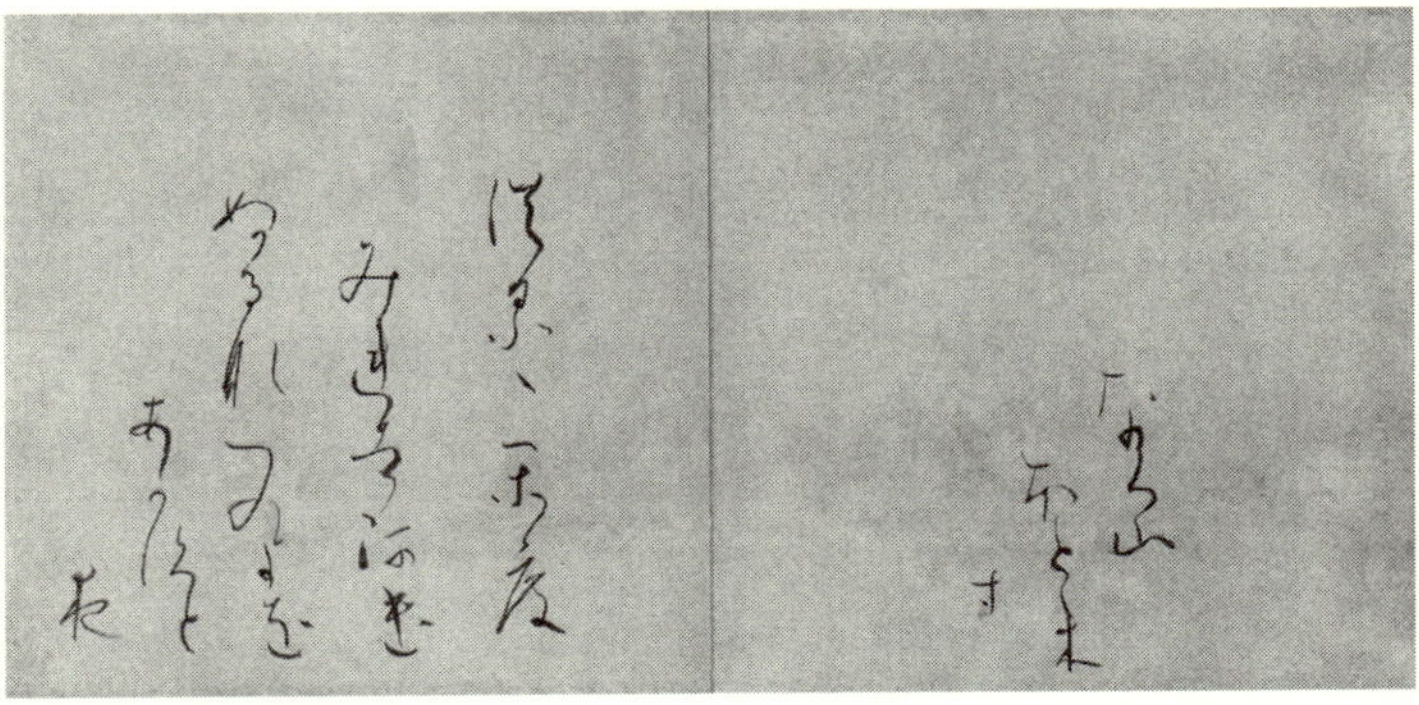

継色紙　三井文庫蔵

ひとつで空の一角を明るくし、第三行以下は、末尾の「夜」を除いて、ほとんどがふつうの仮名でぐっと明るくしています。これは、真っ暗な夜になったと思ったら（第一行）、はやくも空が白みはじめ（第二行）、一挙に明るくなるという（第三・四行）、夜から朝への急速な移行過程を表わしています。平安朝屈指の古筆として珍重されてきながら、このような観点から解析がなされてこなかったのは、和歌の意味と結びつけて書の作品を理解しようとしてこなかったからです。

第四章　古典文法で説明できない構文

――一字一句にこだわって読み解く

導言　つじつま合わせの文法的解釈が原文の表現をゆがめる

朱雀院の子《ね》の日におはしましけるに、障《さは》ること侍りて、え仕《つか》うまつらで、延光朝臣に遣《つか》はしける　　左大臣

まつもひき　わかなもつます　なりぬるを　いつしかさくら　はやもさかなむ〔後撰和歌集・春上・5〕

松も引き　若菜も摘まず　なりぬるを　いつしか桜　早も咲かなむ

新年の最初の子《ね》の日、野に出て、千年《ちとせ》の寿命をもつ松の、芽生えたばかりのものを引き抜き、また、摘んだ若菜を食べて長寿を願う年中行事に、支障があって参加できなかったので、早く桜が咲いてくれて、花の宴に出られる日が来ないかと待ちきれませんと、朱雀院に対するお詫びを人に託した和歌です。

子の日なのに、松も引かず若菜も摘まぬままに終わってしまったけれ

ど、こうなった今は、いつか、少しでも早く桜が咲いてほしいもので
すよ〔新大系『後撰和歌集』〕

このように、「松も引き、若菜も摘まず」は、「松も引かず、若菜も摘まず」と、前にもズを補って解釈するというのが解釈文法の立場です。〈松も引いた、若菜も摘まなかった〉では文意がつうじないので唯一の可能な解釈のように思われるかもしれませんが、これは、あらゆる言語に共通する基本的特性を無視した、とうてい成り立ちえない解釈なのです。

話し手がどういうことをどのように話そうとしているのか聞き手にはわかりませんから、聞き取った順序を追って理解を重ねていきます。すなわち、聞いたところまででそれなりの理解が形成され、話が進行するにつれて順次に理解が更新されます。言い換えるなら、コトバの理解は一本の線条として形成されるということです。この特性を言語の線条性(linearity)《リニアリティー》とよんでいます。一本の線条でふたつの事柄を同時に話すことはできないし、すでに形成された線条を逆行して理解が成立するように表現が構成されることもありません。「松も引き」とは、〈小松も引いて〉であり、「松を」でなく「松も」ですから、そのあとに「…も」と続くことが予期されます。予期したとおり「若菜も」と続いていますが、そのあとが「摘みて」ではなく「摘まず」となっています。

古典文法では、先行する「松も引き」に「ず」を添えて、「松も引かず、若菜も摘まず」

とすればよいと考えますが、「松も引き」でいったん理解が成立しているのに、もういちど遡って「ず」を添えたりすることは、つじつま合わせの小細工であって、言語の線条性を明らかに無視しています。ここは、そうではなくて、松も引き、若菜も摘みて、長寿延命をお祝いすることを楽しみにしていたのに、それが実現できなかったので、という表現です。言い換えるなら、松を引くことと若菜を摘むこととが、〈AもBも〉という不可分のセットとして表現されています。

右のように解釈したのでは現代語に訳すのが難しくなりますが、何度も繰り返すように、大切なのは現代語に訳すことではなく、表現を作者の意図どおりに解析して説明できることなのです。

命あるものを見るに、人ばかり久しきはなし、蜉蝣《かげろふ》の夕《ゆふべ》を待ち、夏の蝉の春秋を知らぬもあるぞかし〔徒然草・七段〕

＊かげろふ……トンボに似た形の小形の昆虫。羽化したその日のうちに死ぬといわれている。

「かげろふの夕《ゆふべ》を待ち、夏の蝉の春秋を知らぬ」についても、「かげろふの夕《ゆふべ》を待たぬも」という読みかたが提示されていますが、「松も引かず」と同じ、誤った文法的操作です。それに対して、中国の古典『淮南子《えなんじ》』にまで遡ってその解釈に疑問を呈したりするのも〔安良岡康作『徒然草全注釈』角川書店・1967〕、表現解析の正しい手順ではありません。

古典文法で説明しにくい構文を、もう一例。

もみちはの　ちりてつもれる　わかやとに　たれをまつむし　ここらなくらむ〔古今和歌集・秋上・203・題知らず・詠み人知らず〕

もみぢ葉の　散りて積もれる　我が宿に　たれをまつ虫　ここら鳴くらむ

＊ここら……たくさん、さかんに。

第四・五句の現代語訳をふたつ引用します。

誰を待って、人を「待つ」という名のあの「松虫」が盛んに鳴いているのだろうか。〔新大系〕

降るようになく鳴く松虫は、いったい誰を待つとて鳴くのだろうか〔新全集〕

どちらも、「たれをまつむし」の現代語訳に手こずっていますが、〈だれを待ってマツムシが〉というだけのことです。

「たれをまつむし」という仮名連鎖を目にすれば、「我を」のあとにまず頭に浮かぶのは「待つ」ですから、「たれを待つ虫」となります。その虫の名は「まつ《松》虫」以外にありえません。すなわち、初読が「待つ＋虫」、次読が「松虫」ということです。これほど簡単な複線構造さえも古典文法では説明できないのです。

■いつしかと、またくこころ

初読で導かれる語句と次読で導かれる語句との絡み合いかたには、前章の「明かす」と「飽かず」や、第一章の「小《を》暗《ぐら》の山」と「小倉山」とのような場合のほかにも、さまざまのヴァラエティーがあります。

七月六日、たなばたの心を詠みける　藤原兼輔朝臣

いつしかと　またくこゝろを　はきにあけて　あまのかはらを　けふやわたらむ〔古今和歌集・雑躰・誹諧歌・1014〕

いつしかと　またく心を　脛に上げて　天の河原を　今日や渡らむ

これからこの和歌の表現を解析する過程で、つぎのふたつのことをいつも念頭に置いてください。

ⓐ詞書によると、七夕の前日、七月六日に、「たなばた」の気持ちを推察して詠んだ和歌であること。

ⓑ『古今和歌集』では、この和歌が、初秋の和歌を収めた秋上部ではなく、付篇ともいうべき雑部の誹諧《はいかい》歌に置かれていること。したがって、季節の情緒ではなく、誹諧を生命とする作品であること。誹諧歌については、すぐあとに説明します。

全評釈から、「要旨」と「通釈」とを引用します。

【要旨】彦星の立場に立って、今日は七夕の前日だが、早く逢いたいという気持を抑えかねるゆえに、天の川を渡ってしまおうかしらと言っているのである。

【通釈】七月六日、彦星の心情を詠んだ歌

少しでも早くと、急ぎはやる心を、袴《はかま》の括りを上にあげる動作に表して、一日早い今日、天の川原を渡って行こうかしら。

新全集には、つぎのように現代語訳されています。

七月六日に星の気持を詠んだ歌

彦星は織女に早く逢いたいと七日の夜を待ちきれずにはやりたつ心をまる見えにして、着物の裾も脛までまくり上げ、天の川を今日ざぶざぶと渡っているのだろうよ。

詞書の「心」に、「〈心〉は趣旨」と頭注があります。文脈しだいで「心」が〈趣旨〉という意味にもなることは事実ですが、「たなばたの趣旨」とはどういう意味でしょうか。「星の気持」も不自然です。現代語訳を読むと、この「星」は彦星です。

彦星の「気持ちを詠んだ歌」なのに「今日ざぶざぶと渡っているのだろうよ」と、彦星の行動を推測することばで結んでいるのも腑に落ちません。こういう粗雑な言語感覚で、和歌の繊細な表現が理解できるのかと心配になります。「誹諧歌では、かささぎが作ってくれる橋を渡るという想像力は消え失せ、このように現実的視点から詠んでいる」と批評していますが、この和歌を現実的とみなす理由が理解できないし、また、現実的であることが誹諧歌の特徴だとみなすことも支持できません。

「脛に上げて」について、「川を渡るために脛を現すとともに、はやる心をまる見えにする意と解する」という頭注があります。たしかに裾を脛までまくり上げると膝から下の肌は丸見えになりますが、どうして逸《はや》る心まで丸見えになるのでしょうか。心が逸らなくても、川を渡るときに裾をまくり上げるのは、入浴する際に衣服を脱ぐのと同じように当然の行動ですから、ふつうなら、その行為を明示的には表現しません。そもそも、彦星が、定められた日を守らず、その前日に天の川を渡って織女に逢いに行ったりしたら、伝承神話が成り立たなくなります。

新大系は、つぎのように現代語訳しています。

いつかいつかとはやる気持を脛《すね》まで衣をまくりあげるようにまる出しにして、彦星は天の川を今日のうちにでも渡ろうとするのかね。

「〈七夕の詩〉のように、織女星の動作とみればなおおもしろい」という注がありますから、「天の川を今日のうちに渡ろうとする」のは彦星です。彦星ではなく織女星の動作を詠んだとみればいっそうおもしろいということですが、どこがどのようにおもしろいのか、ぜひ説明がほしいところです。なお、詞書に「心を詠める」とあることと、動作のおもしろさを評価することとのズレも気になります。逸る気持ちを丸出しにするやりかたはさまざまあるでしょうが、毛脛《けずね》を丸出しにして逸る心を表現するのは奇妙なやりかたです。

この和歌を織女星でなく彦星を詠んだものと認める根拠として、この注釈書は、「渡河するのは、和歌では一般に彦星。中国やわが国の詩では織女星」という秋上部の注記が参照されています。「詩」とは漢詩をさしています。

「脛《はぎ》にあげて」の「あげて」に、「〈あげて〉と明るみに出すの意の〈明けて〉を掛ける」と注記されています。〈甲と乙を掛ける〉とは、甲と乙とが同等に表現されているという意味でしょうか。「明けて」を「明るみに出すの意」とみなしているのが、衣服をたくし上げて脛を露出することだとすれば、無理な拡大解釈です。

■誹諧歌Ⅰ

新大系は、「誹諧」をヒカイと読み、古代中国の訓釈や、字書にみえる「誹」字と「諧」字とに対する注記を根拠にして、「おどけたり、悪口をいう、ふざけるの意か」と結論づけていますが、筆者は支持できません。

誹諧歌　［名義］（略）「誹」と「俳」とは字義が異なるが、早くから「誹諧歌」即「俳諧歌」と解されてきており、滑稽に幅を持たせて、機智・道化・諷刺・皮肉といった多様な内容のものと受けとめれば、原義的なものとさほど差はないだろう。（小町谷照彦）

〔『日本古典文学大辞典』簡約版・岩波書店・1986〕

「誹諧」を「俳諧」の誤記や誤写ではないと考える立場ですが、その結論にもっていくための強引な説明になっており、説得力がありません。「原義的なもの」、すなわち「俳諧」とさほど差がないとは、裏返せば、少し差があることになるので、一致しないのはどういうところなのか、どうして「俳諧」をわざわざ出典不明の「誹諧」に書き換えたのか、また、どうして、この語が歌集の部立《ぶだて》にしか使われていないのか、などと問い返されたら、どのように答えるのでしょうか。

「誹」字や「諧」字のような構造の漢字の場合、左側の偏を〈義符〉とよび、右側の旁《つくり》を〈声符〉とよびます。「草」字や「符」字なら、冠《かんむり》が義符、下の部分が声符になります。意味を表わす符号、発音を表わす符号という意味です。『古今和歌集』の撰者が「誹」字の声符をそのままにして、すなわち、音《おん》を変えずに、義符のヒト（人）をコトバ（言）に置き換えて「誹諧」と書いたのは、コトバの戯れであることを表わそうとしたものです。その巧みな置き替えが、とりもなおさずハイカイにほかなりません。ハイカイとはユーモアないしウイットのことです〔『みそひと文字の抒情詩』本論11〕。「誹謗《ひぼう》」の「誹《ひ》」字と字形が一致したのは偶然です。撰者のウイットを理解した人たちは、この字面を見てにっこりし、ためらわずにハイカイと読んだでしょう。撰者は、中国に別の意味の「誹」字があることを承知のうえで、ユーモアを解する教養のある人たちなら自分の意図どおりに理解してくれると信じて、「誹諧」と書いたに違いありません。

右に引用したふたつの注釈書の現代語訳がいずれもぎこちない表現であり、しかも矛盾を含んでいて意味がよくつうじないことは、それぞれに、いくつかの、あるいは、いくつもの読み誤りを犯したり、考え違いをしていることを疑わせます。

誹諧歌とはどういうものかを確認するために、たいへんわかりやすい事例をひとつあげておきましょう。

もろこしの　よしのゝのやまに　こもるとも　おくれむとおもふ　われならなくに〔1049・左大臣〕

唐土の　吉野の山に　籠もるとも　後れむと思ふ　我ならなくに

大和の国（奈良県）の吉野山は京を中心とする地域のなかではたいへん深い山であり、身を隠したら容易に探し出せそうもありません。まして、海を越えた中国の吉野山となったら絶望的ですが、それでもあきらめようなどと思うわたしではない、ということです。

ジョークの説明ほど興ざめなものはありませんが、あえてコメントするなら、唐土に吉野山があるとしたら、日本の吉野山など比較にならないほど奥深いはずですが、そこまで行って身を隠しても、という奇抜な表現ですから、読んだとたんに吹き出してしまいます。

この前後にあるのは恋歌ですが、当時の社会倫理では罪のないものばかりです。しかし、もしもこの和歌が恋部に置かれていたらどうでしょうか。この和歌の詠み手は極端に執念深いストーカーで、しかも、左大臣の地位にある実在の権力者ですから、女性がこれを読んだら震えあがったでしょう。しかし、特定の女性に送った恋歌ではないし、なによりも、「もろこしの吉野の山」が救いになって、安心して笑える誹諧歌になっています。

■ことばによるイマジネーションの喚起から、仮名によるイマジネーションの喚起へ

図版に示したのは、元永本『古今和歌集』のこの和歌です。

一行目はすらりと読めますが、二行目の「るとも」は意味がわかりません。そのあとは「をくれむと思《おもふ》、我ならなくに」と、これも問題なく読むことができます。「るとも」の前に仮名二字の脱落があると判断して、念のために、もういちどよく見ると、なんと、一行目の「山に」の下に、汚れとしか見えないほどの、とても小さく、しかも、とても細い仮名で、「こも」と書いてあるではありませんか。うっかり書き落としたふたつの仮名を小さく

古今和歌集　元永本　東京国立博物館蔵

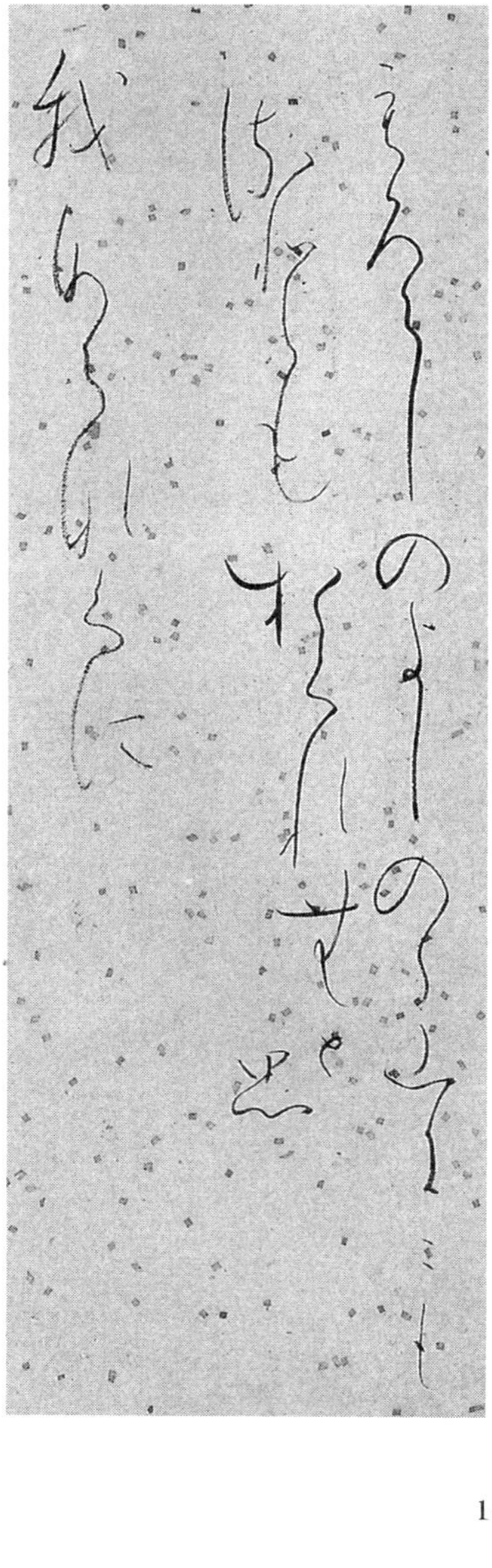

もろこし　の　よしの、山に《尓》／る《流》と《登》も　お《於》くれむ《無》と　思《おもふ》／　我な《那》らな《那》くに

補ったわけではありません。探しに来ても見つからないように、身を縮めて物陰にひっそりへばりついているのです。

　このテクストの書き手は、和歌の作者とイマジネーションを共有し、その諧謔をよく理解したうえで、作者のイマジネーションを毛筆ならではの技巧で表現しなおしています。ユーモアを愛する書き手の心が、これらふたつの仮名から直接に伝わってきます。

元永本『古今和歌集』の誹諧歌には、こういう技巧が随所に使われています。能書という語から、筆者は、冗談もつうじない謹厳実直な人物を想像してきましたが、血のかよった生身の人間だったことを知って、うれしくなりました。

みなさんも元永本『古今和歌集』の誹諧歌を自分の力で読み解いてみませんか。数学の問題と同じで、自力で解けたら嬉しくて病みつきになるはずです。考えあぐねて注釈書に解答を求めても、納得できる説明にめぐり会えることは、まずありません。

■「たなばた」は牽牛か織女か

現行の注釈書のほとんどは、詞書の「たなばた」に、彦星とか牽牛とか注記していますが、劣勢ながら、つぎのように、織女星と記しているものもないわけではありません。

> 「たなばた」については、特に触れていない注釈は「織女星」と理解していると思われるが、『余材抄』が初めて「彦星」と解してからは、それに同《どう》じるものが多い。（略）
>
> この古今集一〇一四の歌も（略）積極的に「彦星」と解さねばならぬ理由もなく（むしろ織女星と解すべき理由の方が多い）、すなおに織女星と解すべきである。〔竹岡正夫『古今和歌集全注釈』増訂版・右文書院・1981〕

契沖の『古今余材抄』（1691ごろ成立）には、つぎのように述べられています。

たなばたは棚機の心に名付たれば、け《げ》にも織女こそ　はた《機》をに《ば》お《織》れは《(ば)》、牽牛にかよはしていふへ《べ》きにあらす《ず》。されと《ど》、此集より後　かよはしてよめりと見えたり。今たなは《ば》たの心とは　哥《歌》によるに　ひこ《彦》ほし《星》をいへる歟《(か)》

「されど、この集より後、通はして詠めりと見えたり」という独断を、「すなおに織女星と解すべきである」と反駁しても、どちらも根拠薄弱で軍配のあげようがありません。

新大系に、「織女星の動作とみればなおおもしろい」と注記されているその「動作」とは、おそらく「脛に上げて」天の川を渡るその動作をさしているのでしょう。男性が裾を高くまくり上げて渡るよりも女性のその動作を想像するほうがおもしろいということなら、どうして、と尋ねるのは野暮でしょうが、そこまで注記しておきながら、最終的に牽牛星とみなしている理由がわかりません。おもしろい解釈が正しい解釈だとは限りませんが、この場合は、おもしろさを生命とする誹諧歌なのですから、そういう一般論は通用しません。そのことを十分に認識していれば、逆の結論に到達できる可能性があったかもしれないと惜しまれます。あとで導かれる帰結をここに先取りしておくなら、この「たなばた」は織女星でしかありえません。

■おそれいりやの鬼子母神

「またくこころを」の「またく」には、どういう語を引き当てるべきでしょうか。

「いつしかと」、すなわち、早くその日が来ないかと、という語からの自然な続きとしては「またく」の初読として「待たく」が導かれます。たとえば、つぎの和歌では、「いつしかと」のあとに「待ちわたる」が続いています。

八日の日、詠める　　壬生忠岑

けふよりは　いまこむとしの　きのふをそ　いつしかとのみ　まちわたるへき〔古今和歌集・秋上・183〕

＊今日よりは　いま来む年の　昨日をぞ　いつしかとのみ　待ちわたるべき

今日からは、もうじき来る年の昨日（来年の七月七日）を、今日か明日かと、ひたすら待ちつづけなければならないと、織女の心を思いやっています。「今来む年」は、来年なんてすぐだからね、と慰めた表現です。

大型の古語辞典のひとつにつぎの項目があります。引用されている用例のひとつは『古今和歌集』の「いつしかと」の和歌です。「語誌」に言及されている『類聚名義抄《るいじゅみょうぎしょう》』については、あとで詳しく説明します。

またく【急く】〔自カ四〕心がはやる。待ちに待つ。

語誌　類聚名義抄「驀」の字の訓に「マタグ」とあるのに結びつける説もあるが、これは馬に乗る意で、「跨ぐ」とすべきであって、「またく」

はむしろ「待つ」と同根の語と考えるべきだろう。〔岡村昌夫〕

〔中田祝夫他編『古語大辞典』小学館・1983〕

「待つ」と同根の語の「またく」としては、「言はく（言ふ＋接尾辞ク）」、「申《まう》さく（申す＋接尾辞ク）」などと同じ類型の、〈待つこと〉という意味の「待たく」以外にありません。具体的な語をあげず、断定を避けて「〜だろう」と結ばれているのは、「待たく」に名詞「心」が続くことを古典文法が許さないからでしょう。しかし、筆者は、以下の理由で「待たく」を積極的に主張します。

この場合に大切なのは、「いつしかと」に続いていれば「また」までで動詞「待つ」の概念が確実に形成されることです。日本語話者なら、そのことを内省《ないせい》で確認できるはずです。「いつしかと」と「待つ」とは慣用結合《コロケーション》だったからです。内省（introspection《イントロスペクション》）とは、自分のコトバを自分で観察することです。つぎにその一例を示します。

遠き国に侍りける人を、京に上《のぼ》りたると聞きてあひ待つに、まうで来ながら訪《と》はざりければ

いつしかと　まつちのやまの　さくらはな　まちてもよそに　きくかかなしさ〔後撰和歌集・雑四・1255・詠み人知らず〕

いつしかと　待乳の山の　桜花　待ちてもよそに聞くが悲しさ

遠国から知人が上京したと聞いて待っていたが、京に来ているのに訪ねてこなかったので、という詞書で、「いつしかと待乳《まつ》の山、〜待ちても」と続いています。大和の国の奥の待乳山で、待ちかねていた桜が咲いたと聞いても、見ることができないのが悲しい、ということです。「〈待乳山〉は歌枕」というだけの注は空しい雑音です〔工藤重矩校注『後撰和歌集』和泉古典叢書・和泉書院・1992〕

江戸時代からの地口《じぐち》の一つに「恐れ入りやの鬼子母神《きしもじん》」というのがあります。地口とは、当時の言語遊戯です。「おそれいりや」までで「恐れ入りやす」（「恐れ入ります」に当たる江戸方言）が確実に喚起され、さらにそのあとの「鬼子母神」から遡って、江戸の地名「入谷《いりや》」が確定されます。既成の文法で説明可能であろうとなかろうと、作者によって意図された伝達が確実に成立するなら〈正しい日本語〉です。「その手は、くわ《（は）》なの焼き蛤《はまぐり》」もそれと同じ構成で、「その手は食はな」に、現在の三重県の地名「桑名」を重ね、同地の名産「焼き蛤」に続けています。

「恐れ入りや」や「その手は食はな」などと同じように、「いつしかと待た」も、それ自体は尻切れトンボになりますが、「心」を修飾する語形をはめ込むための仮名連鎖「またく」を導いた段階で役割を終えています。

つぎの和歌も、やはり、日本語話者の直覚に依存して、超文法的に構成されています。

寛平の御時、七日の夜、殿上に侍《さぶら》ふ男《をのこ》ども、歌奉れと仰せられけ
る時に、他人《ひと》に代はりて詠める　　　　　　　　　　　　　　紀友則

あまのかは　あさせしらなみ　たとりつゝ　わたりはてねは　あけそしに
ける〔古今和歌集・秋上・177〕

天の川　浅瀬しらなみ　たどりつつ　渡り果てねば　明けぞしにける

七夕の宴のために和歌を詠んで差し出すようにと天皇に命じられたとき、他の人に代わって詠んだ和歌だと詞書に記されています。宴が始まるまでに和歌を詠めなかった人物のために達人の紀友則が代作したということです。こう作ろうかああ作ろうかと工夫している間に時間切れになってしまいました、申し訳ございません、と天皇にお詫びした和歌なのですが、詞書をまともに読まず、この和歌を完結した表現とみなしてきたために、「わたりはてねば」のバの説明に窮して、古典文法では、これを順接のネバではなく逆接のネバだと、すなわち、ナイカラではなくナイノニだと、言語運用の基本原理を無視したご都合主義の説明でごまかしてしまい、注釈書も古語辞典の類も無批判にそれに従っていますが、このネバは、「君が来ないから電車が出ちゃった」などというナイカラと同じ用法なのです。夜が明けてしまったのは、モタモタしていた牽牛の責任なのに、古典文法は、これをナイノニだと説明して、渡りきるまで待ってくれなかった意地悪な天の神様のせいにしてしまっています

〔『みそひと文字の抒情詩』本論7〕。「渡りきらないうちに、夜は明けてしまいましたよ」〔新全集〕は現代語訳の難所を巧みにかわしていますが、こういうごまかしは反則です。

『寸松庵色紙』は、詞書を省いて第四句を「わたりはてぬに」と改めています。よく言えば臨機応変の巧みな工夫であり、悪く言えば原作の歪曲です。

右の和歌の第二・三句は、牽牛が天《あま》の川を徒歩で渡ろうとしたが、どこに浅瀬があるか知らないので、白波の立っている場所を探しながら進んだために、ということです。「知らな＋み」という結合は文法規則に合いませんが、日本語話者なら、「知ら」から「知る」の概念を導き、ナから〈否定〉の概念を導いて、〈知らない〉という意味だと理解します。そして、〈知る〉の概念を導いた仮名連鎖「しら」は、そのまま、「白波」の「しら」に変身してそのあとに続いています。初読の「知らな」から、次読の「白波」へのバトンタッチです。古典文法では認められなくても、仮名の運用規則をわきまえていれば、〈浅瀬がどこにあるか知らないので、白波の立っている場所をたどりたどりして〉という意味を確実に読み取ることができます。

■マタグ心

残っているのは、仮名連鎖「またく」の次読に当たるマタグという語が、その当時の日本語にあったかどうか、そして、あったとすれば、それがこの文脈に適合するかどうかを検討することです。
前項に引用したのとは別の大型古語辞典に、つぎの項目があります。

またぐ【急】動ガ四　待ちかねて心がはやる。急ぐ。「驀マタグ」〔『名義抄』〕（略）〔『角川古語大辞典』〕

用例として、『催馬楽《さいばら》』と『重之女集《しげゆきのむすめ》』、そして『古今和歌集』から「いつしかと」の和歌が引用されていますが、この項目を立てるべきかどうかに疑問があるので、コメントは省略します。
右の古語辞典には、「またぐ」（急）のあとにつぎの項目が並んでいます。

またぐ【跨ぐ】（名詞「股」からの派生語。）一動ガ下二（略）二動ガ四 両足を大きく開いて、あるものの上を越える。転じて、物事が広範囲に及ぶことをたとえていう。（略）

現代語のマタグと、事実上、同じ意味ですが、引用されている用例が近世の句集（続猿蓑）と川柳（柳樽）とひとつずつなのは、それ以前の文献に用例がなかったからでしょう。
現行の注釈書の多くは、仮名連鎖「またくこゝろ」を「またぐ心」と読み、「またぐ」に、つぎのように注を加えています。

ⓐはやりたつ。『類聚名義抄』には「驀」の字の訓にあてている。〔集成〕

ⓑ名義抄「驀　マタグ」〈新大系〉　ⓒはやり立つ心。〈新全集〉

『類聚名義抄』の「驀」字の訓「マタグ」と結びつける解釈は、つぎの注釈書を受け継いでいます。図書館にもめったにない本なので、当該部分をほとんどすべて引用します。この注釈書は、「たなばた」を織女とみなしています。

いつしかと驀《(脱)》ぐ……この「またぐ」を従来は「待たく」と訓み、待たれると解したが、それでは「く」がおかしい。「待つ」の延言で「く」は継続をあらはし、待ち待ちする意だと解した説などは、語法無視も甚だしい。(略)未然形に「く」のついた形式は、常にその活用言を名詞化するのであつて、継続をあらはすなどは無稽以外の何ものでもない。「憂けく」や「老いらく」等と同じ類の語だとすれば、それが心といふ名詞に対し連体格になつてゐるのをどう解釈したらよいのであるか。随《したが》つて、「待たく」といふ訓みかたには賛成できない。それではどう訓むかといふに、私は『類聚名義抄』が「驀」字に「マタグ」といふ訓を与へてゐることを発見した。この訓を宛てるならば、すべてが氷解するのではなからうか。つまり織女の心が牽牛に向かつてまつしぐらに駛《(は)》せる意と解するならば、最もこの歌に適はしいのであり、かつ「跨ぐ」の意を以《(も)》つて「脛」および「渡らむ」の縁語になる点も、無理がないと思ふのである。
〔小西甚一校註・新註国文学叢書『古今和歌集』・講談社・1949・補註〕

校訂テクストは「薫ぐ心を」と表記されており、「薫ぐ」に「焦り逸《はや》る」という注があります。

■『類聚名義抄《るいじゅみょうぎしょう》』とは

前節に引用した補注には、『類聚名義抄』の和訓を決め手にして、「すべてが氷解するのではなからうか」と述べられており、現行の注釈書や辞書類の多くもそれをそのまま受け入れていますが、注釈に携わっているかたがたには、率直なところ、この字書を責任もって引用できるだけの知識がありません。この字書の和訓は、古典文学作品の注釈書にしばしば引用されているので、引用が適切かどうかを読者自身で検証できるように、必要最小限の説明を加えておきます。

『類聚名義抄』は、一一〇〇年ごろに法相宗《ほっそうしゅう》の学僧が編纂した膨大な本格的漢和字書で、仏・法・僧の三部に分割されています。原撰本そのものでないとしてもそれに限りなく近い「法」部の、その三分の二ほどに当たる一帖が宮内庁書陵部に蔵されており、「図書寮本」とよばれています。ただし、注釈書などに、『類聚名義抄』、あるいは『名義抄』として引用されているのは、原本の書名と全体の構成とを継承し、内容を大規模に改編した異質の字書、観智院本『類聚名義抄』です。図書寮本か観智院本かを明示して引用すべきことは、日本語史研究者の常識になっています。

図書寮本が発見されて複製刊行されたのは一九五〇年のことで、「驀」の和訓「マタグ」に最初に言及した小西補注はその前年の刊行ですから、当時、『類聚名義抄』といえば、事実上、観智院本をさしましたが、それ以後、数十年を経た今日でも、観智院本と断らずに『類聚名義抄』として引用している校注者は、古辞書に関する初歩的知識を欠いています。

■ 観智院本『類聚名義抄』の和訓マタグ

「私は類聚名義抄が「驀」字に「マタグ」といふ訓を与へてゐることを発見した。この訓を宛てるならば、すべてが氷解するのではなからうか」と校注者が膝を叩いた観智院本の当該項目は、図版のようになっています。

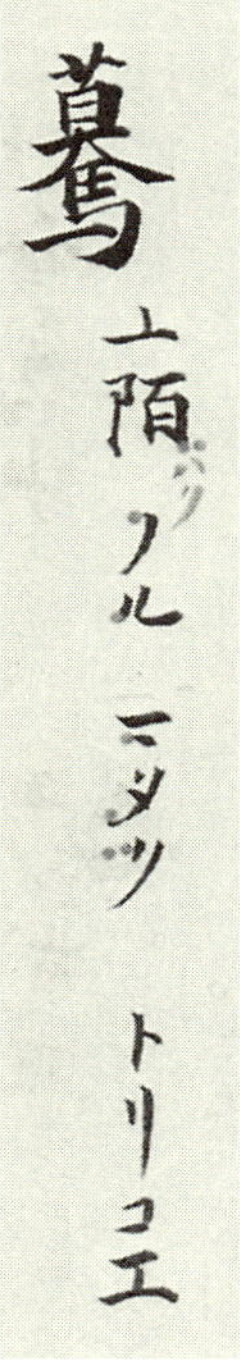

驀　㆖陌　ハク　ノル　マタグ　トリ　コエ　〔僧中（馬部）〕

類聚名義抄　観智院本
天理大学附属天理図書館蔵

図版解説（小松）

○最初にあるのは音注。「亠」は「音」字の省略。「陌」字の右下隅の、ふたつ横に並んだ朱点は濁声点《しょうてん》。清音は単声点、濁音は複声点（「声」は抑《よく》揚《よう》の意）。右下隅の声点は、入声《にっしょう》（末尾にp, t, kをもつ文字。この場合はk）を示す。朱書の濁声点と「ハク」とを合わせると、「驀」字の音はバクになる。○和訓「ノル」の「ノ」の左上の声点は《高》の音調を、「ル」の左下の声点は《低》の音調を表わす。したがって、「ノル」は《高低》で、現代東京方言のカサ（傘）などと同じアクセント。○和訓「マタク」の「ク」に《高》の複声点がある。三つの片仮名の声点を合わせると語形はマタグ、アクセントは《低低高》で、東京方言にはないアクセント型。○和訓トリコエの意味を筆者は確定できない。トリとコエとの間隔が微妙なのは、書写した人物が、トリコエで一語なのか、トリとコエとふたつの語なのか迷ったためかもしれない。声点のある和訓には証拠や師説があるが、「トリコエ」は三つの和訓の末尾にあり、声点がない。中国の字書には「驀」字に〈高くのぼる〉という意味を示したものがあるので「鳥越え」かもしれないが、観智院本には少なからぬ誤写があり、正体不明の和訓もある。トビコエ（跳び越え）の誤写なら意味はわかるが、都合のよい誤写説は危険なので、他に証拠を求めたい。

図書寮本『類聚名義抄』は「法」帖の三分の二ほどしか残存しておらず、「驀」字を含む馬部はそのあとの「僧」帖にあるので、観智院本によるほかありません。

　原本系『類聚名義抄』の和訓に付記された出典表示が改編本で削除されているために、「驀」字が中国語古典文（いわゆる漢文）のどのような文脈で「マタグ」と訓じられていたのかわかりません。原本系でも改編本系でも、和訓の主体は仏典や漢籍の訓読に使用された語彙であり、仮名文から排除されていたものが少なくありません。親族呼称や身体の部位、生物、自然物の名称、数詞など、日本語の根幹をなす語彙はほとんど共通していますが、仮名文の語彙は基本的に雅であり、漢文訓読の語彙は基本的に俗だからです。俗とは日常的ということであって、卑俗な語彙も含みますが、卑俗という意味ではありません。

　観智院本の場合、「驀」字の項には和訓が四つしかありませんが、和訓が数十に及ぶ項目もあります。『類聚名義抄』は、古代中国の代表的字書『玉篇《ぎょくへん》』に倣《なら》って整えられています。ひとつの項目に列挙された和訓には互いに意味を補い合うものが少なくないので、都合のよいひとつの和訓に飛びついてつまみ食いをすると、思わぬ過ちを犯しかねません。「驀」字の場合、トリコエはさしあたり棚上げせざるをえませんが、ノルとマタグとは関連させて捉える必要があります。

　『類聚名義抄』の声点は、借字や片仮名による表記が同じになる語をアクセントの違いで区別する機能をもっていましたが、〈乗る〉も、〈ののしる〉意の〈罵《の》る〉も、そして〈告知する〉

意の「のる」も、同じアクセントだったので、文脈から意味を判別するほかありませんでした。紀元一〇〇年に成立した最古の部首別字書、『説文解字《せつもんかいじ》』にみえる「驀、上馬也」という注が後世まで受け継がれています。また、中国の字書や訓釈には、「驀」字にしばしば「騎也」と注記されていますから、観智院本の「驀」字に添えられた和訓ノルが、馬に跳び乗る動作をさすのか、馬を乗り回す行為まで含むのかわかりません。日本語では、どちらもノルだからです。この和訓の典拠となった中国語古典文の文献には「驀」字が具体的文脈のなかにあったので、「ノル」と傍記しておけば、それで意味を理解できたはずです。

九〇〇年前後に編纂された日本最古の字書『新撰字鏡』の馬部、「驀」字の項には、「騎」字の項を見よという注があり、「騎」字の項には「跨馬也」という注記があります。馬は跨いで乗りますから、観智院本の「驀」字に和訓「ノル」と併記された和訓「マタグ」は、「跨ぐ」とみなすべきです。しかし、当時の文献をいろいろ調べても、動詞マタグの用例は容易に見いだせません。

一般に、ある事象や事物、語句の用例などの存在が確認できれば、アルとかアッタとか言えますが、どこにも見いだせない場合、探している対象が理論的に存在しなかったことを証明できなければ、ナイとかナカッタとか断言することはできません。調べる過程で見逃したかもしれないし、調べが不足しているかもしれません。ただし、仮にマタグがどこかの文献に使われていたとしても、文献資料にめったに顔を出さない動詞であったことは確かです。なぜなら、現代の日本語話者は、だれでもマタグという動詞を知っているし、ときには使うこともありますが、その使用例を新聞や放送媒体などに求めても、よほどの幸運に恵まれなければ遭遇できそうもありません。上品でない含みをもつ語の場合、日常生活における使用頻度と文献上の使用頻度との間に大きな差があるのは当然です。

　マタグは文献資料になかなか見つかりませんが、マタガルならあちこちに出てきます。たとえば。図書寮本『類聚名義抄』の「跨」字（足部）の項に和訓マタガルがあり、《低低高（濁）低》の声点が加えられて、出典が『白氏文集《はくしもんじゅう》』と表示されています。観智院本でも「跨」字の和訓にマタガルがあります。

　第一章の「をぐらし」のところで引用した三巻本『色葉字類抄』の「万《ま》」部、辞字門（動詞、形容詞など）には、「跨」字を含む三字が「マタガル」に当てるべき漢字として示されていますが、マタグはありません。

　『類聚名義抄』のような、漢字を項目にしてその訓を示した字書には平安初期以来の長い伝統がありましたが、日本語の意味を説明した辞書《dictionary》がなかったので、ポルトガルから布教のために渡来したイエズス会の宣教師たちは、彼ら自身で日本語辞書を編纂しました。それがいわゆる『日葡辞書』（原題は『日本の語彙』「葡」は「葡萄牙《ポルトガル》」の略・1603、長崎刊。）で、日本語の意味が葡萄牙《ポルトガル》語で解説されています。複製（亀井孝解題・勉誠社・1973）も、日本語訳（土井忠生他編訳『邦訳日葡辞書』岩波書店・1980）も刊行されています。

『日葡辞書』にも「跨がる」があるだけで「跨ぐ」はありません。使用されているローマ字綴りは、当時のポルトガル語式の表記に工夫を加えた方式です。

Matagari, u, atta. マタガリ、ル、ッタ（跨り、る、った）両脚、あるいは両足を広く踏みはだけて居る。¶Monni matagaru.（門に跨る）門に両脚を踏みはだけて居て、何人《なんびと》をも門から入《はい》らせない格好である。（用例略）〔『邦訳』による〕

動詞項目の見出しは、連用形、終止形、過去形の順で示されています。この時期には、すでに古代語の終止形が連体形に合流しており、それまでの連体形の語形が終止形として機能していました〔『日本語はなぜ変化するか』1999〕。

『日葡辞書』にもマタグはありませんが、これで暗礁に乗り上げたわけではありません。用例や辞書の説明を探すことから、活用語の体系に着目することに切り替えましょう。

我々が求めているのは「またぐ＋心」という接続が可能な動詞マタグです。

つぎに示すセットから帰納されるとおり、動詞マタガルは動詞マタグの派生語ですから、派生動詞の語形から類推して、もとになった動詞の語形を導くことができます。

原動詞………ツナグ	カタム	ツラヌ	ソム	ヒログ	マタグ
派生動詞……ツナガル	カタマル	ツラナル	ソマル	ヒロガル	マタガル

これらの対《つい》が類型として確認できますから、文献資料に派生動詞マタガルが顕在している以上、原動詞マタグは確実に潜在していなければなりません。先に指摘したとおり、文献資料に証拠をとどめていないことは、その語が、ほとんど、あるいは、まったく使用されていなかったことを意味するわけではありません。

動詞マタグは、俗の側に属しており、しかも、下品な印象を与えかねない語なので、雅の側に属する仮名文に用例が見いだせないのは当然です。

■脛に上げて

すでに見たように、「脛に上げて」が全評釈の「通釈」では、「袴の括《くく》りを上にあげる動作に表して」と言い換えられています。その解釈は、おそらく、『落窪物語』のつぎの一節を根拠にしています。

入《い》りおはしたるさま、絞るばかりなり、（略）いかで、かくは濡れさせ給へるぞ、と聞こゆれば、（略）括りを脛に上げて来つるに、倒れて、土《つち》つきにたりとて脱ぎ給へば〔巻二〕

雨の夜に訪れた男性がずぶ濡れなので理由を尋ねたところ、袴《はかま》の括りを脛まで上げて来たけれども、転んでどろんこになっているのですと答えた、ということです。右の用例では「括りを」と限定して「脛に上げて」が使われていますが、限定なしに「脛に上げて」と言えば、衣服をまくり上げて脛をあらわにする行為をさしたでしょう。

「天の川、浅瀬しら波たどりつつ〜」(前引)の和歌に「脛に上げて」ということばはありませんでした。川を渉る場合に衣服を高くまくり上げることは当然なので、言うまでもないからです。だとすれば、「いつしかと」の和歌では、どうして、「脛に上げて」と明示的にそのことを表現しているのでしょうか。この和歌の表現を誹諧歌として的確に解析するカギは、まさにそこにあります。

■『土左日記』の「脛にあげて」と『徒然草』の「脛の白きを見て」

『土左日記』に、つぎの一節があります。月の光を頼りに海辺で沐浴している女性たちの描写です。船旅の汚れを落とそうと、女性たちが、月明かりを頼りに海辺に出て、人目につきにくい場所を選び、夢中で体を洗っています。

老海鼠《ほや》のつまの貽鮨《いずし》、鮨鮑《すしあわび》をぞ、心にもあらぬ脛に上げて見せける

〔一月十三日〕

「老海鼠のつまの貽鮨」、「鮨鮑」は、それぞれの女性の身体の同じ部位を婉曲にさしたものです。どうして、紀貫之が、『土左日記』全体をつうじて、ここ一箇所だけ、これほどま

でに露骨な表現をしたのか首をかしげたくなるほどですが、あえてこのような描写をしたことにはそれなりの理由がありました。

「脛に上げて」をことばどおりに理解すれば、膝のあたりまでしか見えなかったはずですが、場面と文脈とに基づいて、読者は作者の意図したとおりに状況を把握したはずです。「脛に上げて見せける」のまえに「心にもあらぬ」があることを見逃してはなりません。女性たちは体をきれいに洗うことに気を取られ、あられもない姿になっていることに気づかなかったのです。彼女たちにとっては、半月にも及ぶ船内の生活がそれほどまでに耐えがたいものだったことを読み取るべきです。

「見せける」の「見せ」は他動詞「見す」の連用形だ。活用語尾スは、本来、使役の助動詞スだ。使役なのだから、「見せける」とは意図的に相手に見せたのだ、などという生半可な〈文法〉は大怪我のもとです。文法の用語が適切に命名されているとは限らないだけでなく、どのように命名してもすべての用法を覆うことはできません。〈爆弾を落とした〉は意図的ですが、〈財布を落とした〉は、落ちたことに気づかなかったという意味です。これは、第二章で「友まどはせる千鳥」という表現について述べたことの再述です（『古典再入門』第Ⅳ部「反例を探す」）。

『古今和歌集』より三百年以上あとの作品ですが、「脛に上げて」とはどういう表現であるかを考えるうえで、『徒然草』のつぎの事例も参考になります。

久米の仙人の、物洗ふ女の脛《はぎ》の白きを見て通《つう》を失ひけむは、まことに手、脚《あし》、膚《はだへ》などの清らに肥え、脂《あぶら》つきたらむは、ほかの色ならねば、さもあらむかし〔徒然草・第八段〕

男性の脛がどれほど白くても、久米の仙人が神通力を失ったはずはありません。「いつしかと」の和歌の場合も、「脛に上げて」天の川原を渡ろうかと考えているのが牽牛ではありえません。女性だからこそ、「脛に上げて」がたいへんな決断を意味するのです。

■元永本『古今和歌集』のテクスト

図版に示したのは、元永本『古今和歌集』の「いつしかと」の和歌です。

七月六日　織女　こゝろを　よめる　　中納言藤原兼輔
いつしか《可》と　またき　こゝろを　はきに《二》あ《阿》
け《介》て　天の河原を　今日や　わたら／む《舞》　〔一〇一四〕

詞書に注目しましょう。他の多くのテクストには仮名で「たなはた」と表記されており、現行の注釈書のほとんどがそれを牽牛と認めていることを先に紹介しましたが、このテクストには、「織女」または「織め」と読める形で表記されています。「織め」なら、タナバタツメ、「織女」ならタナバタまたはタナバタツメですが、どちらでも、さす対象は同じです。

小松英雄
自著解説

無料頒布

笠間書院

小松英雄（1929～）勤務暦（1960～）

［専任］

ミシガン大学研究員（Resarch Associate）、講師（Lecturer）
東京教育大学助教授
筑波大学助教授、教授
駒沢女子大学教授

［非常勤］

（東京地区以外は集中講義、＊印は複数年度）
（現在）＊四国大学（大学院文学研究科日本文学書道文化専攻）
宇都宮大学　愛媛大学　＊学習院大学　＊金沢大学　千葉大学　東京大学　＊東洋大学
名古屋大学　新潟大学　＊二松学舎大学　弘前大学　＊北海道教育大学（札幌校）＊山形大学
琉球大学　＊早稲田大学

［客員教授等］

（合衆国）＊カリフォルニア大学バークレー客員教授（Visiting Professor）
（台湾）＊東呉大学客座教授
（韓国）＊啓明大学校客員教授　＊高麗大学校客員教授　慶北大学校招聘教授

自著の背景を語る

■なにが専門？

わたくしの著書のタイトルを並べると中心がどこにあるのか見えにくいので、なにが専門なのだろうと疑問になるでしょうが、それは、自分から進んで狭い専門の檻《おり》のなかに閉じ込もったりせず、ぜひ明らかにしたい事柄に、つぎつぎと取り組んできたためです。ひとつの課題が解決すると、それが解決したことによって新たな疑問がわき出てきます。これまでの著作はそういうことの繰り返しのなかの節目《ふしめ》で地上に出たタケノコのようなものですから、散らばって生えていても、文献学的接近《アプローチ》という地下茎で互いに結ばれています。

文献学とは、過去の文献から、その社会の文化に関する情報を最大限に引き出すための研究方法です。文献学的アプローチにとって不可欠なのは、なによりもまず、その文献が書かれている言語について、また、使用されている文字体系とその運用のしかたについて、正確で豊富な知識をそなえていることであり。もうひとつ不可欠なのは、文献の書き手が意図したとおりに過不足なく読み取るために、一字一句をおろそかにしないで読み進む慎重な姿勢です。文献学的アプローチとは、比喩的にいえば、書いた人物との膝を交えた対話です。すでに隅々まで調べ尽くされているようにみえる文献でも、ことばの知識を駆使してじっくり読むと、その文献の全体像に関わる大きな見落としや読み誤りがあることに気づくものです。アラ探しなどするつもりはないのに、結果からみると、わたくしの著書は、どれも、これまでの研究の盲点を衝いたものになっています。

■どれが研究書で、どれが一般書？

わたくしの立場としてぜひ読者になってほしいのは、短期大学、大学、大学院などの学生や元学生、中学や高校の国語科担当教員の皆さん、日本語学（国語学）や日本古典文学（国文学）、和歌文学などの講義を担当している、あるいは担当していた、大学教員や名誉教授など、専門研究者の皆さんです。元学生とは、卒業しても、知的好奇心を失なっていないかたがたです。

「自著の足跡をたどる」で紹介する著書は、どの一冊をとっても、新しい方法の提示や、その方法によって導かれた新しい知見の提示ですから、専門研究者に共有されている見解と衝突する場合が多く、また、導かれた帰結は、かつて高校や大学などで習ったことや、現に教えていることを根本から否定するものが少なくないので、元学生のかたがたにも興味をもって読んでいただけるはずです。いちばん硬い印象の『国語史学基礎論』も、学部の講義をまとめたものです。

■四つの座右銘

わたくしには、座右の銘ともいうべき心がけが四つあります。そういう心がけが大切であると、だれかに教えてもらったことはないし、なにかで読んだおぼえもありません。試行錯誤の経験をつうじて、そして、痛い思いをして、みずから悟った教訓です。

①マイクロな事象をマクロな視野で捉える。

どんなに小さな言語現象でも、体系から切り離して捉えてはならないということです。小さな歯車でも大きな歯車でも、外れたら機器が正常に作動しないのと同じように、些細《ささい》にみえる言語事象でも、言語体系を円滑に運用するうえで、他に代えがたい役割を果たしています。例外のようにみえる事例が体系を運用するうえで果たしている機能を解明することによって、言語運用の機微が見えてきます。

②問題の原点がどこにあるかを十分に確認したうえで検討に取り掛かる。

原点に遡って考えるべきだと言えば、あたりまえすぎることのようですが、具体的課題に直面した場合、どこにその問題の原点があるかを的確に見極めることは、なかなか難しいものです。事柄の原点に遡ることはまた別でしょうが、この場合に見極める必要があるのは、解明すべき問題の原点です。原点を見誤らないためには、ときどき立ち止まって、ほんとうに原点から出発したのかどうかを確認しながら進めることが必要です。現実をみると、途中から出発してデッドロックになったり、無謀な結論を導いて強引にツジツマ合わせをしたりしている事例がいくらでもあります。『国語史学基礎論』には、途中から出発して行く先を見失い、原点に立ち戻って妥当な帰結を導き出すまでの過程をそのまま叙述してあります。

③わかったと思っても、すぐには膝を叩かない。

手を焼いた難問が解決したとたん、うれしさがこみあげて、わかった！と思わず膝を叩きたくなりますが、膝を叩いたとたんに思考が停止するので、そこが行き止まりになってしまいます。しかし、そこで膝を叩かずに思考を継続すれば、さらにその奥にある、もっと大切なものが見えてくるものです。うかつに膝を叩いたら、発展性の芽をみずから摘んでしまいます。

④自分のことばでモノを言う

既成の方法にとびついて安易に応用したり、いわゆる定説を無批判に受け売りしたりするクセがつくと独創性が壊死《えし》してしまい、発展性に富むアイデアは浮かばなくなります。日本文学史上の最高傑作は？ と問われて『源氏物語』と即答する人には、受け売りのクセが付いています。それは自分自身の頭で考えたことではないし、また、その判断が妥当かどうかを検討してみたこともないはずです。消化管を素通りしたコンニャクと同じように、権威主義で鵜呑みにした知識は、血にも肉にもなっていません。

自著解説

▼笠間書院刊行の小著八冊を、説明の便宜上、ふたつに分けて、書き手の立場から解説します。

▼ほかにもう一冊、『仮名文の原理』（1988）がありますが、以下の自著解説に含めていません。現在は、同書の第Ⅰ部「仮名文の表記原理」を大幅に改訂増補した『日本語書記史原論』と、第Ⅱ部にあまり手を加えていない『仮名文の構文原理』とが刊行されています。

▼いわゆる学界の定説を噛み砕いて解説した教養書や啓蒙書はひとつもありませんが、広い層の読者を想定しているので、特別の予備知識がなくても抵抗なく読めるように、用語や表現に留意したつもりです。ただし、⑴には、そういう配慮がなされていません。

▼一九九七年以降、わたくしの著書は、すべて、笠間書院から刊行されています。

Ⅰ　文献に密着した研究

①　国語史学基礎論

（初版 1973）（増訂版 1986）（新装版 1994）（簡装版 2006）

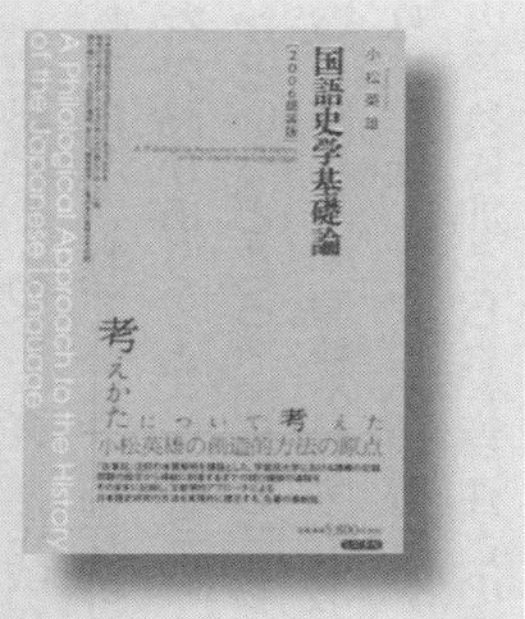

ISBN978-4-305-70338-5
A5 判・並製・512 ページ
定価：本体 5800 円（税別）

本論の部分は学習院大学における講義の記録です。これより二年前に『日本声調史論考』（風間書房）が出版されており、学界ではそれなりの評価をいただけたのですが、方法は先行研究の踏襲であり、わたくしらしい研究を方向づけたのはこの書のほうなので、詳しく解説します。

『古事記』のテクストに散在する声注《しょうちゅう》（抑揚表示の注記）が、どのような目的で加えられたかに関して提示されていた、相互排除的ないくつもの解釈について個別に検証した結果、それぞれに致命的な欠陥があり、とうてい成り立たないことを確認しましたが、それでは、どのように説明すべきなのかというところで頓挫してしまいました。行き詰まりの原因を考えてみたら、それは、先行諸研究の轍《わだち》を踏んで、直接の対象である声注だけに注目し、ああでもないこうでもないと考えていたことにありました。マクロの視野を欠いていたために原点が見えず、途中から出発していました。特定の文字とそれに加えられた声注との関係に直行してしまい、声注のある文字を含む語がどのような文脈のなかにあるのかを気にしていなかったのです。そこで、それぞれの事例をテクストの文脈に戻して考えてみたら、声注は訓注（意味の注記）と同じ機能をもつことがすぐにわかりました。東京方言に基づいていえば、〈カ͞（高）キヲタベル〉なら、海産の牡蠣であり、〈カ͞（低）キヲタベル〉なら果物です。それらの注記は、当該語句の意味を同定するうえで不可欠の役割を果たしていたのです。本書には、そういう試行錯誤の過程をそのまま叙述しました。その意味で、わたくしの研究の台所を公開した著作になっています。こういう著作は珍しいかもしれません。

このつまずきは、その後のわたくしの研究にとって大きな収穫でした。なぜなら、奇妙な事例や不規則な事例に出会った場合、もしもそれがそのようになっていなければ、どういう不都合を生じたのだろうと反射的に考えるようになったからです。どの著作もその点で共通していますが、特に(7)には、そういう事例についての問題設定と、解決に至るまでの過程とがたくさん盛り込まれています。なお、時間を隔てて刊行された本書のどの版も、本論部分は共通ですが、増補版以下は、状況の変化に合わせて章節を削除したり追加したりしています。

②仮名文の構文原理（初版 1997）（増補版 2003）

《仮名文》とは、《和文》と《和歌》との総称です。仮名文学作品と呼ばれる平安時代の物語や日記などのテクストでは、和文の随所に和歌が挿入されています。歌集でも、詞書や左注は和文です。注釈書や教科書などのテクストには句読点や引用のカッコが付いていますが、毛筆で書いたもとのテクストにその種の符号はありません。なぜなら、ひとまとまりの句節をつぎつぎと継ぎ足して構成される《連接構文》は、句節どうしの関係が付かず離れずであり、大切なのはことばのリズムだからです。連接構文のこういう特性に気づかず、句読点や引用符号の使用を前提として構成された現今の《拘束構文》と同じであるという前提で考えられた古典文法を連接構文に当てはめたら、大小の歪《ひず》みが生じるのは当然です。

本書では、右の立場に基づき、『古今和歌集』の和歌や物語などのテクストを例にして、連接構文の表現解析を試みています。増補版には、『枕草子』冒頭の「春はあけぼの」のあとに「いとをかし」を補うという俗説を原理的に否定した一章を加えました。

ISBN978-4-305-70259-3
A5 判・並製・332 ページ
定価：本体 2800 円（税別）

③日本語書記史原論 （初版 1998）（補訂版 2000）（新装版 2006）

〈まとまった意味をもつ内容を文字で書き表わしたもの〉を《writing》と定義し、それを《書記》と翻訳しました。A.Gaur は、〈すべての書記は情報の蓄蔵である〉と規定しています。その規定のしかたに触発されて、総論では、日本語の書記史を解明するうえで、その規定が適切であることを具体例に基づいて裏付けました。そのあとに、後述する三つの書記様式が平安時代に発達した理由について考えた論と、藤原定家による校訂テクストの用字原理を解析した既発表論文などを集めて加筆した諸章を置き、最後に、ふたつの文献を選んで書記史研究の方法を実践して得られた成果を提示しました。

右のように解説すると、日本語史研究者にしか用がなさそうですが。古典文学作品の研究には、テクストの仮名や漢字の運用について正確な知識が不可欠です。また、中国の漢字を取り入れて、①中国語古典文（いわゆる漢文）を日本語向きに作り変えた《漢字文》と、②漢字の字体を極端に簡略化した片仮名の体系を形成して発達させた片仮名文と、③漢字の草書体を基本とする仮名の体系を形成して発達させた仮名文と、三つの書記様式が、異なる機能を担って共存していた理由についての知識は、現代の漢字仮名交じり文にどういう長所があり、どういう問題点があるかを考えるうえで、大いに役立つはずです。

補訂版に十二ページの補注を加えました。

新装版 2006 は、広い層のかたがたに読んでいただけるように簡装にした普及版で、「後記」を加えたほかは補訂版と同じ内容です。

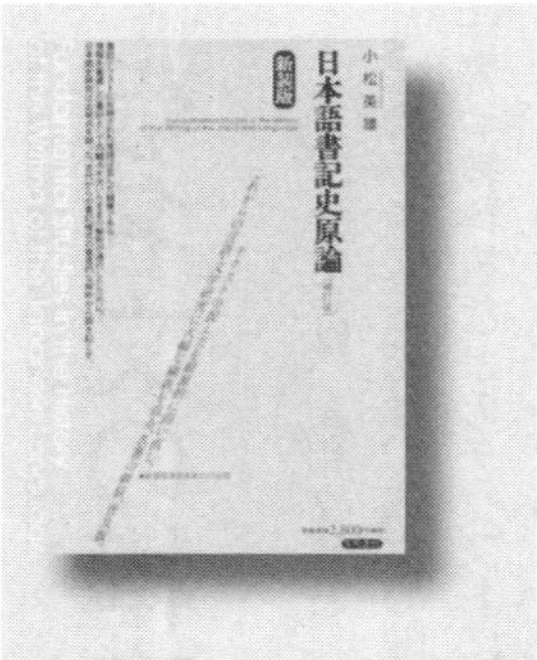

ISBN978-4-305-70323-1
A5 判・並製・400 ページ
定価：本体 2800 円（税別）

④古典和歌解読

和歌表現はどのように深化したか（2000）

万葉・古今・新古今と、三つの時代を代表する歌集を並べ、素朴・観念的・幽玄ということばで歌風の違いを対比する安易な方式が百年一日のごとく行なわれていますが、そういう大きな変容が、借字（いわゆる万葉仮名）による表記から仮名だけによる表記へ、そして、漢字と仮名との交用による表記へという、和歌の書記様式の転換と密接に連動して生じた、抒情表現の深化として捉えるべきことを証明しようとした試みです。

『古今和歌集』巻十九冒頭に「短歌」という標目で長歌が収録されていることは、古来、謎とされてきましたが、和歌表現の変遷をたどる過程で確実な説明ができたことなどは、文献学的アプローチによってはじめて可能な、目だった収穫だと考えています。

ISBN978-4-305-70220-3
A5判・並製・122ページ
定価：本体1500円（税別）

⑤みそひと文字の抒情詩

古今和歌集の和歌表現を解きほぐす（2004）

『やまとうた』（講談社・1994）を隅々まで書き改め、さらに新たな一章を加えたものです。『仮名文の構文原理』に提示した新しい考えの裏づけとして、『古今和歌集』から複線構造による多重表現

ISBN978-4-305-70264-7
A5判・並製・368ページ
定価：本体2800円（税別）

になっている作品を中心に十二首を選び、徹底した表現解析を試みました。

〈古注〉とよばれ、伝統的国文学で尊重されている平安末期以来の歌学者たちによる注釈が、厳密な批判に耐えない思いつきにすぎないことを指摘し、それに代わるべき客観的な表現解析の方法を提唱したためか、現在までのところ、古典文学の専門研究者の多くに、拒否されたり、無視され続けたりする状態が続いていますが、古注尊重の伝統に汚染されない世代に、時間をかけて浸透していくはずだとひそかに期待しています。順序どおりに読むことを前提にして叙述してありますが、試みに本論1「春は来にけり」あたりに目をとおして、論理の筋道をたどってみてください。

⑥ 古典再入門『土左日記』を入りぐちにして（2006）

「をとこもすなる日記といふものを、をむなもしてみむとてするなり」と前文に記されているので、『土左日記』は紀貫之が女性のふりをして書いた作品だと信じられてきたし、古典文法では、この文を例にして、ふたつの助動詞ナリの区別を説明してきましたが、それは、この文が、複線構造になっている事実に気づかなかったことによる読み誤りでした。平安前期の和歌に特徴的な複線構造による表現については、⑷⑸に詳説しましたが、本書でも、必要な解説を加えました。

この文は、一次的仮名連鎖「をむなもしてみむ」に二次的仮名連鎖「をむなもし」（女文字＝仮名）

を重ね、この日記を仮名文で書こうという意思表示をしたものでした。「をとこもすといふ」にも、「をとこもし」が不完全に重ね合わせられています。女文字とは、女性が書く文字という意味ではありません。《女文字》、《女手》についても詳細な検討を行なっています。

「それのとしの」以下についての従来の解釈もまた、徹頭徹尾、間違っていたことを、文字どおり一字一句の丹念な検証によって証明し、新たな解釈を提示しました。

ISBN978-4-305-70326-2
四六判・上製・352ページ
定価：本体1900円（税別）

古典文法を頼りに、作品の断片を《古文》として読む作業のむなしさを随所に指摘し、まとまったテクストとしての《古典》を読まなければ意味がないことを示すために、二月九日の叙述を『伊勢物語』の対応部分と対比しながら、古典としての読みかたの実践例を提示しました。紀貫之は名文家であったと思い込んで、そのままでは明白な矛盾を含む拙劣な表現を絶賛したり、ため息がでるほどの名文を読み過ごしてきたことを随所に指摘しています。

Ⅱ　言語変化の原理を探る

⑦ 日本語はなぜ変化するか　母語としての日本語の歴史（1999）

〈五千円からお預かりします〉などという日本語はないと悲憤慷慨《ひふんこうがい》しても、どういう意味であるかは間違いなく理解されているので、伝達は確実に成立しています。

日本語の乱れは大衆の恒常的関心の的であり、その道の専門家らしき人物が、それぞれの時点における気がかりな乱れを愛国者的トーンで慨嘆し、もっともらしい論評を加えてみせます。しかし、常連の大家のなかに言語変化の原理をよく理解している人物を探すのは難しいのが現状です。近世国学の流れを汲む国語学の専門家が国際レヴェルの言語学の専門家ではないことを大衆は知りません。

本書を書いた時点で大きな問題になっていた〈ラ抜きことば〉を例にして、それが日本語の運用を円滑化する変化であることを歴史をたどって証明し、それと同じように、いつの時期のどの言語に生じる変化も、体系の運用を効率化するための動きであって、乱れではないことを理解してほしいと願って書いたのが本書です。

本書には「母語としての日本語の歴史」という副題があるのですが、本の帯に、当時の状況に合わせて「ら抜きことばはお嫌い？」というキャッチフレーズが書かれていたために、そのほうが注目され、結論だけを求める読者は、〈ら抜きことば〉の起源を解明した本だと早合点して、それと直接に関連する部分だけを拾い読みしてしまい、どの言語変化も乱れではないのだという一般論まで読んでいただいた読者は少なかったようです。お茶のみ話レヴェルの日本語論に慣れているからなのでしょう。〈ら抜きことば〉について変化の原理を理解すれば、これからつぎつぎと問題になるはずのすべての〈乱れ〉に正しく対応できるのに――。

たとえば、動詞終止形は母音ウで終わるのが鉄則なのに、アリ、ヲリ、ハベリだけはイで終わるのでラ行変格活用とよぶ、と教えらますが、暗記するまえにちょっと立ち止まって、どうしてそれらの動詞だけが？ と考えたら寝つけなくなるでしょう。例外的事象こそ本質に迫るカギなのです。本書ではそうい

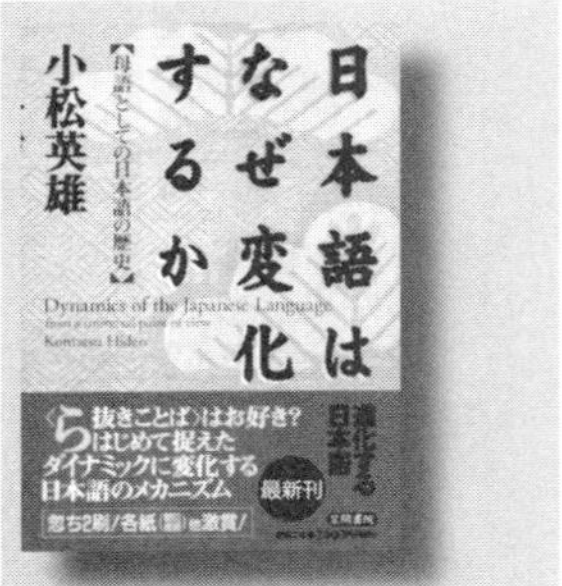

ISBN978-4-305-70184-8
四六判・上製・290ページ
定価：本体2400円（税別）

う事例をいくつも取り上げています。歴史をたどることによって言語運用の繊細なメカニズムを理解すれば、砂を噛むような古典文法に腹が立ってくるはずです。

⑧日本語の歴史

青信号はなぜアオなのか（2001）

ISBN978-4-305-70234-0
四六判・上製・268ページ
定価：本体1900円（税別）

本書と同じようなタイトルの本はたくさんありますが、どれも、8世紀には母音が八つあったとか、ラ行音や濁音で始まる和語はなかったとか、昔の日本語はどうであったかという説明ばかりです。専門分野が細分化されているために通史を一人では書けないので、たいてい、政治史の時代区分に合わせた分担執筆になっており、一貫性がありません。過去の日本語がどういう状態であったとしても、それ自体としては、日常生活と無関係なパンダやコアラなどを見るような珍しさしかありません。過去の日本語に関する情報は、現代日本語の体系や、運用のありかたについての深い理解につながらなければ、なんの価値もありません。身に付けて役立つのは、軸足を現代語に置いた日本語の歴史です。

本書は、そういう基本的立場で書かれています。

カタカナ語の急激な増殖を放置してよいのか？　アオ信号はミドリ信号と改めるべきではないか？　古代語の「読みて」、「書きて」が現代語ではヨンデ、カイテになっているのに、どうして名詞〈読み手〉、〈書き手〉は、それと同じ変化をしていないのか。本書では、そういう身近な例を七つ選び、変化の筋道をたどることによって、言語変化の原理を探っています。

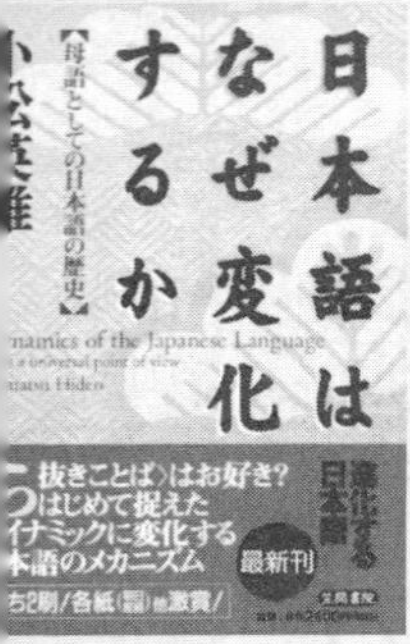

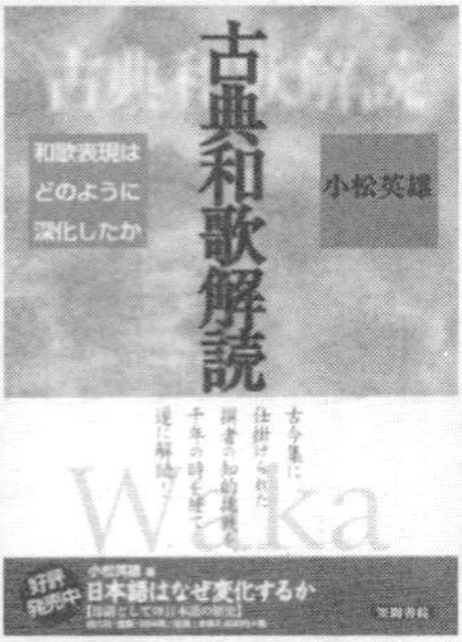

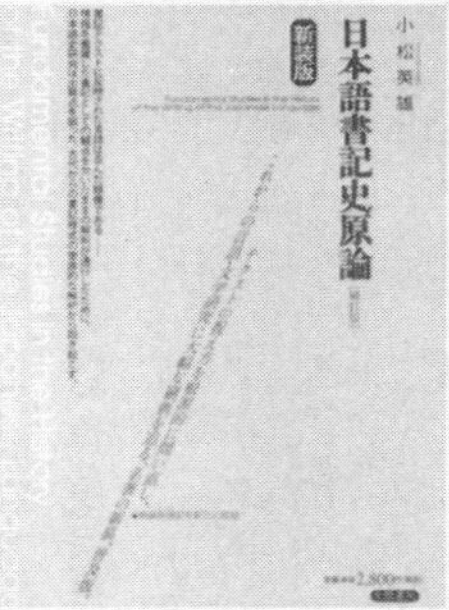

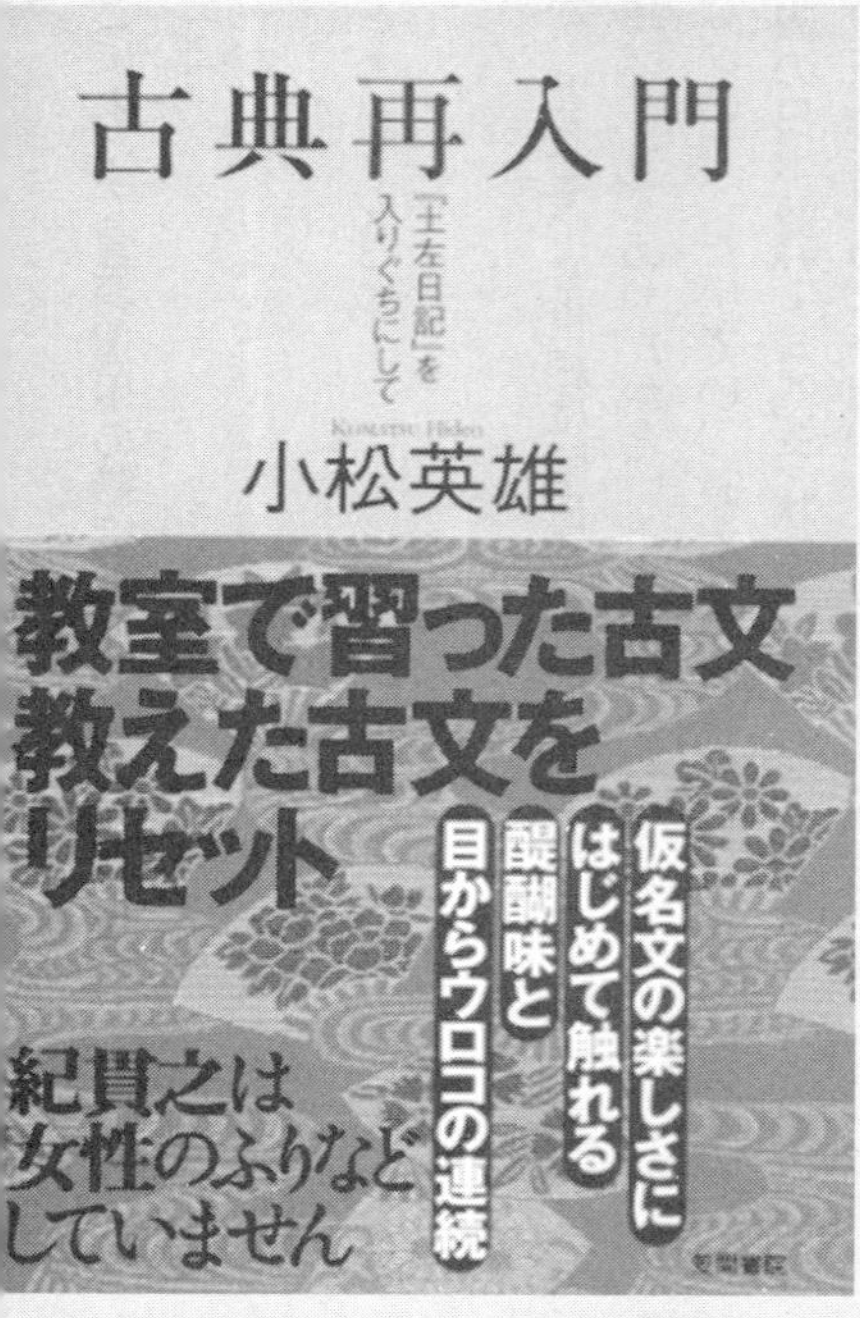

2007 年 01 月 15 日初　版第一刷（非売品）
2008 年 11 月 15 日第二版第二刷（非売品）

著者●小松英雄
発行人●池田つや子
発行所●笠間書院
〒 101-0064
東京都千代田区猿楽町 2-2-3
電話　03-3295-1331
Fax　03-3294-0996
info@kasamashoin.co.jp
www.kasamashoin.co.jp

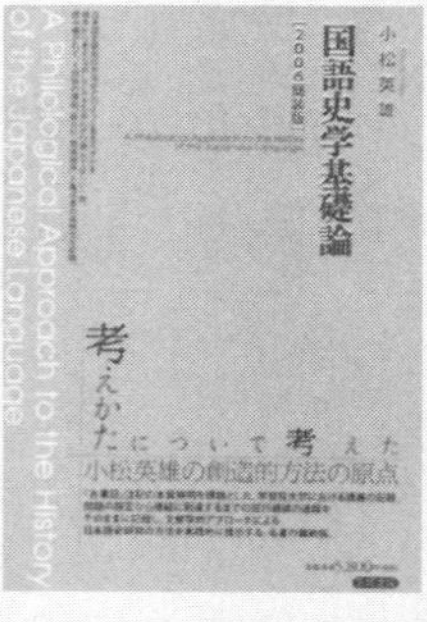

定家本などの「たなはたの心を詠める（詠みける）」は、たなばたの気持ちを詠んだ、すなわち、「たなばた」はこういう気持ちだろうと察して詠んだ、という意味ですが、このテク

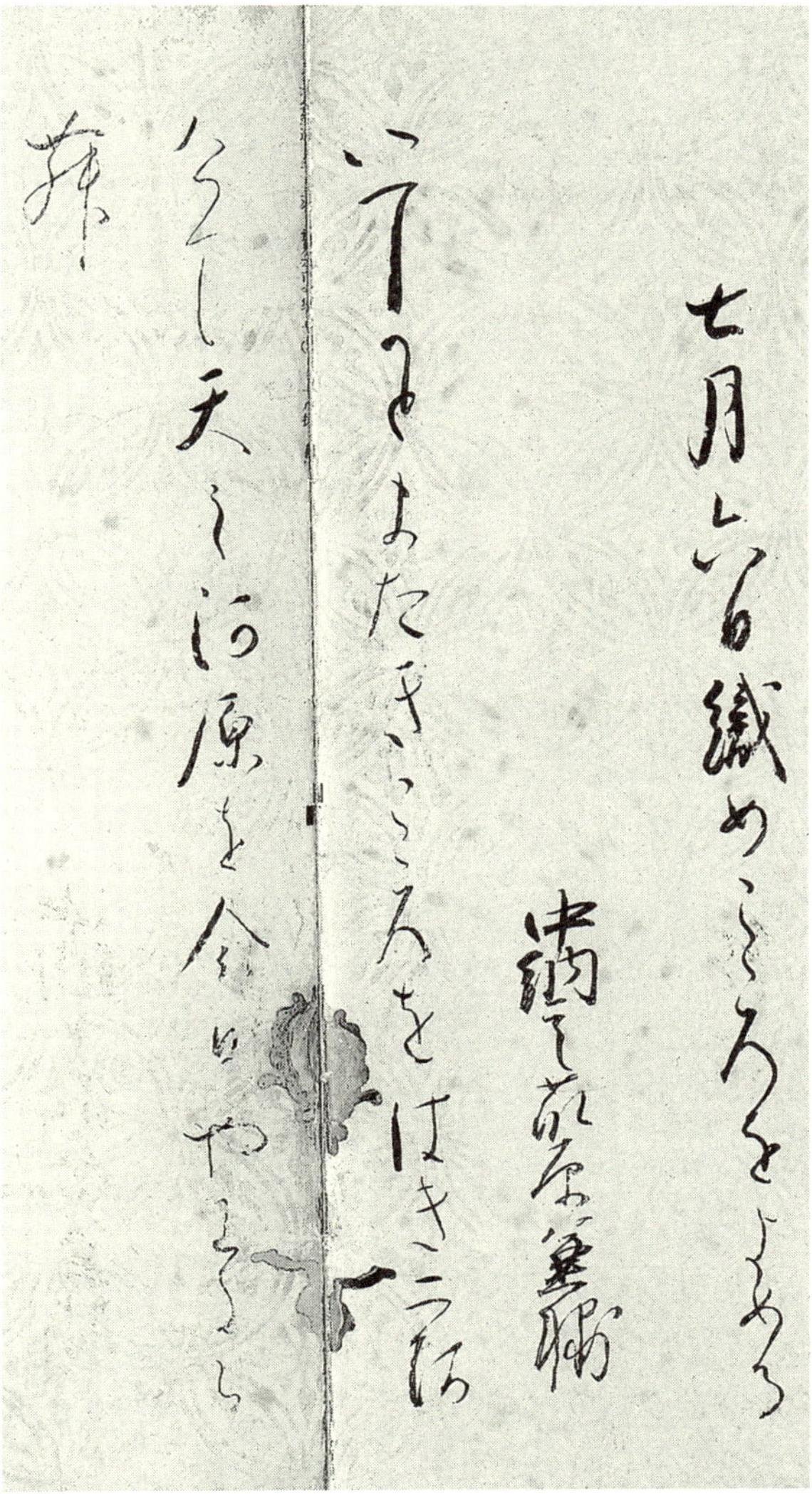

古今和歌集　元永本　東京国立博物館蔵

ストは「織女、心を詠める」ですから、織女が自分の心境を詠んだことになります。定家本を絶対視していると、元永本のような能書の筆蹟にはこういう大事なところに脱字があるから信頼できない、「の」がなければ織女が詠んだ和歌になってしまうではないかと無視してしまいかねませんが、テクストを尊重し、書き手をなめてかからない姿勢で、すなわち、これは、不注意による書き落としではないという前提で、考えてみましょう。

書き手が、この和歌の意味をよく理解したうえで書いている証拠をあげておきます。初句の「いつしかと」の筆づかいを図版で見てください。この「し」は異常なほど太く、しかも、下になるほど太くなり、最後がボツンと切れています。先にあげた「もろこしの吉野の山」の図版と見比べてください。「もろこし」、「よしの」とふたつの「し」が出てきます。まったく同じではありませんが、どちらも、ふつうの「し」の筆づかいです。これらふたつの「し」と「いつしかと」の「し」との違いは一目瞭然です。これと同じような書きかたをした「し」の仮名は、元永本全体を見渡しても、ほかに見あたらないようですから、この書きかたになんらかの思い入れを読み取るべきです。

織女は、七月七日が来るのを待ちわびていました。日が迫るにつれて逢いたい気持ちがしだいにつのり、我慢の限界にくるまでのようすをこの「し」の仮名は象徴的に描写しています。それに続く「かと」でためらって、あとの行動を考えています。

筆者のこの解釈を支持できないという読者は、それに代わる説得的な解釈を考えてください。この「し」の仮名の書きかたが異常であることは事実であり、なんらかの解釈を要求していることは確かなのですから。

定家本の「たなばたの心を詠める」が正しいテクストであるという前提でこの詞書を読むと、いかにも舌足らずですから、織女が自分の気持ちを詠んだのなら、この和歌の作者は藤原兼輔でなく織女のはずだという否定的評価になってしまいます。しかし、定家本の詞書のほうも理屈がとおるわけではありません。なぜなら、藤原兼輔に「たなばた」の心がわかるはずはないので、「たなばたの心を思ひやりて詠める」とでもなければならないという理屈になるからです。

「織女、心を詠める」は確かに舌足らずですが、自分自身の考えを「今日や渡らむ」と表明するのは自然です。それに対して、「たなばたの心を詠める」は推察なので、「今日や渡らむ」は不自然です。逆にいえば、次読の不自然さを解消するために、もとの詞書から「の」を省いた可能性も考えられます。いずれにせよ、織女が自分の心を詠んだ和歌なら、この「たなばた」が織女か牽牛かという議論の余地はありません。

元永本では第二句が「またきこゝろを」となっています。「いつしかと待た」という続きかたであることは定家本と同じですが、「またき」ではマタグを導くことができません。

天暦御時歌合　　　　　　　　　　　　　壬生忠見

こひすてふ　わかなはまたき　たちにけり　ひとしれすこそ　おもひそめしか〔拾遺和歌集・恋一・621〕

恋すてふ　我が名はまだき立ちにけり　人知れずこそ　思ひ初めしか

わたしが恋をしているといううわさが早々《はやばや》と立ってしまった、だれにも気づかれないように恋い慕いはじめていたのに、ということです。第二句の「まだき」は、まだ適切な時期になっていないのに、という意味です。「まだき」は、朝が明けきらない時分をさす〈朝まだき〉に残っています。「いつしかと、またき」の「またき」が、このマダキなら、今日はまだ六日なので早すぎるが、ということで文脈がとおります。「まだき心」とは、まだ早すぎるが、と思う気持ちです。

「いつしかとまたく〜」であれば、次読としてマタグが自然に浮かび上がりますが、「いつしかと、またき」の場合には、マタグが入り込む余地はなさそうです。

■本居宣長の解釈

本居宣長の『古今集遠鏡《とおかがみ》』（1799刊）には、この和歌がつぎのように「俗語《さとびことば》」に訳《うつ》されており、そのあとに、コメントが加えられています。傍線部分は宣長が補ったことばです。「俗語」とは、日常の口頭言語という意味です。詞書、作者名、和歌を省略し、部分的に読みやすく書き換えて引用します。文中の「かくと」は、〈このとおりだと〉という意味です。

今日は六日ナレバ　天ノ川ハ明日ワタルヂャケレドモ　牽牛ガ此《オレ》イツカイツカト待チカネテ居ル心ヲ織女《タナバタ》ニ見セウタメニ　今日渡ラウカシラヌ
人に物を、かくと顕《あら》はし見することを、古《いにし》への語に、はぎにあぐといふことの有《あり》しなるべし、土佐日記にいへるも、其意也、此歌にては、待ちわびたる心を見せむために、七日に渡るべきを、六日に渡らむといへる也、さて脛をかかげて渡ることをかねたり、右の如く見ざれば、心をといへる詞、聞えず、よく味《あぢは》ふべし

現今では常識になっている古文の現代語訳を最初に試みたのはこの『古今集遠鏡』です。本居宣長は、洗練された語彙と語法とで綴られた『古今和歌集』の和歌を八百年後の「俗言」で置き換えることが可能だと考えて訳しており、その伝統が現在まで受け継がれていますが、そもそも、置き換えが原理的に可能かどうかという根本的議論がなされていません。

コメントの最初の一文は、「〜ありしなるべし」と結ばれていますが、根拠のない推測です。はっきり相手に見せることを、「脛に上ぐ」と言ったに違いないと言われても、推測の根拠がわかりません。まして、この場合、見せたいのは体ではなく心なのですから、なおさらです。しかし、こういう説明を正面から受け止めて、つぎのように現代語訳している注釈

書もあります。宣長の権威を無条件に尊重したのでしょうか。

彦星は織女星に早く会いたいと、わが心をすっかり脛にあらわに見せて、今夜天の川を渡るだろうか。〔佐伯梅友校注『古今和歌集』岩波文庫・1981〕

宣長は古典文法の創始者でもありますから、いわゆる文法的解釈が実践されています。前節で説明したように、『土左日記』の「脛に上げてみせける」の「見せける」は、文法のカテゴリーとして「使役」に分類されていますが、積極的に相手に見せたわけではなく、気をつけるのを忘れて見られてしまったということです。しかし、本居宣長は、この「見せける」をそういう意味だとは理解していなかったようです。

『古今和歌集』の和歌を現代語で等価に置き換えることが可能だという宣長の認識そのものが基本的に誤りだと筆者は考えていますが、二百年以上もまえにこのような新しい試みを企てたことの意義まで否定するつもりはありません。問題は、そのあとを承けた人たちにあります。

前節に引用した『土左日記』の一節をつぎのように現代語訳し、頭注を加えている注釈書があります。

今はなに、もうかまうものかと、（略）思いもかけぬ脛まで高々とまくりあげて海神に見せつけたのであった。【頭注】（「いつしかと」の和歌の引用省略）に発する表現。なお、性器の露出は邪気や悪霊を祓《はら》う呪術で、沐浴の光景をそれに見立てる説（松本寧至）がある。

〔菊地靖彦校注・訳『土佐日記』新編日本古典文学全集・小学館・1995〕

「心にもあらぬ」を「思いもかけぬ」と訳していますが、だれにとって思いがけない行為だったというのでしょうか。『土左日記』の「脛に上げて」のもとが「いつしかと」の和歌にあるなどと考えるのは、文献に顔を出した事例だけをつないで筋道を立ててしまうからです。また、古典文法の用語に国語辞典の意味をそのまま当てはめて、「見せける」を「見せつけた」と理解したことが、大怪我のもとになりました。

こういう叙述があることを知っていながら、この作品を紀貫之が女性のふりをして書いたものだとアタマから信じて疑わなかったのは、仮名文字の特性とその運用のありかたについての基本を知らなかったために、「をむなもしてみむ」という見え見えの重ね合わせを解析できなかったからなのです〔『古典再入門』〕。

本居宣長が非凡な才能と広範な学識をそなえた碩学であったことを筆者も十分に承知しているつもりですが、全知全能でなかったことも事実です。宣長は歌人でもありましたが、平安前期の和歌に、仮名文字の特色を生かした独自の表現技巧があったことには気づいていませんでした。そういう表現技巧が駆使されていることに気づいていたら、「俗語」に置き換える無謀な試みに手を染めたりしなかったはずです。率直に言って、『古今集遠鏡』の砂を噛むような訳文は読むに耐えないものです〔『みそひと文字の抒情詩』〕。ただし、十八世紀末の口頭言語の記録としてはきわめて貴重な資料です。

■暫定的解析

いつしかと　またくこゝろを　はきにあけて　あまのかはらを　けふやわたらむ

年に一度の逢う瀬を待ち切れず、なにがなんでも逢いたくなり、明日を待たずにこちらから向こう岸に渡ってしまおうと、衣服を思い切ってまくり上げ、天の川の河原をひと跨ぎにする気持ちではあるけれど、いざとなるとさすがに決断できない、というのが、ここまでに得られた解釈です。「今日や渡らむ」という表現の裏に、そういう、はしたない姿を人前に晒す勇気はないので、やはり明日まで待つべきなのだろうか、という迷いが感じ取れます。

この和歌の意味は、だいたい、こんなところでしょう。これだけでも、従来の理解に比べればずっと確かなものになりました。しかし、だいたいですませてしまったのでは和歌表現の機微に迫ることはできません。もうすこし細かく見ていきましょう。

■『古今和歌集』における誹諧歌の特色

「いつしかと」の和歌が、秋上部でなく、歌集の末尾に近い雑躰部の誹諧《はいかい》歌のなかに位置づけられていること、したがって、この作品の生命はユーモアやウイットであることを忘れずに考察を進めなければならないと、具体的考察に入るまえに注意を喚起しておきました。『古今和歌集』は巻十八までが正統の和歌《やまとうた》であり、事実上、この歌集の本編に相当します。残る二巻は、撰者の独創を生かした構成になっており、付篇に相当します〔『みそひと文字の抒情詩』本論12〕〔『古典和歌解読』第Ⅳ章〕。巻十九は、『万葉集』の長歌や旋頭歌とは構成原理の異なる独創的発想の長歌、旋頭歌、そして、誹諧歌です。ちなみに、『万葉集』の巻十六にも裃《かみしも》を脱いだ自由な短歌が収められています。土用の丑の日が近づくとよく引き合いに出される、痩せた石麻呂《いしまろ》をからかった「(略)夏痩せによしといふものそ、むなぎ捕り召せ」〔3853〕もそのひとつですが、『古今和歌集』の誹諧歌のようには表現が洗練されていません。

すでに指摘したとおり、動詞マタグは、雅の側ではなく俗の側に属しており、しかも、下品な印象を与えかねない語でしたが、それがここに使用されていることに注目すべきです。誹諧歌は、雅の厳しい枠づけから解放されて、砕けた題材をユーモラスに捉えて詠んだ作品です。そのために、短歌形式という点では本編と同じなのに、巻十九の雑躰部に収められています。長歌や旋頭歌は、『万葉集』と同一形式をとって構成を組み替えたものですが、誹諧歌は、雅の束縛から解放された遊び、あるいは、しかつめらしさを捨てた息抜きになっています。

■誹諧歌Ⅱ

五十八首の誹諧歌は、それぞれに個性的なので類別はできませんが、『古今和歌集』的な表現をよく理解していないために正しく解釈されていない典型ともいうべき作品があるので、そのひとつについて表現解析を試みます。成熟した社会の良識的な大人なら和歌に詠んだりしない主題ですが、平安時代が人道的な意味でユートピアだったわけではありません。

あしひきの　やまたのそほつ　をのれさへ　われおほしてふ　うれはしきこと〔題知らず・詠み人知らず・1027〕

足引きの山田の案山子《そほづ》　をのれさへ　我おほしてふ　憂れはしきこと

平安時代の仮名文学作品で、同一の作品に複数の伝本が知られている場合、国文学や国語学の領域では、作者自筆テクストの忠実な写しが残っている『土左日記』のような珍しい事例を除いて〔『古典再入門』〕、藤原定家の校訂したテクストがあれば、それを最善本と認めるのが事実上の原則になっています。『古今和歌集』もそのひとつで、現行の注釈書は、そして、教科書も古語辞典も、定家本そのものか、さもなければその系統に属するテクストに基づいています。定家本には伊達本と貞応二年本とが伝存していますが、本書の場合には、事実上、どちらも同じとみなしてかまいません。

図版に示したのは、伊達本の、この和歌の第四句ですが、「我於《おほ》本してふ」としか読みようがありません。

古今和歌集　伊達本

定家本の系統に属するテクストはたくさんありますが、筆者の見たものはどれも「おほし」となっています。「をほし」と書いて「を」を朱で見せ消《け》ちにし、「お（於）」と傍書して、さらに「ヲ」を書き添えたテクストもあります（寂恵本）。〈見せ消ち〉とは、薄墨で上に線を引いたり傍点を付けたりして文字が読めるように抹消する方式です。

筆者の目に入った範囲のすべての注釈書は、定家本やその系統のテクストに拠っていながら、第四句の「われおほし」を「われをほし」、すなわち、「我を欲し」と読める表記に書き改めています。

全注釈は、催馬楽（山城）のつぎの例を証拠にして「〈我を欲しと言ふ〉の意と解すべきである」としています。しかし、それをもじった可能性も考えられるので、決め手にはなりません。

山城の　己末《こま》のわたりの　宇利川久利《うりつくり》（略）和礼乎保之止伊不《われをほしといふ》　伊加介《いかに》
世牟《せむ》（略）

全評釈は、「我多し」では意味をなさないので「我をほし」と「校訂しなければならない」

としており、新大系は、「〈おほし〉は表記のままに〈大し〉又は〈生ほし〉と解すべきか」と書き添えていますが、その場合にどういう意味になるのか、また、どうしてそれを捨てて「をほし」と改めたかについて触れていません。そのほかのほとんどは断りなしに「おほし」を「をほし」と改めています。

元永本『古今和歌集』のテクストはつぎのようになっています。

あしひきの　山たにたてる　そほつさへ　王《わ》れ乎《を》ほしと云　うれはしき
事

第四句は「我を欲しと言ふ」と読み取れます。これなら、解釈に悩むことはありません。しかし、定家本やその系統のテクストを底本《ていほん》に選んだ以上、理解できない部分を理解できる形に書き変えてしまうのは、目の前にあるテクストから最大限の文化的情報を引き出すことをめざす文献学的アプローチと相容れない研究姿勢です。以上の理由から、ここでは、定家による校訂テクストを優先して検討の対象とします。

■「われおほし」は誤写ではない

最初に、「我おほし」が「我をほし」の誤写ではありえないことを確認しておきましょう。

十世紀の後半まで、「を」の仮名は［wo］、「お」の仮名は［o］と発音されていたので、『古今和歌集』が成立した時期には、それらふたつの仮名は発音の違いに基づいて書き分けられていました。しかし、[o]が[wo]に合流した結果、定家の時期には、どちらの仮名も[wo]と発音されるようになっていました。このような合流が生じると、どちらか一方の仮名が使われなくなるのがふつうでしたが、頻繁に使用される語の綴り《スペリング》が自然に固定する傾向が生じて、たとえば、助詞のヲはつねに「を」で書き、動詞オモフはつねに「おもふ」と書くようになっていたために両方とも使われつづけていました。

定家は、これらふたつの仮名を、音節の高低の違いで書き分けて、仮名文テクストのなかの語句を識別しやすくすることを思いつき、つぎの原則を当てはめて、自筆テクストを書写しています〔大野晋『仮名遣と上代語』岩波書店・1982（原論文1950）〕〔小松英雄『日本語書記史原論』補訂版〕。

「を」の仮名……高く発音される[wo]の音節
「お」の仮名……低く発音される[wo]の音節

右の書き分けの原則は定家自筆のどの仮名文テクストにも一貫して守られており、誤写と認められる事例は指摘されていませんから、この場合に限って、助詞ヲを「お」に書き誤ったという確率は、事実上、ゼロと考えてよいでしょう。定家が、ここに「おほし」という語を考えていたことは間違いありません。

漢文訓読や片仮名文では形容詞の終止形「オホシ」がふつうに使用されていましたが、仮名文テクストでは「おほかり」が使用されていました。俗の文体では「オホシ」、雅の文体では「おほかり」という使い分けがあったことを定家は感覚として身につけていたはずですから、「我おほし」が「我多し」のつもりだとすれば、誹諧歌であるために日常語が意図的に使用されていると理解したはずです。

「我多し」は、ワタシに心を寄せる男性がたくさんいるという意味にも理解できそうですが、もてもての若い女性がカカシにまで求婚されたといって「憂れはし」と嘆くのは不自然です。ほかにだれも声をかけてくれないので、カカシのことばを皮肉と理解した場合なら「憂はし」と感じるでしょうが、ひねりすぎでしょう。

つぎに考えられるのは、年齢が「多し」という可能性です。みんなにオバサンよばわりをされて不愉快なのに、山出しのおまえみたいなやつにまで、結構なお年ですね、などとからかわれたら悲しくなるのは当然です。ただし、そのような意味で「多し」と言った確実な事例があることを筆者は知りませんが、そのような言いかたがあったとしても文献に顔を出す機会はめったにないので、その可能性をいちがいには否定できません。

新大系が積極的には否定していない「大し」、「生ほし」はどうでしょうか。

築島裕編『訓点語彙集成』〔第二巻・汲古書院・2007〕は、十一世紀初頭以降の膨大な訓読文献から和訓を収集し、個々に出典を示した貴重なリストですが、「オホシ」の訓の大部分が「多」字に偏っているなかに、十二世紀の仏典で「巨」字や「太」字を「オホシ」と訓じた事例が交じっています。残念なことにそれ以前の時期のリストは分担者が異なるとのことで未刊です。

観智院本『類聚名義抄』（僧下・雑部）には、図版に示したように、「巨」字に「オホイナリ（「イ」の右に「キ」を傍書）」、「オホシ」の二訓があり、それぞれ、《低低〇〇〇》、《低低〇》の声点がありますが、注目したいのは、その直前に「巨」字に一画を加えた文字の項があり、「谷《俗》巨字　フトシ《低低高》」とあることです。「谷」は「俗字」を意味する「俗」の省略体です。仏典の訓読で「太」字に加えられた訓「フトシ」と合わせ考えるなら、「我おほしといふ」は、「我太しと言ふ」、すなわち、わたしが太め《デブ》だなんて言う、という意味になりそうです。面と向かって言う場合には、多少とも婉曲な形容だったのでしょうが、このよ

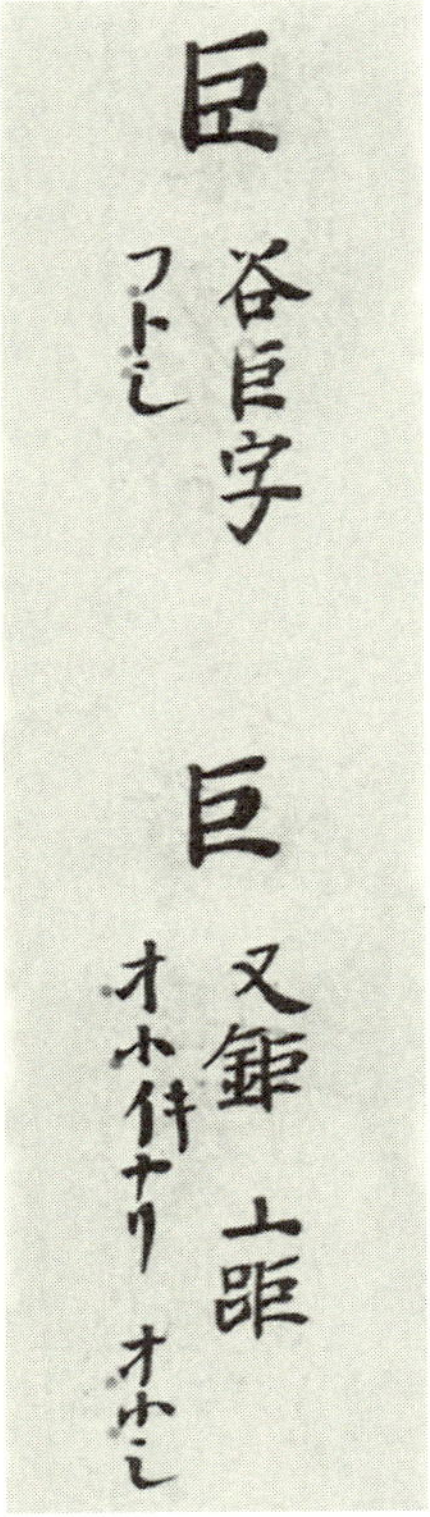

類聚名義抄　僧下　観智院本
天理大学附属天理図書館蔵

うな語の微妙な含みは同時期の人たちにしかわかりません。ストレートな語を避けてこのように言ったのでしょう。「おのれさへ」、すなわち、言われなくてもわかっているけれど、骨と皮ばかりでガタガタの、山奥から出てきたカカシそっくりのおまえまでが、ということです。これなら、「憂はしきこと」と嘆くのは当然だし、口をとがらせた、丸太のようなかわいい女性と、ガタガタに痩せたみすぼらしい男性との対比を傍観者の立場で想像すれば、思わず腹を抱えて笑ってしまう上出来の誹諧歌です。もとのテクストが「われおほし」であったことは、これでほぼ間違いないでしょう。

以上の検討から導かれた帰結は、テクストが間違っていると決めつけるまえに、なにか大切なことを見落としているのではないかと考えて、もうひと押ししてみる文献学的アプローチの正統性を裏づける成果のひとつだというのが、現時点における筆者の客観的査定です。疎読、勘読との違いは歴然としています。

■上の句の解釈

上の句も定家自筆テクストで考えます。

あしひきの　山田のそほつ　おのれさへ　我太《おほ》しといふ　憂れはしきこと

注釈書の現代語訳を見てみましょう。第四句の訳は無視します。

山の田の案山子《かかし》よ、おまえまでわたしを欲しいという。つらいことだ。

〔新大系〕

山田のかかしさん、お前までが私をお嫁さんに欲しいというのね。ほんとに困ったわ〔新全集〕

言いまわしが違うだけで、基本的にはどちらも同じ解釈です。なお、新全集に、「本当のかかしまでが、求婚したとも解せるが、どちらにせよ農村的な素朴な歌である」と書き添えられていますが、これは民話ではないし、そもそも、素朴な歌では誹諧歌になりません。

新全集には、「あしひきの」に〈「山」の枕詞〉と注があります。そこまで親切に注を付けなくても、と読み流してしまいそうですが、親切どころか、この注は重大な誤導《misleading》です。

枕詞、序などは、歌の意《こころ》にあづかれることなきは、すてて訳さず、これを訳しては、事の入《いり》まじりて、中々にまぎらはしければなり

〔『古今集遠鏡』例言〕

「歌の意にあづかれることなきは、捨てて訳さず」と本居宣長がお墨付きを与えて以来、枕詞はノーカウントだという認識が定着しています。

『古今和歌集』の枕詞は、『万葉集』に比べて種類が少なく使用頻度も低くなっていますが、それは、表現に積極的に関与するものだけを残した結果です〔『みそひと文字の抒情詩』本論3〕。定家は自筆テクストに「葦引の」と表記していますが、それは「足引きの」とい

う意味に理解される可能性を封じるための配慮です。しかし、枕詞をこのように軽く見てしまったのは、『古今和歌集』の枕詞の本質を理解していなかったからです。

『古今和歌集』では、「あしひきの」が、原則として、つぎの和歌のように、裾を長く引いた高い山であることを表わしています（『みそひと文字の抒情詩』）。

あしひきの　山のまにまに　隠れなむ　憂き世の中は　あるかひもなし

〔雑下・953・題知らず・詠み人知らず〕

＊第五句、「かひ」は、初読「峡《かひ》（山峡）」、次読「効《かひ》（値打ち）」。

「原則として」と断ったのは、つぎのように、高い山をイメージさせるよりも、〈足を引っ張る〉という意味をもたせた臨機の使用例もあるからです。

おそく出《い》づる　月にもあるかな　あしひきの　山のあなたも　惜しむべらなり〔雑上・877・題知らず・詠み人知らず〕

＊第一・二句は、出るのが遅い月だなあ、の意。

山の向こうでも美しい月を惜しんで、こちらへ来ようとする月の足を引っ張っているに違いない、ということです。

「あしひきの山田のそほづ」の場合はどうでしょうか。前節では、太めという差別語的表現をあえて使いましたが、この例についても、近代社会でタブーになっている事柄に触れざるをえないことを許していただかなければなりません。

「あしひきの」が、高い山をイメージさせているとみれば、山奥からノコノコ出てきたド田舎のカカシ野郎め、ということで、ひとつの解釈として成り立ちます。京に住む上流社会の人たちにとって、田舎者は無条件で軽蔑の対象でした。

そして、もうひとつ、この場合の「あしひきの」は、〈足を引く〉、すなわち、不自由な足を引きずりながら歩く状態をイメージさせます。「あしひきの山田のそほづ」とは、足の不自由な田舎者をあざ笑った表現としても成り立ちます。すなわち、山出しのカカシめ、おまえのような奴までが、身の程もわきまえずにわたしが太めだなどと平気で口にする、ということです。「おのれさへ」という軽蔑しきった高慢なことばづかいが印象に残ります。売り言葉に買い言葉で、自分をバカにした男にこのぐらいは言い返してやりたくなるということでしょう。

近代社会のモラルを身につけていれば、こういう表現を明るく笑いとばす気持になれませんが、近年まで障害者は嘲りの対象だったので、当時の上流社会の人たちにとっては、屈託なく笑える誹諧歌だったはずです。その感覚で評価するなら、「あしひきの山田のそほづ」が卓抜した発想であったことは事実でしょう。こういう和歌まで含めての『古今和歌集』であることも事実として認めなければなりません。

この和歌を含めて、『古今和歌集』の「あしひきの」を、そして、ほかの枕詞も、「歌の意にあづかれることなきは、捨てて訳さず」などと、ゴミのように扱うべきではありません。

■マタグとマタガル

織女の話は、まだ終わっていません。

『類聚名義抄』には「驀」字の和訓に「マタグ」があり、そして、「跨」字の和訓に「マタガル」がありました。現代語で〈馬をまたぐ〉とは言いませんが、だれかがそう言ったら、跳び乗る動作をさすと理解するほかないでしょう。それに対して、「熊にまたがり、お馬の稽古」という童謡の「またがり」は、両脚を開いて乗っていることです。許慎《きょしん》が編纂した『説文解字《せつもんかいじ》』で「驀」字に「上馬也」と注記しているのは「馬をマタグ」こと、すなわち、馬に跳び乗ること、また、『新撰字鏡』で「騎」字に「跨馬也」と注記しているのは「馬にマタガル」ことだとひとまず説明できるでしょうが、馬をマタグのはマタガルためですから、区別があいまいになるのは当然です。

『類聚名義抄』で「驀」字の訓として「マタグ」と併記されている「ノル」には、つぎのふたつの用法がありました。

ⓐ瞬間的……車に乗るとて、うち見やりたれば〔更級日記〕

ⓑ継続的……紫草《むらさき》生《お》ふと聞く野も、葦荻《あしをぎ》のみ高く生《お》ひて、馬に乗りて弓

持たる末見えぬまで高く生ひ茂りて、なかを分け行くに、竹芝といふ寺ありʼ〔同右〕

＊馬に乗りて〜……馬に乗った状態で、手に持った弓のいちばん上の部分が見えないほど葦や荻が高く生い茂っていたということ。

現代語の〈電車に乗ったとたんに発車した〉は、いちおうⓑに対応します。〈電車に五分も乗れば右に海が見えます〉は、いちおうⓐに対応し、

「驀」字の和訓として「マタグ」と「ノル」とが併記されていることは、この漢字に瞬間的と持続的との両様の用法があったことを意味しますが、日本語のマタグには、現在と同じように、瞬間的動作を表わす用法しかなかったと考えられます。

「驀」字は馬部の文字です。『類聚名義抄』の和訓は、その漢字の訓《よ》みを示したものですから、〈馬をマタグ〉、すなわち、馬にヒラリと乗る、跳び乗る、あるいは、〈馬にノル〉という意味です。したがって、この和訓を証拠にして、この和歌の「またぐ心」を〈逸る心〉という意味だとは主張できません。

■ 適切な表現解析のためには適切な方法がなければならない

急がば回れの足固めを重ねた結果、「いつしかと」の和歌の表現について、従来と異なる、そして、筆者の判断では、おおむね正しいと思われる方向の帰結を導くことができました。

この段階まで来たところで反省しなければならないのは、これまで数多くの専門研究者が取り組んできながら、この和歌の表現を、どうして今日まで読み解くことができず、実りのない井戸端会議を重ねてきたのかということです。

> 私は『類聚名義抄』が「驀」字に「マタグ」といふ訓を与へてゐることを発見した。この訓を宛てるならば、すべてが氷解するのではなからうか。
> つまり織女の心が牽牛に向かつてまつしぐらに駛《は》せる意と解するならば、最もこの歌に適はしいのであり、かつ「跨ぐ」の意を以つて「脛」および「渡らむ」の縁語になる点も、無理がないと思ふのである。〔小西補注・前引〕

この指摘がもとになって、「またくこころ」の「またく」は『類聚名義抄』の「驀」字の和訓「マタグ」に基づいて「跨ぐ心」と読まれ、そのマタグは、この和訓に対応する「驀」字の原義ではなく、中国において派生した〈まっしぐらに馳せる〉、〈焦り逸る〉、〈はやり立つ〉などという意味だと取り違えられてしまいました。これは、『類聚名義抄』だけでなく、中国の字書をも都合よく解釈して導かれた乱暴すぎる結論です。

小西校註は、敗戦からまだ立ち直っていない一九四九年の出版なので、紙も印刷も粗悪ですが、それからほぼ六十年を経過した現在では、立派な装丁の注釈書がたくさん出版されています。しかし、その間、『古今和歌集』の注釈にどれほどの進歩があったのでしょうか。

平安時代の字書など国語学の一部の研究者しか知らなかった時期に『類聚名義抄』の和訓に着目したのは先駆的でしたが、それだけに、『類聚名義抄』についての理解の不足や致命的な短絡があって、「無理がないと思ふのである」と結ばれた結論はとうてい成り立たないものでした。マタグという語を文献上に確認し、それを『古今和歌集』の和歌の解釈に結びつけたことは、開拓者的業績として一定の評価に値するかもしれませんが、発見した事実を慎重に吟味せず、あらぬ方向に驀進してしまったことが惜しまれます。

手を焼いた難問が解決したとたん、うれしさがこみあげて、わかった！と思わず膝を叩きたくなりますが、膝を叩いたとたんに思考が停止するので、そこが行き止まりになってしまいます。しかし、そこで膝を叩かずに思考を継続すれば、さらにその奥にある、もっと大切なものが見えてくるものです。うかつに膝を叩いたら、発展性の芽をみずから摘んでしまいます。〔小松英雄『自著解説』笠間書院・2007・web版〕

なるほど、そのとおりだと膝を打つまえに、この考えにとって不都合な反例がないかどうかを確認する手順が必要です。〔『古典再入門』第Ⅳ部〕

これが筆者の自戒のことばですが、残念なのは、観智院本『類聚名義抄』の和訓を見てすぐに膝を叩いた小西補注に、そのあとの研究者の多くがそのまま膝を叩いてしまい、小西補注に指摘された事例と、それに基づく説明とを、検証もせずに踏襲していることです。というより、検証できるだけの知識をそなえた注釈者がいなかったというのが実情なのかもしれません。『類聚名義抄』を批判的に利用できる知識がないなら、その方面に詳しい研究者の著作を読むか、直接に知恵を借りればよかったのです。

「驀」字は馬部の文字ですから、マタグという和訓が、〈馬に跳び乗る〉という意味で出てくるのは当然であって、和語のマタグが馬に跳び乗る動作にしか使われなかったはずはありません。動詞マタグは、馬が日本に導入されるまえからあって、小川の流れや、倒木などを跨いでいたと考えるのが自然です。その語構成は、［マタ（股）＋動詞語尾グ］です。

観智院本『類聚名義抄』が当面の課題にとって役立つのは、①平安時代末期にマタグが〈馬に跳び乗る〉という意味で漢文訓読に使われていたこと、そして、②その声点から、語形が［マタグ］であったと確認できることまでです。

『大漢和辞典』（大修館書店・1956）の「驀」字の項には、〈のる〉、〈たちまち、にわか〉、〈まっしぐら〉、〈乗り越える〉、〈登る〉という意味が示されています。「驀」字からそういう意味が派生するのは自然ですが、和語のマタグには関係のないことです。

もうひとつ反省が必要なのは、この和歌が誹諧歌として分類されている以上、どういうところに誹諧があるのかを明らかにしなければ、わかったことにならないという問題意識が、これまでの注釈にきわめて希薄だったことです。「誹諧歌」はヒカイカだと主張したり、それを支持したりするようでは、すでに出発点でつまづいています。

牽牛が下半身をあらわにして川を渡ったところで、おもしろくもおかしくもありません。すでに指摘したとおり、川を渡るのが牽牛なら、「脛にあげて」と断る必要はありませんでした。詞書の「たなばた」が織女でなければ、この誹諧歌は成り立つはずがありません。

この一首の誹諧は、若く美しい女性が、裾をまくって天の川をひとマタギにしたいと心のなかで考えたものの、みずからのあられもない姿を想像して決行するのをためらっているところにあります。それが詞書にいう「たなばたの心」です。天の川をひとマタギにしたいぐらいの気持で、なりふりかまわず裾を高くまくり上げようとまで考える織女のひたむきな恋心に同情しつつも、その姿を思い浮かべるとひとりでに笑ってしまう誹諧歌の傑作です。

■一字一句をおろそかにしない

本書の趣旨をよく理解していただくために、最後まで故意に伏せてきた大切なことがあります。それは、なぜ、織女が、七夕の前日に天の川をひと跨ぎにして向こうに渉ってしまおうかという気持ちになったのかということです。その理由を教えてくれるキーワードは、この和歌のなかにちゃんと詠み込んであるのです。指摘されたらすぐに気づくほど見え見えのことばなのですが、脈々と続いてきた注釈の歴史のなかで、だれもそのことに気づかなかったために、――といっても、累々と積み重ねられた注釈のなかに、だれかがそれを指摘して無視されたままのものがないとは言えませんが、――この「たなばた」は牽牛だ織女だと大まじめで不毛な議論をして牽牛説が優勢になったり、「待たく心」は文法規則が許さないなどと硬直した古典文法で「待つ」の概念を封殺したりしてきたのです。たったこれだけのことばのなかのひとつなのですから、ここで立ち止まって、もういちど、ひとつひとつのことばを吟味してみてください。筆者としては、読者がすぐにつぎを読んでしまわずに、問題点を見つけてくださるように、和歌のあとを改ページにしたいぐらいです。

いつしかと　またく心を　脛に上げて　天の河原を　今日や渉らむ

問題は、「天の川を渉らむ」ではなく、どうして、「天の河原を（略）渉らむ」、すなわち、「天の川の河原を渉ろう」などと、理屈に合わない表現をしているのかということです。注釈書は、どれも、その不条理を無視して、「天の川を渉らむ」と同じ意味として単純に理解しています。それが間違いのもとでした。

つぎの和歌は、その疑問を解くための決定的なカギになります。誹諧歌ではありません。

秋風の　吹きにし日より　ひさかたの　天の河原に　立たぬ日はなし

〔古今和歌集・秋上・173・題知らず・詠み人知らず〕

主語がないので、だれが立っていたのかわからないと首をかしげたりする日本語話者はいないでしょう。せいぜい、「吹きにし日より」とは、吹きはじめたその日から、という意味であり、それが七月一日であったという暗黙の了解を確認しておけば、それ以上のコメントは不要です。だからこそ「題知らず」なのです。

今日はまだ来ないとわかっているのに、恋しい牽牛が渉ってくるのが見えるはずの河原まで出て待たずにいられない織女の気持ちは誰でも理解できます。私的《し》には、帰省する息子を何時間も前から改札口で待ちつづけていた亡母を思い出します。

織女は、その日が近づくと、右の和歌のように、天の川の河原まで行かずにいられませんでした。そして、とうとう前日にはこれ以上待ちきれない気持ちになって、「心」としては、このまま河原から、ぱっとひと跨ぎに、そして、行為としては、着ている衣の裾をまくり上げ、このまま目の前の流れのなかに入って向こう岸に渉ってしまおうか、というのが「天の河原を今日や渉らむ」という表現なのです。

以上のように読み解いてみると、「よく味《あぢは》ふべし」という宣長の教訓が空しく響きますが、問題は、宣長ではなく、今日までそれを無批判に継承してきた人たちにあります。小西補注についても同様です。

一字一句をおろそかにしないで読むことが、筆者の提唱する文献学的アプローチの基本であり、そのような読みかたをしなければ表現の核心に迫りえないことを、この実例に基づいて再確認しましょう。もとより、以上に述べた筆者の解釈もまた、厳密な批判の対象です。若い女性が衣服の裾《すそ》を脛に上げて川を渉る striptease めいた情景を想像させることがこの和歌の誹諧のすべてではありません。ユーモラスな表現の背後にある織女のひたむきな「心」が読者に伝わり共感や同情を誘うからこそ『古今和歌集』の誹諧歌なのです。

第五章　ウタガタの姿（形状）と形（語形）
——文献学的アプローチの結実

導言　**仮名文を精読するために不可欠な日本語史の基礎知識**

平安時代の仮名文学作品の表現を的確に理解するために、日本語史に関するどのような知識がどのように役立つかを、具体的問題を解決する過程をつうじて示すことがこの章の主な目的です。ただし、平安時代といっても、それ以前に奈良時代があり、それ以後に中世が続いていますから、前後と切り離して考えてはいけません。そもそも、日本語は社会の変化に連動して変化しながら切れ目なしに今日まで続いてきたのであって、ナニナニ時代という政治史の区分に合わせて段階的に変容してきたわけではありません。

この章では、『方丈記』の冒頭に片仮名で「ウタカタ」と表記されている語が、その当時、どのように発音されており、どのようなものをさしていたかを明らかにするために、文献時代以前から中世初頭に至るまでこの語がたどった歴史を跡づけます。端的に言えば、「淀みに浮かぶ「ウタカタ」のイメージを的確に把握するには、どのような文献を資料にして、どのような手続きを踏んで検証したら、どこまで真実に近づくことができるか、ということです。検証の結果をここで先取りするなら、以下に述べる一連の調査と考察とによって導かれる帰結は、この語の語形も、さしていた対象も、現在の共通理解と違っていました。

筆者が提唱する文献学的アプローチとは、①対象とする文献を、どのような目的のもとに、どのように扱うことなのか、また、②研究の方法がどのようにあるべきかについての認識を欠いたまま惰性的に研究する場合と比較して、このアプローチにはどのようなメリットがあるかを、逆に言えば、従来の研究にはどのような欠陥があったかを、導かれた結果に基づいて客観的に査定します。

文献学的アプローチとは、テクストを作者の意図どおりに過不足なく読み取るために、対象とする文献をどのように調べ、どのような帰結を導くべきかを、その場その場で柔軟に考えながら読み進むことによって、可能なかぎりの正確な文化的情報をその文献から引き出すことです。これは、ヨーロッパの文献学（独．Philologie《フィロロギー》）を範とする方法です。文献学的アプローチにとって不可欠なのは、対象とする文献が書かれている文字体系の特質と、その特質を生かして書かれた書記と、そして、書記の背後にある言語についての正確かつ豊富な知識です。

書記とは、特定の文字体系を運用して意味のある内容を書き表わしたものをさします。英語の writing に当たる適切な日本語が見当たらないので、《書記》という訳語を作りました〔『日本語書記史原論』〕。この訳語は、近年、日本語史研究者の論文や著書によく使われるようになっています。ただし、漢語は個々の漢字の意味の和であるという思い込みから、《書記》とは〈書記＝書＋記〉である、すなわち書き記すことであるという理解に基づいて、右の定義を無視した〈書記する〉という誤用も見受けられます。

平安時代の仮名文の場合には、仮名文字の特質とその運用のしかたに関する知識がことのほか重要ですが、これまでは、そのような研究方法が不可欠であることをごく限られた研究者しか認識していなかったために、ほとんどすべての作品のテクストに、明らかな読み誤りや適切でない理解がまかり通っています。テクストとは、複数の文が不可逆的に結合してまとまった内容を表わしたものをさします。不可逆的に結合しているとは、文と文との順序を変えることが許されないという意味です。

言語研究の領域ではテクストという用語が、口頭言語にも書記にも使用されていますが、本書で扱うのは書記テクストです。もとは英語の text ですが、外来語としてのテキストは、教科書や講習会などで配布される印刷物をさすことが多いので、右のような定義に基づいた意味に限定するために、筆者はテクストとよんでいます。仮名文テクストの表現を生き生きと蘇らせるために本書が相応の役割を果たすことができればと願っています。

■『方丈記』冒頭の一節を読みなおす

鴨長明の『方丈記』（1212?）には、いくつも伝本が残されていますが、原本にもっとも近いと信じられている大福光寺本のテクストは、図版に示すように、片仮名文、すなわち、漢字片仮名交じりの書記様式で、つぎのように書き始められています。

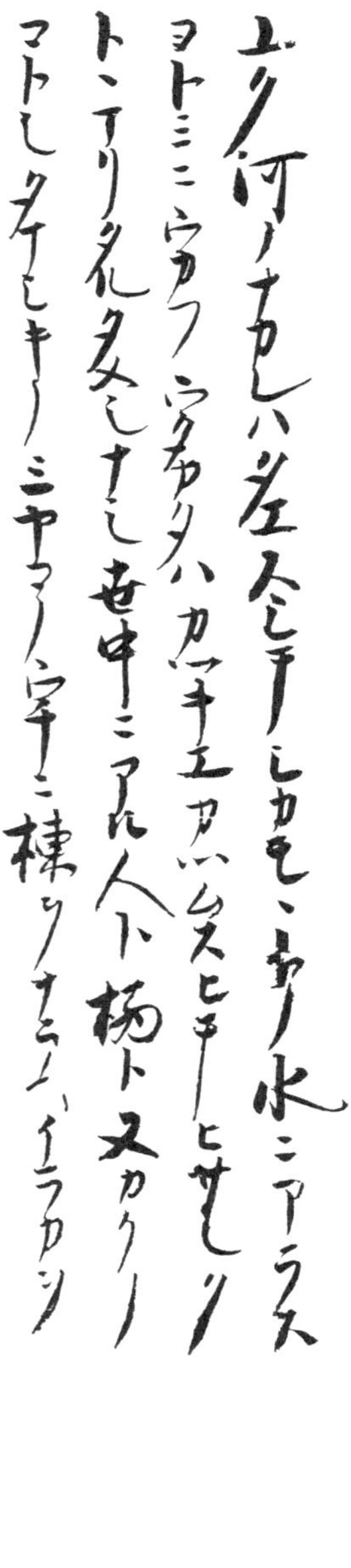

方丈記　大福光寺本

行ク河ノ　ナカレハ　タエスシテ　シカモ　、トノ水ニ　アラス
ヨトミニ　ウカフ　ウタカタハ　カツキエ　カツムスヒテ　ヒサシク
ト、マリタル　タメシナシ　世中《よのなか》ニアル人ト　栖《すみか》ト　又　カクノ
コトシ

行く川の流れは絶えずして、しかも、もとの水にあらず、淀みに浮かぶウタカタは、かつ消え、かつ結びて、久しくとどまりたる例《ためし》なし、世の中にある人と住処《すみか》と、またかくの如し

短かい一節ですが、腰を据えていろいろの角度から吟味することになるので、拾い読みやとばし読みをしないで、ゆっくりつきあってください。これまで、すらすらと読み流して、なんとなくわかったことにしていたかもしれませんが、じっくり読んでみると、わからないことがたくさん出てきます。そういう疑問の多くは、注釈書も古語辞典も古典文法も解決してくれないので、自分で考えるほかありません。疑問が生まれ、その疑問を解明するまでの過程をゆっくり楽しみましょう。発見の喜びが待っています。

■ウタカタかウタガタか

現行の平仮名文の体裁に書き換えたものを前節に示しました。本書で平仮名文とよぶのは、いわゆる漢字平仮名交じり文のことです。「ウタカタ」だけを片仮名のままにして引用しましたが、読者は、なんのためらいもなくウタカタと読んだはずです。なぜなら、教科書にも古語辞典にも注釈書にも「うたかた」となっているからです。「うたかた」という見出しのあとに《「うたがた」とも》と書き添えている古語辞典もありますが、「とも」とは、ウタカタとウタガタという二つの語形が同じ意味で共存しつづけていたという意味なのでしょ

うか、それとも、どちらであったかわからないという意味なのでしょうか。

本書を執筆している段階で改訂版が発行された国語辞典で、「うたかた」および「うたがた」の項目はつぎのようになっています。

うたかた〔泡沫〕水の上に浮かぶ泡《あわ》。多く、はかなく消えやすいことのたとえに使う。（方丈記冒頭・引用略）「うたかたの恋」〈『広辞苑』第六版〉

うたがた〘副〙（平安時代以後、「うたかた」と混同して清音にも）①きっと。かならず。（万葉集・3600・あとで引用）②（下に打消・推量の語を伴って）決して。かりそめにも。（源氏物語・真木柱・引用略）〈同右〉

「水の上に浮かぶ泡」をさす語はウタカタであり、それと別にウタガタという副詞があったが、平安時代以後、ウタカタと混同したという説明ですが、語形が似ていても、これほど意味や用法の違うふたつの語の間にどうして語形の混同が生じたのか、疑問が残ります。また、ウタカタが、どうして「水の上に浮かぶ泡」となっているのかも、わかりません。なぜなら、水の下に沈む泡があるとは思えないので、〈泡〉だけで十分なはずだからです。

副詞のウタガタはひとまず別として、名詞のほうは、ウタカタだろうとウタガタだろうと、泡であることに変わりはないし、泡が水の上に浮かぶのは当然であって、「水の上に浮かぶ」を添えると指す対象が違ってしまうわけでもない。そんな些細なことにこだわるより、もっと大切なことがいくらでもあるはずだと呆れた読者が少なくないかもしれません。この調子で揚げ足取りのようなことばかりやっているからコクゴガクが嫌いだったのだと、学生時代の苦い経験を思い出したかもしれません。しかし、筆者は重箱の隅をつつく些末主義や些末趣味で、清音か濁音かとこだわったり、「水の上に浮かぶ」が必要かどうかと揚げ足を取ったりしているわけではありません。この場合、どうしてそういうことを問題にしなければならないのかは、読み進むうちにわかってくるはずです。

それ自体としては吹けば飛ぶようにしか見えない疑問だとしても、それを最初から些細な問題だと決めつけてしまうのは、個別の事象を体系のなかで捉えようとしていないからです。ひとつの小さな部品が外れて大型旅客機が墜落したりすることを教訓にすべきです。見かけの大小と問題の大小とは必ずしも比例しません。ウタカタとウタガタという些細にみえるこの違いに、『方丈記』の冒頭文を作者が意図したとおりに理解するための大切なカギが潜んでいるかもしれません。どちらも水の泡ではないかというまえに、ここを「淀みに浮かぶアワは」と書き換えても意味が同じであるかどうかと考えてみてください。

どの辞書を引いても、どの注釈書を読んでも同じことが書いてあれば、それが現今における共通理解だと考えてよいでしょう。しかし、安心してそこから出発すると、足をすくわれて、すべてがダメになってしまう恐れがあるし、その確率はかなり高いと考えるべきです。

安心して入居した高層マンションに鉄筋が不足していて立ち退きを余儀なくされた事例はよい教訓です。さしあたり、以下には、右に引用した辞書の説明を尊重しないで、「淀みに浮かぶウタガタは」と読んでおきますが、根拠が明確になるまで、そんな証拠がどこにあるのだろうと、半信半疑でいてください。

ある事柄が絶対確実であることを証明しても、ダカラドウシタと聞かれて返答に窮するようなら、その研究成果は価値がありません。ダカラドウシタとは、とりもなおさず、その問題が解決されたことによって、その先にあるどのような問題が解決可能になったのかということですから、それを尋ねられるまえに、ダカラドウシタ、と厳しく自問して、答えを出しておかなければなりません。些細な問題とは、解決したら、そこが行き止まりになる問題設定です。たとえば、一介の庶民にすぎない筆者の祖先の出自を突きとめるのはたいへんな作業になるでしょうが、得られた結果が豪族であろうとコソ泥であろうと、現在の筆者に対する評価は変わりありませんから、ダカラドウシタ、で終わってしまいます。

■自然現象の観察に基づいた叙述なのか

淀みに浮かぶうたがたは、かつ消え、かつ結びて、久しくとどまりたる例《ためし》なし

名文として記憶している読者も多いでしょうが、「淀みに浮かぶうたがたは、かつ消え、

かつ結びて」、すなわち、淀みに浮かんでいるひとつの水泡が消えたと思ったら、その近くに新しく水泡ができている。それが消えたと思うとまた～、という現象が反復されるのを、目撃したことがあるでしょうか。もしあるとしたら、いつ、どんな場所で、どんなときにでしょうか。虹を見たときのことのように思い出してみてください。ウタガタはどれほどの大きさだったでしょうか。ひとつのアワの持続時間はどれほどだったでしょうか。その淀みと「行く川の流れ」とはどのような位置関係にあったでしょうか。

そういう状況を見たときのことを思い出そうとしても、あれがウタガタだったのだと思い当たらないとしたら、あるいは、自信がもてないとしたら、この一節の表現を作者の意図どおりに過不足なく読み取れていないことになります。なぜなら、昔も今も、特定の自然現象は同じような条件のもとに起こるはずだからです。

「淀みに浮かぶうたがたは、かつ消え、かつ結びて」という現象を目撃した覚えがないとしたら、我々は、つぎのふたつの可能性を検証しなければなりません。

ⓐこの一文は、世の無常を説くために、現実に生じる自然現象を踏まえないで考えた象徴的表現なのではないか。

ⓑこの部分についての従来の解釈になにか誤りがあるのではないか。

前者であれば、自然界に起こることのない現象を我々が見たことがないのは当然ですから、そのつもりでこの表現の意味づけを考えるべきです。また、後者であれば、独り合点でイメージしていたのとは違う情景が浮かんでくることになるでしょう。
検証する順序はⓑが優先します。その結果しだいで、ⓐについての検討は必要がなくなるかもしれないからです。避けなければならないのは、ⓑの可能性があることに気づかずに、ⓐの可能性だけでフィクションであることを容認したり、あるいは逆に、空論として、この作品の評価を格下げしたりすることです。

■注釈書の現代語訳

片仮名文は、出来事を客観的に記録するために工夫された書記様式なので、平安時代の仮名文とは文体も異なっており、使用される語彙にも際だった違いがあります。この一節のなかでも、「絶エズシテ」、「シカモ」、「～ナシ」などは、漢文訓読と共通する語法ですが、平安時代の片仮名文ともまったく同じではありません。その意味で、『平家物語』に代表される、いわゆる和漢混交文の系統に属しています。伝存する『方丈記』のテクストに、片仮名文と仮名文とがあることも、『平家物語』の場合と共通しています。ともあれ、練りに練られたに相違ない冒頭の一文だけに、たいへん格調の高い表現であることは否定できません。

川は涸《か》れることなく、いつも流れている。そのくせ、水はもとの水ではない。淀んだ所に浮《うか》ぶ水の泡も、あちらで消えたかと思うと、こちらにできていたりして、けっしていつまでもそのままではいない。世間の人を見、その住居を見ても、やはりこの調子だ。

〔神田秀夫校注・訳『方丈記』新編日本古典文学全集・小学館・1995〕

「そのくせ」とか、「けっして〜いない」など、筆者には抵抗のある訳文です。

流れて行く川の流れは絶えないのであるが、しかし、その川の流れをなしている水は刻々に移って、もとの水ではないのだ。流れが停滞しているところの水面に浮かぶあわは、一方においては消えるかと思うと、一方においては浮かんで、ひとつのあわが、そのままの姿で長くとどまっているという例はないものだ。世の中に住んでいる人間と、その人の住所とは、やはりこのように、一時も停止しないものなのである。

〔梁瀬一雄訳注『方丈記』角川文庫・1967〕

原文の理解を助けるための現代語訳だとすれば、少なからぬ難点があります。「行く川」を〈流れてゆく川〉と訳したのでは、同じ場所に「もとの水」がとどまっているはずがないので、そのあとの「しかし」が意味をなしません。「世の中に住んでいる人間と、その人の住所とは、やはりこのように、一時も停止しないものなのである」などという訳文は、正誤、適否を問う以前に、日本語話者が書いたものかどうかが疑わしくなります。

この章の考察を終わった段階で、右のふたつの訳文をもういちど読んでみれば、筆者がこういう現代語訳を厳しく批判する理由を納得していただけるはずです。

■浮かんでいるか、浮かんでくるか

原文を読み、ふたつの訳文を読み比べて、読者が気がついたり、気になったりしたことはなかったでしょうか。こういうところにもっと注意してほしいと筆者が考える事柄を、さしあたり、ふたつ指摘しておきます。

そのひとつは、「淀みに浮かぶ」の「浮かぶ」とはどういう状態、あるいはどういう動きを表わしているのか、ということです。

新全集……淀んだ所に浮ぶ水の泡も、あちらで消えたかと思うと、こちらにできていたりして

角川文庫……流れが停滞しているところの水面に浮かぶあわは、一方においては消えるかと思うと、一方においては浮かんで

それぞれの訳文の「浮かぶ」は、①水面に浮いているのでしょうか、それとも②水面に浮かんでくるのでしょうか。

日本語の「浮かぶ」には、①と②と、ふたつの用法があることを改めて認識した読者がいるかもしれませんが、実際には、〈南海に浮かぶ孤島〉とか、〈酸欠で大量の魚が浮かんだ〉

などと、どちらであるかわかるように表現しているので、文法論の対象として扱うような場合でなければ、ふたつの意味として区別する必要はありません。だからこそ、指摘されるまでふたつの用法があることを意識せずに正しく使い分けてきたのです。

こういうところで解釈につまづいてしまうのは、原文の表現があいまいだからだ、そういう意味でこれは悪文なのだと決めつけたりしたら、鴨長明が浮かばれません。十三世紀初頭の人たちは、ウタガタがどういうものであるかを知っていたので、①②のどちらなのだろうと首をかしげることはなかったはずだからです。しかし、ウタガタの正体がわからなくなっている現在の我々には、①なのか②なのか判断できません。注釈書の役割はそういうところで助け舟を出してくれることでなければならないのに、前節のふたつの現代語訳は原文の「浮かぶ」をそのまま「浮かぶ」で置き換えた逐語訳なので役に立ちません。浮かんでいるのか、浮かんでくるのかは、校注者にもわかっていないのでしょう。というより、ことばを操っているだけでイメージが念頭にないようです。

テクストの理解を阻んでいる時間の壁を乗り越える手段を考えるためには、そこに時間の壁が存在することを認識できる鋭敏な感覚を磨かなければなりません。

■ かつ消え、かつ結びて

新全集……あちらで消えたかと思うと、こちらにできていたりして角川文庫……一方においては消えるかと思うと、一方においては浮かんで泡ができていなければ消えることはありません。観察した順序どおりに表現すれば、「かつ結び、かつ消えて」となるのではないでしょうか。

一読して矛盾を感じそうなこの表現についてコメントしている注釈書はないようですが、存在しない泡が消えるはずはないだろうという素朴な疑問は、この表現が自然観察に基づいているのか、それとも、抽象的に考えられた調子がよいだけの表現なのかという疑問を再びくすぶらせます。その煙に油を注ぐか水をかけるかは、我々のセンス（sensibility）にかかっています。こういう場合に大切なのは、対象をなめてかからない姿勢です。すなわち、調子がよいだけの空疎な表現だなどと、たかをくくってはならないということです。

この部分の表現については、いくとおりもの説明が考えられそうです。

ⓐ観念的に組み立てた表現であり、こういう現象が現実に起こることはない。

ⓑ「淀みに浮かぶうたかたは、かつ消え〜かつ結びて」、すなわち、浮かんでいる「うたかた」が消えたら、もう別の「うたかた」が形成されている。

ⓒ最初に目に入った「うたかた」は、その存在に気づいた瞬間に消えてしまい、そばに、もう別の「うたかた」が出来ている。

ⓓ「淀みに浮かぶうたかたは」で、ウタガタのイメージが形成され、「かつ消え」と

続いているので、自然な表現として受け止められる。

順々に検討すると迷ってしまうかもしれませんが、正しいのはⓓだけですから、火のないところに意図的に煙を立てて読者を振り回したことになりますが、こういう問題をあえて提起したのは、右の疑問が、テクストを読んで自然にわいてきたものではなく、文章のリズムを無視してぼつぼつと切り、その部分の現代語訳と対照する、という不自然な読みかたをすることによって誘発される無意味な疑問であることを指摘したかったからです。大学の演習などでは、文章を細切れにして分析することが常識になっています。「淀みに浮かぶうたがたは」で切ってその意味を考え、つぎに、「かつ消え、かつ結びて」で切ってその意味を考えるという手順で読み進むと、その間に断絶を生じるので、右のような疑問が生じ、解釈に窮してしまいますが、自然に読めば、「淀みに浮かぶうたがたは、かつ消え、」のあとに「かつ結びて」が来るということです。こういう調子のよい文章は、ことばのリズムに合わせて理解するように構成されています。

■言語の線条性、書記テクストの線条性

第四章の「導言」に述べた言語の線条性は、原則として書記テクストにもそのまま当てはまります。原則としてとは、前章までに見たように、平安前期の仮名文は、同じ仮名連鎖にふたつの語句を重ね合わせることが可能な、たいへん珍しい書記様式だったからです。ただ

し、その不自然さのためにしだいに平仮名文に置き換えられていきました。

■「あわ」、「みのあわ」、「みなわ」、そして「うたがた」

冒頭の一節を読んで気になるのは、淀みに浮かぶ水の泡がウタガタだったとすると、アワという語が古くから使われていたのに、どうして、ここはウタガタでなければならなかったのかということです。現代日本語話者の感覚では、アワは日常語で、ウタガタは歌語、すなわち和歌専用の語のように感じられますが、そうだとすれば、この一節は、「春はあけぼの」で始まる『枕草子』冒頭の一節と同じような散文詩的叙景ということになりそうですが、「春はあけぼの」とは文体がまるで違い、余韻嫋々《じょうじょう》の叙景詩的叙述でもありません。

アワは二音節語なのでリズムが整わないなら、同じ意味の三音節語ミナワ（「水《み》の泡《あわ》」の縮約形）や四音節語ミノアワもあったのですから、リズムを整えるだけのために、ふつうには使われていなかったウタガタが選択されたとは考えられません。

『方丈記』の全文を通読した読者はあまりいないにしても、この有名な冒頭の一節は記憶に残っているのではないでしょうか。『方丈記』で初めてウタカタという聞き慣れない語に出会い、〈水の泡〉のことだと覚えたのが、最初にして最後の出会いになっていたはずです。なぜなら、ウタガタという語は、教科書に載るような有名な作品のなかに、まず出てこないからです。

注釈書や古語辞典などでは、ウタガタを、「水の泡」、「泡」、「水面に浮かんでいる泡」などと説明しています。辞書の説明のとおりなら、ウタガタは、アワ、ミノアワ、ミナワなどと同義語のはずなのに、どうして、ウタガタだけがほとんど使われていないのでしょうか。逆に言えば、ほかでめったに使われていないウタガタが、どうして『方丈記』の冒頭に使われているのでしょうか。

■水の上に壺のやうにて浮きたる泡とは？

佐竹昭広校注『方丈記』（新日本古典文学大系・岩波書店・1989）は、「うたがた」の意味を直接には説明せず、藤原清輔（1104–1177）の歌論書『奥義抄《おうぎしょう》』から、「うたかたは、水の上につぼのやうにて浮きたる泡なり」という説明を引用し、「歌語。少し後《あと》には〈水ノ泡〉とある」と書き添えています。

伝統的国文学の領域では、平安時代から中世にかけて指導的地位にあった歌学者の手になる歌論書や注釈書を古注とよび、必ず参照すべきものとされています。というよりも、古注を参照しないでみずからの見解を公表することはルール違反だという不文律が確立されているようにみえます。『奥義抄』は歌学書としての高い評価を前提にしてここに引用されているのでしょう。現行の注釈書では、しばしば、古注が解釈の決め手にされていますが、筆者はそれらに対して著しく懐疑的です。なぜなら、「ナニはナニ也」と断言していても根拠が明示されておらず、また、説明が概して説得力に乏しいからです。論証とよびうるものはないといってよいでしょう。歌学は近代的意味における学ではありません。

注釈の対象になっているのは、一般の人たちに理解できなくなっている語句です。歌学書の場合、一般の人たちに当たるのは同時期の歌人たちですが、彼らに理解できない語句の意味を、歌学書を書いた人物がどうして知っていたのかと考えれば、詰まるところ、その解説は、よく言えばヒラメキ、悪く言えば当て推量にすぎないでしょう。そうだとしたら、当たるも八卦《はっけ》、当たらぬも八卦ですから、検証する手段はありません。

そのような全般的評価を前提にして、「うたがたは、水の上に壺のやうにて浮きたる泡なり」という『奥義抄』の説明を読むと、池や沼の底から浮かんでくるメタンガスの泡を見て、ウタガタとはこれのことだったのか、と納得したのだろうという程度のことにしか思えません。あとで取り上げるように、『奥義抄』のこの説明は、注釈書や古語辞典に、しばしば、意味もわからずに引用されています。

一般論として、歌学書に示された解釈に、臆測や当て推量が多いことは否定できません。しかし、『奥義抄』のこの例の場合には、簡単に無視できない理由があります。それは、「水の上に壺のやうにて浮きたる泡なり」という表現から、どういう状態にある泡であるのかを容易にイメージできないので、当否の判断がつかないからです。

アワという語から、筆者は、まず一個の水泡を思い浮かべました。壺にも大小さまざまのものがありますが、一個のアワを壺に見立てるとしたら、ふつうには考えられないほど大きなアワでなければなりません。沼などの底から浮かび上がってくるメタンガスのアワも、壺になぞらえるほど大きくはないので、一個の水泡ではないようです。

そこで思い当たるのは、日本語では、ひとつひとつでもアワだし、石鹸のアワのような、無数の小さいアワの集合でもアワだということです。前者は英語のbubble《バブル》、後者はfoam《フォーム》に対応します。ただし、foamといっても、この場合は、石鹸のアワのようになかなか消えない小さな泡の集合ではなく、水流が水面や岩などに激突して生じる飛沫の集合です。両者を区別するために、以下、単泡《たんぽう》、群泡と仮称します。仮称するとは、この章の叙述に便利なだけで、日本語の語彙には必要のない区別なので、この章だけで使い捨てにするという意味です。

筆者が学生のころ、厳しく戒められたのは、孫引き、すなわち、論文や辞書などに引用されている用例をそのまま引用することでしたが、もとのテクストに遡ってその引用が正しいことを確認してあれば、お咎めはなかったように思います。しかし、この場合に当てはめれば、古語辞典や注釈書から『奥義抄』の用例を孫引きしてウタガタの意味を説明することは論外として、『奥義抄』の原文に当たって、その引用に誤りがないことを確認するだけでなく、その用例がどういう場面、あるいは、どういう文脈で使用されているかを確認しなければ、出典に当たりなおしたことになりません。

『奥義抄』を調べると、(といっても、ここに引用するのは写本ではなく、活字に直した校訂テクストですが)、つぎのように、問題の部分は、『古今和歌集』の特定の和歌に対する注からの部分的引用です。この和歌の表現は、あとで改めて取り上げます。

おちたぎつ川瀬になびくうたかたも思はざらめや恋しきものを

おちたぎつは、おちたぎる也。うたかたは、水のうへにつぼのやうにてうきたるあわ也。(略)(「奥義抄下釈、古今歌百十六首」(佐佐木信綱編『日本歌学大系』第壱巻・風間書房・1957))。

「落ちたぎつ」、「落ちたぎる」は、滝や激流などが、激しく流れ落ちて泡立つという意味です。

「落ちたぎつ」の和歌を無視し、「おちたぎつは、おちたぎる也」も削ってしまったために、わけのわからない説明になってしまいました。注釈書や辞書にウタガタの用例として「うたがたは〜」という部分だけを引用した人たちは、孫引きを含めて、この注釈を解釈する手間を省いてしまったとしか考えられません。

筆者は、『奥義抄』に「〜あわ也」というそのアワが単泡をさしていると思い込んで考えたために、「壺のやうにて」とはどういう意味であるのか解釈に苦しみましたが、群泡だとすれば、「壺のやうにて」とは、壺ほどの大きさの単泡ではなく、壺の口の部分のような形をしていて中央が空洞になっているという意味になります。壺が水の上に浮いているとば、当然、壺の全体が水面上に出ているわけではなく、口の部分だけが水面から顔を出しているということです。壺に注ぎ込んだ水が群泡となってあふれ出てくれば、ちょうど壺の口のような形になります。垂直に落ちる滝でなくても、激流が流れ込めば、同じような形になるでしょう。水流は必ずしも一定していないので、壺の口に相当する部分を形成する群泡《うたがた》は、かつ消えかつ結びながら動いて、同じところにはとどまっていません。

『奥義抄』のこの説明がなければ、筆者は右のような解釈に到達することができませんでした。したがって、古注を十把一絡《じっぱひとから》げにした筆者の評価は見直しが必要になりました。

新大系が、ウタガタを「歌語」としているのは、『日葡辞書《にっぽじしょ》』の、つぎの項目に基づいているのかもしれません。（V は u の大文字です）

Vtacata. 詩歌語。雨降りの時などに、できてはすぐに消える大きな水泡。すなわち、あぶく。〔『邦訳日葡辞書』〕

「大きな水泡」は『奥義抄』の「壺のやうなる」を思わせますが、この訳文を読んでその意味が理解できる日本語話者はほとんどいないでしょう。「すなわち、あぶく」という言い換えは、単泡ではなく群泡であることをわからせようという訳者の配慮なのかもしれませんが、残念ながら理解の助けになっていません。

『日葡辞書』の原文で確かめると、「大きな泡」と訳されているのは、"escumas glandes"ですから、大きな群泡です。複数語尾の"s"が、英語と違って形容詞の〈大きな〉のほうにも付いています。

『日葡辞書』の「詩歌語」(Poesia)とは、和歌や連歌に使用される雅の語句のことですが、それは、十七世紀初頭における位置づけです。十三世紀初頭に執筆された『方丈記』冒頭のこの文体に歌語が使用されているのは不自然ですから、『日葡辞書』に「詩歌語」とあるのは『方丈記』よりもっとあとの時期の認識なのでしょう。日常的な語から歌語への移行は、ウタガタから"Vtacata"への語形変化と無関係ではなさそうです。

■ウタガタとアワ

『方丈記』では、「うたがた」の少し後の部分に「水ノ泡」が出てきます。(図版)

「水ノアハ」とありますが、歴史的仮名遣なら「あは」と書くのは穀物の「粟」です。「泡」の歴史的仮名遣は「あわ」ですが、「水の粟」では意味をなしませんから、ここは「泡」に違いありません。鴨長明が、あるいは、大福光寺本の書き手が仮名遣いを間違ったわけではなく、「泡」も「粟」も「あは」と書くのが平安末期以後、慣習として固定した仮

方丈記　大福光寺本

朝《あした》ニ死ニ、夕《ゆふべ》ニ産《うま》ル、ナラヒ、タ、水ノアハニソ《ぞ》似《にた》リケル

名スペリングでした。教科書の古文はどの時代の作品でも歴史的仮名遣に書き換えられていますがもとのテクストの表記はさまざまです。

新大系の「うたかた」の注に、「少し後《あと》には〈水ノ泡〉とある」と書き添えられているのは、ウタガタが「水の泡」と同義語であることを示唆したものでしょうが、朝に死に、夕に生まれるのは、社会の一員、すなわち、群泡を構成する個々の単泡ですから、「ただ、うたがたにぞ似たりける」と言い換えることはできません。『源氏物語』のつぎの例も命を「泡」にたとえています。

女宮《をむなみや》にも、つひにえ対面《たいめ》しきこえ給はで、泡の消え入るやうにて失せ給ひぬ〔柏木〕

＊え対面しきこえ給はで……お会いになることもおできにならずに

『方丈記』のこの文脈で淀みに浮かぶのは、アワではなくウタガタでなければなりません。『奥義抄』に「壺のやうにて」と説明されているのは、「おちたぎつ川瀬になびくうたがた」であって、群泡を生じる条件が違えば形状も変わります。『方丈記』の場合は、滝壺でなく激流によって生じた群泡が淀みに浮かんだものだとしたら必ずしも、「壺のやうなる」形ではなかったでしょう。

■『古今和歌集』のアワ、ミノアワ、ミナワ

『古今和歌集』から、アワ、ミノアワ、ミナワの用例を一首ずつ、つぎに引用します。どの和歌も恋が主題なので、「なかれて」は、「泣かれて」と「流れて」との重ね合わせになっています。

うきながら　消《け》ぬる泡とも　なりななむ　なかれてとだに　頼まれぬ身は
〔恋五・827・紀友則・題知らず〕

＊初句は「憂き」に「浮き」を重ね、「浮きながら〜」と、そのあとに続けた表現。第三句「なりななむ」は〈なってしまってほしい〉。「なむ」はその状態になることへの期待を表わす。

水《み》の泡の　消えでうき身と　いひながら　なかれてなほも　頼まるゝかな
〔恋五・792・紀友則・題知らず〕

＊第二句は、「浮き」に「憂き」を重ね合わせた表現。

世とともに　なかれてぞゆく　涙川　冬も凍らぬ　みなわなりけり

〔恋二・573・題知らず・紀貫之〕

これら三首を比較すると、仮名の数が「あわ」は二字、「みなわ」は三字、「みのあわ」は四字で、《五七》の韻律に都合のよい語形がそれぞれ選ばれているようにみえますが、それだけではなさそうです。なぜなら、筆者の感覚では、「みの泡」〔792〕の「み」と「冬も凍らぬみなわ」〔573〕の「み」とは、「身」との重ね合わせを思わせますが、つぎの和歌の第四句のミナワは「身」を連想させません。もとになった『万葉集』（巻七・1269）には、第四・五句が「三名如沫、世人吾等者」と表記され、「みなあわのごとし、よのひとわれは」と訓じられています。本来は、「水泡《みなわ》の如し」ではなく、「皆泡の如し」だったのでしょう。

妻《め》の、死に侍りて後、悲しびて詠める　　人麿

巻向《まきむく》の　山辺《やまべ》響きて　行く水の　みなわの如《ごと》に　世をば我が見る

〔拾遺和歌集・哀傷・1320〕

こういう紛らわしい事例を証拠として引用することには、十分に慎重でなければなりません。

■『後撰和歌集』のウタガタ

ウタガタの用例が少ないことは事実ですが、どこにも出てこないわけではありません。
男のつらうなりゆくころ、雨の降りければ、遣《つか》はしける
詠み人知らず

ふりやめは　あとたにみえぬ　うたかたの　きえてはかなき　よをたのむかな〈後撰和歌集・恋五・904〉

降り止めば　跡だに見えぬ　うたがたの　消えてはかなき　世を頼むかな

＊つらうなりゆく……だんだん態度が冷たくなる。「つらう」は「つらく」の音便形。

雨が降り止むと、その跡かたも見えなくなる水の泡のように、今では消えてはかなくなってしまった関係を、依然頼りとしていることでありますよ。〈片桐洋一校注『後撰和歌集』新日本古典文学大系・岩波書店・1990〉

「その跡かたも見えなくなる」という訳文は、〈雨が降った形跡さえ見えなくなる〉という意味に読み取れますが、それでは「水の泡のように」につながらないので、〈水の泡が跡かたもなくなる〉ということでしょう。いずれにせよ、イメージが浮かびにくいのは、どの程度の強さの、どれほどの量の雨が降ったのかわからないからです。

雨が止んでも止まなくても、水の泡は跡かたもなく消えてしまうのに、作者が、どうして雨がやんだあとの情景をイメージさせているのかを考えてみるべきです。

　雨が降りやむとすぐに消えて跡形さえも見えない水の泡のように、消えいるような思いで、頼りない私たちの仲をあてにしていることです。

〔和泉叢書〕

この現代語訳も、雨が降りやむと、という条件のもつ意味を考えていないようです。

■『和名類聚抄』の「宇太加太」

前節に引用した「降りやめば」の和歌は、雨が降っている間は顕著に見えていた、あるいは、どんどん生じていた「うたがた」が、雨がやんだとたん、影も形もなくなったということですから、降ったのはおだやかな春雨などではなく、滝のように激しい雨だったに違いありません。

沫雨　淮南子《えなんじ》註云、沫雨　潦上、沫起、若覆盆　和名宇太加太《(うたがた)》

〔『和名類聚抄』（廿巻本）巻一・雲雨類〕

『和名類聚抄』（略称『和名抄』）は、九三〇年代に源順《みなもとのしたごう》が編纂した漢語辞書です。右に引用した項目に見られるように、①日常的な漢語をあげ、②主として中国の典籍から、その漢語の意味がわかる注釈などを引用し、③最後に、その漢語に対応する和語を示しています。ただし、和名のない項目もあります。源順は、『万葉集』の解読や『後撰和歌集』の編纂にたずさわった「梨壺の五人」のひとりです。当代随一の、そして、いささかヘソ曲がりの漢学者で、引用されている典籍の多くは、それぞれの分野の専門書です。『淮南子』は紀元前二世紀に書かれた宇宙体系論ともいうべき思弁的な著作で、筆者には難解に過ぎますが、夢を無限にふくらませてくれる興味津々たる内容です。『淮南子註』(『淮南子注』も同じ)は漢代の高誘によるその注釈です。

右に引用した項目について説明すると、「沫雨」という漢語について、『淮南子註』から「潦上、沫起、若覆盆」、すなわち、〈雨で出来た水たまりに、盆を覆すように生じる飛沫〉という注記を引用し、それに当たる日本語は「宇太加太《うたかた》」(清濁の書き分けはありません)だと記しています。「覆盆」という表現はバケツをひっくりかえしたような雨を連想させますが、そうではありません。

高誘の『淮南子注』(中華書局・1969)には、これに相当しそうな注記が二カ所あります。

人莫鑑於流沫、而鑑於止水　(高誘注)沫雨、潦上沫覆甌也　(巻二・俶真訓)

人莫鑑於沫雨、而鑑於澄水者、以其休止不蕩也　(高誘注)沫雨、雨潦上覆瓮也　(巻十六・説山訓)

『和名類聚抄』の引用は前者に近いようにみえますが、完全には一致しません。依拠したテクストの違いなのでしょう。『和名類聚抄』の「盆」に対応する語が前者では「甌」、後者では「瓫」になっています。「甌」も「瓫」も水ガメをさすようです。「盆」でも、この文脈では同じことです。水たまりに大雨が降りつけてできた飛沫が水ガメを逆さにしたような形になりますが、跡形もなく消えてしまいます。その飛沫がウタガタだということです。

右に引用した『淮南子』の本文は、派手に人目を引く人物を鑑《かがみ》としてはならない、澄んだ心で泰然としている人物を鑑とすべきだという趣旨として読み取れます。この本文に対する注ですから、ウタガタの特徴は、目立つ状態を持続できないこと、長続きしないことだと考えてよいでしょう。

『和名類聚抄』には十巻本と二十巻本と二つの系統があり、「沫雨」の項は、二十巻本の「雲雨類」、十巻本の「風雨類」にあります。分類の名称は違っていますが、内容はほとんど同じです。なお、アワという和語は『和名類聚抄』に収録されていません。

■余談　注の対象となった本文を確かめるために、『淮南子注』を片端から探していって右の二例をようやく見つけましたが、そのあとで狩谷棭斎（「棭」字の読み不明）『箋注《せんちゅう》倭名類聚抄』（1827）を調べたら、右の二つの例の存在が指摘されていました。少なからぬ時間を費やして探し当てただけに、手順の不手際を痛感しましたが、それ以上に、源順の博覧強記と狩谷棭斎の丹念な調査とに改めて敬服しました。ともあれ、どういう本文にこの注が付けられているのかを確認できたことはこの章の課題を考えるうえで大きな収穫でした。本文があっての注なのですから。

■図書寮本『類聚名義抄』の声点で語形を確認する

「うたかた」、「ウタカタ」と表記されている語の語形がウタガタだったことを最初に指摘したまま、証明を先送りしましたが、ここにその証拠をあげておきます。文字の清濁と高低とを示す声点《しょうてん》については前章で説明しました。

図書寮本の「沫雨」の項が『和名類聚抄』からの引用であることは歴然としています（図版）。注の「川こ」は「順云」の略記です。「順」は「源順」の省略で、『和名類聚抄』をさしています。「禾こ」は「和名」の略記です。「宇太加多」には、清濁の書き分けがありませんが、図書寮本では、声点《しょうてん》が加えられています。

「宇太加多」に加えられた声点は《高高高高(濁)》で、「加」に濁声点がありますから、高く平らなアクセントで「ウタガタ」と発音されていたことがわかります。現在の東京方言は第一音節と第二音節との高さが必ず違っているので、こういうアクセント型はありません。

沫雨
順云　和名
宇太加多

類聚名義抄　図書寮本

古代日本語のアクセントに関心のある読者は少ない

でしょうが、前章に指摘したように、声点が加えてあるのはその漢字の和訓として「証拠」や「師説」があると、原本を踏襲したと推定される観智院本の凡例に明記されています。逆に言えば、声点が付いていない和訓は根拠があやふやだということでもあります。ただし、「証拠」や「師説」は、当然ながらこの字書が編纂された一一〇〇年ごろよりまえの時期のものであり、なかには、アクセントがすでに変化していたものもあることが証明されていますから、おおよそ十一世紀後半の語形と考えておけばよいでしょう。

■『和名類聚抄』の注記と日本語との対応関係

ここにひとつ、注目すべき事実があります。それは、『類聚名義抄』が『和名類聚抄』から漢字音注と和訓だけを引用して、「淮南子註云、沫雨 潦上、沫起、若覆盆」という注記を引用していないことです。それは、この項目に限ったことではありません。『類聚名義抄』の編者は『和名類聚抄』の漢字音注と和訓とを最優先で引用していながら、注記は他の典籍から引用する方針を堅持しています。なぜなら、ふつうの漢語の項目には、珍しい注記を選んで引用するのが源順の方針だったからです。たとえば、『和名類聚抄』の「鶉《うづら》」の項は、つぎのようになっています。

鶉　淮南子云、蝦蟇化為鶉　市綸反　和名宇都良《ウヅラ》〔巻十八・羽族類〕

＊「市綸反」は反切《はんせつ》（古代中国の表音方式）で、シュンの音を表わす。

「蝦蟇化為鶉」、すなわち、ガマガエルが化けてウズラになるということです。こういう風変わりな注記を正統の辞書に引用しなかったのは当然です（『日本声調史論考』）。

注釈書には、語の意味を確定する根拠として『和名類聚抄』の注記が好んで引用されていますが、源順が保証しているのは、漢語の意味ではなく、漢字の音とその漢字の和訓なのです。ウタガタについていえば、「沫雨」がウタガタに当たることには師説や証拠があるので信用できるが、「潦上、沫起、若覆盆」は、「沫雨」について中国の古典にこういう注があるという紹介であって、それがウタガタという日本語のふつうの意味であったとは限らないのです。すなわち、逆は真ならずで、この場合には、『淮南子注』に記されているようなものもウタガタのひとつのありかたではあったが、ウタガタと言えばだれでもそれをイメージしたとは限らないということです。ただし、「沫雨」の場合はウヅラの項などのように、珍しい注記を意図的に選んだとは考えにくいので、参考にする価値は十分にあるでしょう。『和名類聚抄』の注記が必ずしも和名と等価で結びついていないとしたら、ウタガタが具体的にどのようなものをさしていたかは、日本側の用例から帰納するほかありません。

■関戸本『古今和歌集』無番号歌の「うたかたも」

すでに述べたとおり、『古今和歌集』の最善本は定家自筆のテクストであるという共通理解が確立されており、現行の注釈書も教科書も古語辞典も定家自筆あるいは、その系統に属するテクストに依拠しています。十一世紀から十二世紀にかけて書写されたテクストは、その陰に隠れて、事実上、国文学や国語学の専門研究者には無視された状態にあります。それらを定家本のテクストと対比すると、詞書が大きく違っていたり、同じ和歌でも語句に出入りがあったり、また、定家本にない和歌があったりしますが国文学や国語学では、定家本の権威に圧されて、ほとんど無視されています。関戸本もそのひとつです。通用している歌番号は定家本に基づいているために、この和歌は無番号で、総索引や各句索引を引いても出てきませんが、五三二番〔沖辺にも寄らぬ玉藻の〜〕と五三三番〔あし鴨の騒ぐ入江の〕との間に、「うたかた」を含むつぎの和歌があります。さきに引用した『奥義抄』の注の対象となった和歌は第五句が「恋しきものを」でした。

おちたきつ　かはせにうかふ　うたかたも　おもはさらめや　こひしきことを〔関戸本古今和歌集・恋一・題知らず・詠み人知らず〕

＊落ち激《たぎ》つ　川瀬に浮かぶ　うたがたも　思はざらめや　恋しきことを

「落ち激つ川瀬に浮かぶうたがた」とは、滝の流れが滝壺に落ちて生じるしぶきがそばの浅瀬の水面に浮かんだ群泡です。ただし、群泡だとすると、〈思わないでいられようか、恋しいことを〉という第四・五句に続かないので、第三句「うたがたも」に、なにか仕掛けがありそうです。

■『万葉集』の「宇多我多毛」

『万葉集』には、「宇多我多毛」が三例、「歌方毛」が一例あり、いずれも副詞とみなされています。ウタガタモに相当する部分以外は適宜に漢字を当ててつぎに引用します。

ⓐ歌方毛《うたがたも》　曰管毛有鹿《いひつつもあるか》　我ならば　地《つち》には落ちじ　空に消《け》なまし

〔巻十二・2896・正述心緒〕

ⓑ離磯《はなれそ》に　立てるむろの木　宇多我多毛　久しき時を　過ぎにけるかも

〔巻十五・3600・「乗船、入海路上、作歌」〕

ⓒ天《あま》ざかる　鄙《ひな》にある我を　宇多我多毛　紐解きさけて　思ほすらめや

〔巻十七・3949・大伴池主・宴席の歌〕

ⓓうぐひすの　来鳴く山吹《やまぶき》　宇多賀多母《うたがたも》　君が手触れず　花散らめやも

〔巻十七・3968・大伴池主〕

以下に、四つの辞書から「ウタガタモ」の項目を引用します。

辞書A　うたがたも（副）いちずに。真実に。わけもなく。否定辞と呼応することがある。（用例．ⓐⓑⓒⓓ）「看時未必《うたがたも》相看死《アヒミムトオモハザリキ》」「未必《うたがたも》由詩得トニアラ」（両例とも返点等引用略）〔遊仙窟陽明本〕【考】遊仙窟の例、醍醐寺本は左傍訓ウツタヘニがある。↓うつたへに

〔『時代別国語大辞典・上代編』〕

この辞書は上級者や研究者向けであるためか、全用例を引用して、個々の解釈は利用者に委ねられているようですが、「いちずに。真実に。わけもなく」が否定辞と呼応する場合にどういう意味になるのか、コメントがほしいところです。

辞書B　うたがたも【未必も】副　対象の状態が、ひたすらそうであるかのように見えるのに対して否定的な気持を抱く意を表すか。いちずに、全く、などの意の状態副詞ではあるまい。むやみに、らちもなく。『遊仙窟』の陽明本に、「未必」の二字に「ウタガタモ」の訓があり、打消にかかる陳述副詞と考えられるようになったらしい。（略）「うたた」などと同根か。（用例ⓑⓓ）〔中村幸彦他編『角川古語大辞典』1995〕

独自の解釈の不透明な提示で理解困難です。陽明文庫本『遊仙窟』の「未必」の訓は、文脈を添えなければ判断できません。「ようになったらしい」とあるのに、これが十四世紀末の訓点であると断られていません。辞書の項目として体をなしていません。

辞書C　うたがた【副】《奈良時代には・真実・本当の意。「うたがたも」の形で使ったが、平安時代以後ウタカタ（水泡）と混淆《こんこう》して、かりそめにもの意でも使われた》①真実に。本当に。（用例ⓑⓓ）②《打消や推量と呼応して》イ決して。（用例、後撰和歌集・515）ロかりそめにも。何としても。「ながめする軒のしづくに袖ぬれてうたがた人をしのばざらめや」〈源氏・真木柱〉

うたがたも《打消の語を伴って》必ずしも。「未だ必《うたがた》も詩に由りて得むとにはあらず」〈遊仙窟・醍醐寺本〉〔『岩波古語辞典』補訂版〕

辞書D　うたがた〔副〕①（多く「うたがたも」の形で）ひたすらに。きっと。必ず。②（下に打消しや反語の表現を伴って）少しの間も。少しも。決して。（用例ⓓ）訳ウグイスの来て鳴く山吹は、決してあなたの手に触れずに花が散りはしないでしょう。〔『全々古語』〕

辞書C・Dとも見出しは「うたがた」ですが、モを分離した理由はそれぞれ違っています。辞書Cの解説はよく整っていて、理解が容易です。辞書Dは用例の全文訳を特色として謳《うた》う学習用ですが、訳文がまともな日本語になっていません。

これらのほか、中田祝夫他編『古語大辞典』（小学館・1983）や『日本国語大辞典・第二版』（小学館・2001）などにも、それぞれ詳しい解説がありますが、それらを含めて解釈に違いが目立ちます。筆者の考えは、どの辞書の説明とも大きく違っていますが、しばらくお預けにして、関戸本『古今和歌集』の無番号歌に戻ります。

■『古今和歌集』無番号歌のウタガタと『万葉集』のウタガタモとの関係

落ち激つ　川瀬に浮かぶ　うたがたも　思はざらめや　恋しきことを

初句から読んでくれば、第三句のウタガタは滝のしぶきが群泡となって水面に浮かんだウタガタです。モが後接してウタガタモとなっていますが、この場合は名詞です。しかし、《名詞ウタガタ＋助詞モ》としてそのあとを読むと、「思はざらめや、恋しきことを」に続きません。そこで第三句を副詞「うたがたも」にバトンタッチすると、〈ほんのわずかの間でさえ思わないことがありましょうか、あなたが恋しいということを〉、すなわち、一瞬でも、恋しいあなたを思わないことなどありませんよ、という意味になります。

右の解釈をとるなら、この和歌の構造はつぎのように説明できます。

落ち激つ　川瀬に浮かぶ　うたがた（名詞）も
　　　　　　　　　　　　うたがたも（副詞）　思はざらめや　恋しきことを

このような構成になっているとしたら、たいへん巧みな表現技巧です。ただし、この解釈を結論とすることには、ためらいを感じる理由があります。

右の解釈は、副詞ウタガタモを、これまで考えられてきた意味での『万葉集』における用法と同じであると認めた場合であって、ウタガタモのウタガタをそのまま名詞としての意味に理解すれば、〈しぶきが群泡になって水面に浮かび、瞬時に消えるウタガタほどにも〉と理解できるだけでなく、むしろ、そのほうがいっそう自然だと感じられるので、それを結論にしたほうがよさそうです。

ここで判断を迫られるのは、バトンタッチの際に、ウタガタモが、〈ほんのわずかでも〉という抽象的意味の副詞として機能しているのか、あるいは、〈沫雨《うたがた》ほど短い持続時間さえも〉という具体的イメージをともなってあとに続いているのかということですが、そのことについては、あとで改めて考えます。

注目したいのは、このウタガタモが第三句にあることです。なぜなら、つぎにその一例を示すように、『古今和歌集』では、第三句を表現のカナメとする和歌が、ひとつの典型的パターンになっているからです。

折れる桜を詠める　貫之

誰《たれ》しかも　求《と》めて折りつる　春霞　立ち隠すらむ　山の桜を

〔古今和歌集・春上・58〕

作者は、目の前に春霞があるのを見て、だれが春霞を探して折り取って持ってきたのだ、と驚きました（＝誰しかも求めて折りつる、春霞）。しかし、こんな所に春霞があるはずはない。よく見るとこれは見事に咲いた山桜だ、と気づいたところで自問します。春霞が立ちはだかって、人に見つからないように隠している山の桜を、だれが探して折り取ってきたのだろう（＝春霞　立ち隠すらむ　山の桜を、誰しかも、求めて折りつる）と。

「誰しかも〜折りつる」と係り結びになっているので、古典文法では「折りつる」で文が完結するとみなしますが、そのすぐあとの「春霞」が付かず離れずで続き、前半と後半とを結んでいます。

誰しかも　求めて折りつる　春霞
春霞　立ち隠すらむ　山の桜を
誰しかも　求めて折りつる

この構造を倒置という語で片付けてしまったら、作者が慨嘆するでしょう。なぜなら、倒置は、部分的に強調したり韻律を調整したりするための語順転換であるのに対して、この場合には、最初の驚きから再認識による感動への過程をそのままに追った表現だからです。

関戸本の無番号歌も、つぎのように整えたら、味わいが消えてしまいます。

落ちたぎつ　川瀬に浮かぶ　うたがたも　恋しきことを　思はざらめや

■元永本『古今和歌集』の無番号歌の「うたかた」

以下に指摘する事実は、前節に提起した疑問を増幅します。

関戸本の無番号歌に対応する和歌が元永本『古今和歌集』にもありますが、第二・三句のことばづかいが違っています。

おちたきつ　かはせになひく　うたかたの　おもはさらめや　こひしきこ
とを

落ちたぎつ　川瀬に靡く　うたがたの　思はざらめや　恋しきことを

関戸本の第三句は「うたがたも」なので、『万葉集』の「宇多賀多母」と、ひとまず、同じ意味と見なすことができましたが、こちらは「うたがたの」ですから、〈ウタガタのように〉、という解釈になります。

関戸本の第二句は「川瀬に浮かぶ」ですが、こちらは「川瀬になびく」です。一団となったしぶきが風になびいて川の浅瀬を打ち、とたんにサッと消えてしまう情景の描写でしょうか。そうなると、〈ウタガタのように〉は、ただ〈はかなく〉ではなく、具体的イメージをともなって、〈川の浅瀬の水面にはげしく打ち付けられたウタガタのように〉という意味になるでしょう。

西下経一・滝沢貞夫『古今集校本』（新装ワイド版・笠間書院・2007）によると、この和歌を含むテクストは関戸本や元永本のほかにもありますが、右のふたつのどちらかになっています。

この和歌が定家の校訂テクストに採録されなかった理由を考えると、当面の課題との関連で頭をかすめるのは、和歌の用語として、もはや時代遅れになっていたウタガタモが使用されているからカモシレナイということです。しかし、そういう線で憶測を広げてゆくと、いくつものカモシレナイが出てきて収拾がつかなくなります。いずれにせよ、和歌の出来が悪いためではなかったでしょう。

■『後撰和歌集』の和歌と『古今和歌集』無番号歌との再検討

「沫雨」とは土砂降りの雨のしぶきが水面に浮かんだ群泡であるという『淮南子注』を念頭に置いて、先に引用した『後撰和歌集』と関戸本『古今和歌集』との用例を読みなおしてみましょう。

降り止めば　跡だに見えぬ　うたがたの　消えてはかなき　世を頼むかな
〔後撰和歌集〕

豪雨の大きな雨粒が激しく水面を叩いて泡立てるような激しい恋だったのに、ウタガタと同じように、恋が冷めると跡形もなくなってしまい、もうあのときの情熱のかけらさえも感じられないむなしい人生になりましたが、それでもあなたをまだ頼りにしていますよと、未練を断ち切れない女心を詠んだ和歌として説明できます。

平安時代以降、ウタガタモは、事実上、仮名文テクストから姿を消していますが、助詞モをともなわない副詞ウタガタが、つぎの和歌に使われています。

罷《まか》る所知らせず侍りけるころ、またあひ知りて侍りける男のもとよ

り、日ごろ尋ねわびて、失《う》せにたるとなむ思ひつる、と言へりければ

伊勢

おもひかは　たえすなかる、　みのあわの　うたかたひとに　あはてきえめや〔後撰和歌集・恋一・515〕

思ひ川　絶えずなかるる　水《み》の泡の　うたがた人に　逢はで消えめや

＊第三句は二荒山本の表記による。他のテクストは、ほとんどが「水のあはの」。

行く先を連絡せずにいた時分、また、知り合いの男性から、このところずっと探していたがどうしても探し当てられないので、行方をくらましたのかと思いました、と言ってきたので、という詞書です。

初句「思ひ川」は、「絶えず流るる」を導き、それに「絶えず泣かるる身」を重ねるために、恋の和歌の技巧として考え出された架空の川の名です。「泣かるる身」の「身」に「水《み》」を重ねて「水の泡」を導き、「水のあわの、〜あはで」と「ア」で頭韻を踏んでいます。「アワ」の「ワ」とアハ-デの「ハ」（当時の発音は「ファ」）とが、よく似た印象の音で頭韻の効果を助けています。「みの泡」は、しぶきで生じるウタガタを連想させたうえで副詞ウタガタを重ね、あとに続けています。

入り組んだ説明になったので、表現の構成を図示しておきます。

思ひ川　絶えず流る、
泣かる、＝身
水《み》のあわの　うたがた人に　あはで消えめや

『和名類聚抄』の注記をヒントに用例を吟味することによって、あやふやにしか理解されていなかったふたつの和歌の表現が、これですっきり解けたことになります。

大型の国語辞典や古語辞典には、「うたかた‐びと」【泡沫人】という項目が立てられています。そのなかからふたつを選んで、以下に引用します。

うたかた‐びと【泡沫人】〔名〕①「泡沫」のようにはかない関係の恋人。当てにならない愛人。（第一の用例は（後撰和歌集515）。第二の用例は、『岩波古語辞典』の「うたがた」の項の最後に引用されている『源氏物語』（真木柱）の「ながめする」の和歌）。「ウタカタビト」［vtacatabito］すなわちチモイビト〈『日葡辞書補遺』〉。〔小学館『古語大辞典』〕

うたかた‐びと【泡沫人】〔名〕①水面に浮かぶあわのように、はかなく消えてゆく人。はかなく死んでいく人。（後撰和歌集515）（略）

〔『日本国語大辞典・第二版』〕

どちらにも用例として『後撰和歌集』515の和歌が引用されています。「うたかたひと」を「うたかた＋ひと」と分けず、ひとつの名詞とみなしたもので、ウタカタが群泡を喚起しなくなり、語形もウタカタに変化してから形成された複合語と推定されます。どちらの辞書にも『日葡辞書』のVtacatabito（ウタカタビト）が引用されています。

■他人の空似か

新大系は、『後撰和歌集』515の和歌の第四句を「うたがた人に」と表記し、脚注でつぎの説明を加えています。

　「うたがた」の「が」は濁音。万葉集に例のある「決して…しない」という意だが、「水泡」の意の「うたがた」が響いている。

『万葉集』に出てくるウタガタモを［ウタガタ＋モ］と分析するのは、日本語話者が文献時代以前から共有してきた直覚です。直覚《intuition》とは、思考の過程を経ない反射的判断です。ただし、モを切り離しても、やはり、「〈決して…しない〉という意だ」と認定してよいかどうかについては検討しなおす必要があります。

副詞とみなされてきた『万葉集』のウタガタモも、名詞ウタカタも、語構成が解明されていません。『時代別国語大辞典・上代編』も語構成に触れていません。

『岩波古語辞典』（補訂版）では、前引の「うたがた」の直前に「うたかた」があります。

うたかた　水の泡。はかなく消えやすいものをたとえる例が多い。（用例『方丈記』冒頭）「うたかたは、水の上につぼのやうにて浮きたる泡なり」〈奥義抄〉

以上から知られるように、上代のウタガタと平安時代以降のウタカタとは語形がよく似ているが他人の空似であり、また、どちらも語構成は不明である、というのが暗黙の共通理解になっています。新大系の「響いている」も、このような共通理解に基づいているのでしょう。しかし、語構成が解明されていないために、他人の空似とみなす共通理解は肯定も否定もできません。

『岩波古語辞典』は名詞の語形を従来の立場でウタカタとしていますが、新大系では、図書寮本『類聚名義抄』に基づいてウタガタと改めていますから、空似どころか、まったく見分けがつかなくなりました。

新大系の〈響いている〉とはどういう意味なのか、判然としません。こういう表現を以心伝心で理解するのが、あるいは、理解すべきだというのが、伝統的国文学の基本姿勢であり、だれにでもわかることばで説明すべきだというのが伝統的国語学の基本姿勢ですから、東は東、西は西で、折り合いのつけようがありません。しかし、以心伝心で研究水準の向上は期待できないし、研究の対象が文学作品であるという認識なしに文法論議に明け暮れるのも正しい接近ではありません。

このままでは、どちらの側にも適切な表現解析は期待できません。国文学や国語学の閉鎖的体質から脱皮して文献学的方法に基づくアプローチに転換すべきことを筆者が繰り返し主張してきたのは、このジレンマを解消しないかぎりどちらの側にも明日《あす》がないからです。

■仮名文テクストは引用符の挿入を受け付けない

新大系では、「思ひ河、たえすなかるゝ」の和歌の詞書が、定家自筆テクストの忠実な模写に基づいて、つぎのように校訂されています。濁点、句読点、引用符は校訂者による判断です。

まかる所知《し》らせず侍ける頃《ころ》、又あひ知《し》りて侍ける男《おとこ》のもとより、「日頃《ひごろ》たづねわびて、失《う》せにたるとなむ思《(おもひ)》つる」と言へりければ

引用符で囲んだ部分について、「居なくなってしまったという意で言ったが、伊勢は死んだ意にして返歌した」と注記されています。

「失せにたるとなむ思ひつる」とは、今の今まで「失せている」と思っていた、という表現です。男からこの手紙を受け取った伊勢は、「失せにたる」が行方不明になっているというつもりの表現であることを理解していながら、自分が死んでいると思っていたという意味に曲解してこの返歌を書いたというのが新大系の解釈です。

恋文のなかの男性のなにげないことばづかいを女性が故意に曲解して、相手の誠意を疑う返歌をするのは、すでに述べたとおり、贈答歌のパターンになっていましたが、このあとの伊勢の和歌は、そのようなパターンになっていません。

仮名文では、死亡することを、あからさまに「死ぬ」と言わずに、遠回しに表現するのがふつうです。特別高貴な人物でなければ、「亡くなる」や「失す」などが使用されていますが、それは、第三者の立場からの表現であって、このような場合には、〈この世ではもう会えない〉というたぐいの表現が選択されたでしょう。

もうひとつ、詞書を読む場合に忘れてならないのは、『後撰和歌集』が勅命によって編纂された歌集であり、したがって、一次的に想定された読者は天皇であったことです。「行く所」ではなく「罷《まか》る所」となっているのは、天皇が読むことを前提にして、行く先を〈退出する場所〉と表現したものです。知人の死を悼む「哀傷歌」の詞書に、死亡することを「敦《あつ》敏《とし》がみまかりにけるを〜」〔後撰和歌集・哀傷歌・1386〕のように表現しているのは、身が罷る、すなわち、肉体が天皇のもとから退出する、という考えかたに基づいています。

京にて生まれたりし女子《をむなご》、国にて、俄《にはか》に失《う》せにしかば

〔土左日記・十二月廿七日〕

日記の書き手が「失せにしかば」と表現しているのは、死亡したのが自分の子だったから

です。恋人の女性に宛てた手紙に、「(あなたが)失せにたる」と、すなわち、〈もう死んでいる〉などと失礼なことばづかいをしたら、そのまま絶縁状になりかねなかったはずです。

失礼であろうとなかろうと、男からの手紙にそう書いてあったのだから議論の余地はない、と一蹴しないでください。詞書は、その和歌を理解するうえで不可欠の予備知識を撰者が補ったものですから、当事者が話したり書いたりしたことばも、第三者の視点から書き換えられています。この場合も、男の手紙に「失せにたるとなむ思ひつる」と実際に書かれていたとすれば、恋人に対してたいへん失礼ですが、天皇が読むことを前提にして撰者が書き換えた表現ですから、(わたしに見つからないように)身を隠している、と理解すべきです。そのあとの和歌を読めば、作者は相手が嫌いだったわけではなく、そうしなければならない個人的事情があったことがわかります。なお、和泉叢書にも、「死んでしまっていると」と注記されています。

古典文法の規範を当てはめれば、「失せにたると」は正しくありません。なぜなら、「失せにたりと」のように、助詞トは終止形タリに後接するはずなのに、ここでは連体形タルに後接しているからです。しかし、これは、日本語が乱れていた証拠などではなく、撰者が、その当時における口頭言語の表現を選択して、男性が女性に話しかける雰囲気を読み取らせていると解釈すべきです。このあとの時期になると、そういう語法がフォーマルな表現にまでしだいに拡がって連体形が終止形を吸収し、これらふたつの活用形の区別が失われました〔『日本語の歴史』〕。

この例からも明らかなように、仮名文は、口頭言語と同じように、引用符を受け付けない構文なのです〔『仮名文の構文原理』他〕。

■古辞書の引用による無意味な権威づけ

和泉叢書は、前節の和歌に、詳しい補注を添えていますが、つぎに例示するように、見解の相違では済ますことのできない問題がいくつも含まれています。

「水」には「見ず」を響かすか……「みづ」と「見ず」とが同じ発音になったのは、この和歌より五百年以上も後のことなので、ありえない想定です。国語史概説の類には必ず書いてあることなので、中世の当該部分を参照してください。

「うたかた」は水の泡のことだが、和名抄に「沫雨、潦上沫起、若覆盆〈和名宇太加太〉」とある……なんのためにこの注記を引用したのでしょうか。注記をよりどころとするなら、「水の泡のことだが」と簡単には言えないはずです。

これと別の和歌ですが、和泉叢書は、「冬の池の、かもの上毛に置く露の〜」〔冬・460〕という和歌の「かも」に、『和名類聚抄』から、「鴨、爾雅集注曰、鴨音押、野名曰鳧音扶、家名曰鶩音木、楊氏漢語抄云、鳧鶩加毛、下音嵍」という長い項目を引用していますが、一言の説明もありません。鳥名のカモに補注まで付ける必要はないのでペダンティックな飾りにしかなっていませんが、「野名曰晁音扶、家名曰鶩音木」の意味がわかる読者は、この和歌の「かも」は邸内の池に飼っているアヒル（鶩）なのか、それとも野生のカモなのか不明なのだと理解するかもしれません。意味もなく古辞書を弄ぶことは慎むべきです。そもそも、どうして校注者が「かも」について『和名類聚抄』を調べる必要を感じたのか理解できません。和泉叢書にはこのたぐいのノイズが目立ちます。歌集の和歌の表現を解析する場合、特にどのようなことに注意を払うべきかについて、節を改めて検討します。

■テクストとしての『後撰和歌集』

「又あひしりて侍ける男」は、又別の愛人とも（抄）、「又」は、「云へりければ」に掛かるとも（新抄）解しうる。〔和泉叢書補注〕

＊小松補…「抄」は北村季吟（1624–1705）『八代集抄』。「新抄」は中山美石（1775–1843）『後撰（和歌）集新抄』。

「又あひしりて侍ける男」が「又別の愛人」、すなわち、もうひとりの愛人だとしたら、それ以前の愛人との交渉についてなにか書いてあるはずなのに、以前の愛人との経緯がどこにも記されておらず、いきなり「又別の愛人」が登場するはずはないので、この和歌が、以前とは別の男性から寄せられたものであるとは考えられません。したがって、これは、以前から、あるいは、以前に、交渉のあった男性のはずなので、この和歌は、そういうことを前提として理解すべきです。具体的にいうなら、以前にその男から消息があったが返歌をせず、あるいは、それができない事情があり、行く先を知らせずによその場所に身を隠したということです。したがって、別の男ではありえません。ありえない可能性を提示した注釈を支持してしまったのは、まえの男とのことは、どこに書いてあるのだろう、と考えてみなかったからです。

まかる所知らせず侍りけるころ　**また**　あひ知りて侍りける男のもとより

このように読み進んできて、この「また」は、そのあとのどの語句に掛かるのだろうと考えたりするのは、古典文法によるマインドコントロールで、日本語話者の、という以上に、言語を使用する人間の、正常な感覚を麻痺させられているからであって、文法など考えずに素直に読みさえすれば、「また」とあるのだから、以前になにかあって、それと同じことが再《また》び起こったのだな、と考えるはずです。それと同じこととは、その人物から消息が来ることです。〈食事をしていたら、また恋人からメールが来て〉という話を聞いて、別の恋人とも解しうる、などと考えるとしたら重症の古文解釈症候群です。

「罷《まか》るところ知らせず侍りけるとは、行く先を連絡するのが当然という親密な関係にあったことを含意しています。「知らせず」とは、知らせるのを忘れたのではなく、故意に知らせなかったことを、すなわち、その男から身を隠したことを意味しています。

古典文法の思考回路では、「また」の掛かる動詞句を探して、その後の部分を順にスキャンしていくことになりますが、直後に出てくる動詞句「あひ知りて」に飛びついたために、別の愛人という解釈になってしまったのでしょう。書記テクストの線条性を正しく認識していれば、言語運用の基本を無視したこのような説明を思いついたり、「とも解しうる」と容認したりすることはなかったでしょう。

『後撰和歌集』について一言しておくなら、この歌集は綿密に編纂された勅撰集ですから、最初から最後まで順を追って読み進むように構成されています。恋部のこのあたりは贈答歌のセットが連続しており、一本の鎖のように、先行するセットと付かず離れずの微妙な関連をもたせてつぎのセットが続いているために、途中の一首を先行部分から切り離して表現を解析するととんでもない勘違いをしかねません。

試みにこの和歌から三首まえまでさかのぼってみましょう。和歌の引用は省略します。

512　男↓女　大和にあひ知りて侍りける人のもとに遣はしける／詠み人知らず

513　女↓男　返し／作者不記載（＝詠み人知らず）

514　男↓女　女に遣はしける／作者不記載（＝詠み人知らず）

　　この和歌に対する、女↓男の「返し」なし

男↓伊勢　「日ごろ尋ねわびて、失せにたるとなむ思ひつる」旨の消息。

515　伊勢↓男　「思ひ川」の和歌。

作者が記載されていない和歌は、先行する和歌と同じ作者によるものです。その場合の作者には「詠み人知らず」を含みます。右の一覧では、512が「詠み人知らず」なので、513も514も「詠み人知らず」です。ただし、「詠み人知らず」が連続している場合、同一作者とは限りません。

直前の514に対する女からの「返し」がなく、515の詞書に「また、あひ知りて侍りける男のもとより〜」とあることは、「男」が同一人物であることを意味しています。

男は、「人恋ふる、心ばかりは、それながら、我は我にもあらぬなりけり」〔514〕と熱烈な恋文を送ったのに、女から「返し」がないので探し回ったが、探し当てることができず、身を隠したと思っていたが、所在がわかったので、すぐに連絡してきた、ということです。

男からの接近を拒否するつもりなら、女性はその旨の「返し」をすぐに書いたはずです。しかし、心を強く引かれながら前向きの「返し」を書くわけにいかない事情があって、その男から身を隠してしまったのでしょう。この和歌を読んで、読者は彼女の苦しい心境に同情します。恋部の「詠み人知らず」は、作者不明の場合だけでなく、意図的に作者を伏せる場合がしばしばあります〔『みそひと文字の抒情詩』〕。この「あひ知れる男」は、実名を出しにくい高位の人物だったのかもしれません。

■平安時代の「うたがた」と『万葉集』の「うたがたも」との関係

ここまでくると、副詞とみなされてきた『万葉集』のウタガタモと、平安時代以降に顔を出す名詞ウタガタとの語構成を解明しないと、モヤモヤが解消できなくなってきました。副詞の語形はウタガタモであり、名詞の語形はウタカタであったと思い込まれていた時期には、他人の空似《そらに》として片付けることもできましたが、図書寮本『類聚名義抄』の声点によって、どちらも平安末期にウタガタであっただけでなく、アクセントも同じであったことが判明しました。こういう事例では、イトシイとイトオシイとのように語形が分化するか、さもなければ、〈水をコップイッパイ飲んだ〉と〈水をあんなにイッパイ飲んだ〉というように、別々のアクセントに分化するのがふつうなのに、アクセントまで一致していたことが明らかになった以上、ウタガタモのウタガタは平安時代の名詞ウタガタと同一の語であった確率がきわめて高いと考えるべきです。

和語の名詞は、単音節語と二音節語とが基本だったので、四音節語のウタガタはほぼ確実に複合語です。第三音節が［ガ］であることは、［ウタ＋カタ］が複合して一語として機能するようになり、複合の指標として後部成素カタの第一音節［カ］に連濁を生じた語形であることを強く示唆しています。［イシ＋ハシ］↓イシバシ（石橋）、［ヤマ＋カハ］↓ヤマガハ（山中を流れる川）という類型に属する語形変化です。〈故郷《ふるさと》のヤマカワ〉はヤマガワになっていないので、〈山と川〉、〈山や川〉を表わします。ただし、東京方言のヤマカワは《低高高高》という四音節語のアクセントになっているので、いわば半複合の慣用結合になっていることがわかります。その証拠に、カワヤマという結合はありません。これは、まったく自然な言語現象なので古代語にも同じことがたくさんあったに違いないのですが、残念なことに文献資料にほとんど反映されていません。こういうところに、文献資料だけで古代語を研究することの限界があります。だからこそ、身近な現代諸方言にどのような現象が認められるかを観察し、そして、その現象の背後にどのような運用原理が作用しているかを究明することが不可欠なのです。筆者自身は、そのことを切実に認識するのが遅すぎましたが、今後の日本語史研究は、現代諸方言に関する研究との緊密なコラボレーションを心がけなければなリません。ともあれ、ウタガタに関しては、筆者の知識の限界内で考えることが、現段階ではひとまず許されてよいでしょう。

インド・ヨーロッパ語族（Indo–European languages）などの場合と違って、日本語には姉妹言語の存在が確認されていないために、語源の解明にはことのほか慎重でなければなりません。さわらぬ神に祟りなしという逃げの姿勢に安住しない大胆なスペキュレーションも試みられていますが、これまでのところ、試論の段階から抜け出したものはありません。帰結を導くまでのいちいちの手順に飛躍がないかどうかを第三者が客観的立場から検証しなおしたうえでなければ、報告された成果を安心して利用することはできません。

ウタガタの場合、多少の不安は残るものの、「ガタ」が「形《かた》」である確率はきわめて高いとみてよさそうです。正確に表現すれば、「形」と競合できるだけの有力な候補を筆者は思いつかないということです。

後部成素が「形《かた》」であったと暫定すると、残るのは前部成素の「ウタ」です。

前引の古語辞典の「うたがたも」の項に、〈「うたた」などと同根か〉とありましたが〔『角川古語大辞典』〕、同根の根《こん》（root）がどの部分なのかも、また、どうして同根の可能性を考えるのかも、示されていません。「うたたなど」の「など」には、ほかにどういう語があるのかもわかりません。こういうあやふやな思いつきをしどけなく辞書に提示することは慎むべきです。

■名詞ツユの副詞化

日本人が文字を使いはじめた時期が日本語のあけぼのだとか、日本人の心の古里は『万葉集』にあるとかいうのは幻想にすぎません。日本語の長い歴史のなかに位置づければ奈良時代などごく最近のことですから、それ以前にさまざまの変化が生じていることは確実ですが、文献資料による裏づけが可能なものは多くありません。また、八世紀に使われていたすべての語句が文献上に確認できるはずはないし、それ以前の木簡にさかのぼっても事情はさして変わりません。

従来の理解に従えば、名詞ウタガタが文献上に初めて確認できるのは十世紀中葉の『和名類聚抄』ですが、ほかならぬこの辞書に「抹雨」という漢語が採録され、「宇太加多」という和訓が記されたことには理由があります。それは、詩文などの高尚な漢籍に精通した内親王から、日常的な漢語がわかる辞書を作ってほしいと博識の源順が名指しで依頼されて編纂したのが『和名類聚抄』だからです。象徴的に表現すれば、内親王が求めたのは、漢詩や学問的漢籍には出てこないサメ(鮫)とかアカアヅキなどに当たる日常身近な漢語やその発音がわかる辞書だったのです。ウタガタという和語も、文献に顔を出す機会がなかっただけであって、早くから使用されていたと考えるべきでしょう。なぜなら、大雨や激流などが水面を打って生じる群泡などは話題になりにくかったからです。

問題を設定する場合には、その問題を解明するための出発点をどこに置くべきかを慎重に見定める必要があります。ここまでは確実にわかっていると確信がもてるところから出発しないと、その上に営々と積み上げた調査や考察の結果がゼロになってしまうかもしれないからです。当面の課題に即していうなら、そもそも、最初に形成された複合語の語形が「ウタガタ」であったかどうかを考えてみなければなりません。

『万葉集』には［ウタガタ＋モ］という結合で使われています。古典文法は、それを副詞と認定するだけで、語構成を分析しませんが、モの付いた語形が副詞として形成されたとすれば、「少しも」や「早くも」のまえに「少し」や「早く」があったのと同じように、ウタガタモのまえにウタガタがあったと考えるのが自然です。

平安時代の仮名文には、上代のウタガタモと同じ意味の副詞ツユが使用されています。

御胸の、つとふたがりて、つゆまどろまれず、明かしかねさせ給ふ

〔源氏物語・桐壺〕

「つゆ、まどろまれず」とは、〈ほんのわずかな時間、うとうとしてしまうことさえもなく〉という意味です。

「つゆ、まどろまれず」の「つゆ」が、日の出とともにあえなく消えてしまう朝露のはかなさから、〈ほんの少しも〉という意味の副詞に転用されたものであることは、日本語話者なら古語辞典など引かなくても文脈から直覚で感じ取ることができます。〈～とは、つゆ知らず〉という成句を口にしたり耳にしたりしたとたん、反射的に「露」を連想する現代の日本語話者は少ないとしても、その成句の背後に「露」が確実に潜在しているので、その由来を尋ねられたら即座に推定できます。平安時代の人たちなら、「つゆの命」〔万葉集・巻十七・3933〕や「つゆの世」〔源氏物語・葵・他〕などから確実に「露」を連想したでしょう。

仙宮《せんきゅう》に、菊を分けて、人の至れる形《かた》を詠める　素性法師
濡れて干す　山路《やまぢ》の菊の　つゆの間《ま》に　いつか千年《ちとせ》を　我は経《へ》にけむ
〔古今和歌集・秋下・273・詞書略〕

この和歌では、「山路の菊の露」から「つゆの間に」、すなわち、あっという間に、と続いています。ここでも、第三句が表現のカナメになっています。

この事を、もし、もの、ついでに、つゆばかりにても漏らし奏し給ふ事やありし〔源氏物語・薄雲〕

このことを、もしや、なにかの折に、ほんのちょっとでもお耳にお入れになったことがおありだったでしょうか、ということですが、この表現では、「つゆまどろまれず」のようなハダカの「つゆ」と違い、「つゆばかり」のバカリが、取るに足りない量の「露」のイメージを支えています。この事実は、次節で扱う問題と大きな関わりをもっています。

■**ウタガタモのモは名詞ウタガタの概念を支えていた**

『万葉集』のウタガタモは、平安時代以降の文献にみえるウタカタ（と信じられていた語形）と関係づけられることなしに副詞として扱われてきましたが、さきに引用した四種の辞書の解説を比較すると、それぞれに内容が異なっています。ここに改めて、ウタガタモのウタガタは、群泡をさす名詞であったか、さもなければ、瞬時に消え去る群泡の特性を捉えて副詞

化された用法だったのではないかという観点から用例を検討しなおしてみます。検討する順序は歌番号に従いません。

ⓑ離磯《はなれそ》に　立てるむろの木　宇多我多毛　久しき時を　過ぎにけるかも

〔巻十五・3600〕

（訳）離れ磯に　立っているあのむろの木は　きっと長い年月を　経てきたものだ。〔小島憲之他校注『万葉集』新編日本古典文学全集・小学館・1994-1996〕

船から岸を眺めやった情景を詠んだ短歌です。辞書には、〈真実に〉、〈ひたすらに〉などの意味の用例として引用されています。ハナレソは［ハナレ＋イソ］が一語化した指標として［イ］が脱落した語形で、陸地の中心から離れた場所にある磯をさします。「荒《あら》＋磯《いそ》↓アリソ」なども、それと同じ語形変化です。ムロノキは、注釈書によると、海岸に自生する針葉樹で、杜松《ねず》、またはネズミサシの古名だとのことです。

右の現代語訳のように、「きっと長い年月を経てきたものだ」というだけでは、詩としてのインパクトがまったく感じられません。ムロノキは巨木になるとのことなので、「きっと」などと付けなくても、その姿を見ただけで年月を経ていることは一目瞭然だったはずです。したがって、年月を経たから、それがどうした、ということにしかなりません。ウタガタモは〈きっと〉という意味だと説明されても、なんのための強調なのか理解できません。

「磯上丹《いそのうへに》　根延室木《ねはふむろのき》」〈万葉集・巻三・448〉という表現と考え合わせると、「離磯《はなれそ》に立てるむろの木」は、海岸ぎりぎりの、打ち寄せる波がその根元で真っ白に砕ける位置にそびえ立っていたのでしょう。「久しき年」を経たあの「むろの木」の、その根元に波が激しく打ちつけるごとに、真っ白に砕けて消えるあのしぶきも、ひとつひとつは瞬時に消え去りながら、この木と同じだけの長い年月を、絶え間なくつぎつぎと砕け散ってきたのだということなら、一首の味わいが違ってきます。ひとしきりの群泡はたちまち消えても、つぎに打ち寄せた波で生じた群泡がそのあとを継ぐという過程を繰り返している間に、久しい年月が過ぎたのだ、ということです。「過ぎにけるかも」のニ（終止形はヌ）は、以前からの状態が今も続いており、これからもまだ続くはずだという認識を示しています。そのような機能を〈完了〉とよぶことには再検討が必要です。

右のように考えるなら、この短歌のウタガタモは、〈ウタガタもまた、ムロノキと同様に〉、という意味とみなすべきです。ウタガタは群泡をさす名詞ですから、否定辞を伴なっていないのは当然です。

さきに引用したように、専門的辞書から学習古語辞典に至るまで、「否定辞と呼応することがある」（『時代別国語大辞典・上代編』）、「下に打消・推量の語を伴って」（『広辞苑』第六版）、「多く「うたがたも」の形で」（『全々古語』）というように、どの辞書も、下に否定辞があってもなくても同じ副詞だと認めてきたのは、形だけにとらわれて意味をよく考えなかったからです。

ⓒ天離《あまざか》る　鄙《ひな》にある我を　宇多我多毛　紐解きさけて　思ほすらめや

〔巻十七・3949〕

宴席での作で、この直前に大伴家持の短歌があります。

天離《あまざか》る　鄙《ひな》に月経《へ》ぬ　しかれども　結《ゆ》ひてし紐を　解きもあけなくに

〔巻十七・3948〕

都を遠く離れた辺鄙《へんぴ》な土地に来て一ヶ月になったが、家を出るときに妻が結んだ下紐を解いて開けたりしていない、すなわち、他の女性といちども親密すぎる関係になったりしていない、ということです。

大伴の池主はそれを受けて、都を遠く離れて辺鄙な土地にいるわたしについて、妻は、下紐を解き開けているなどと、たとえ一瞬でも頭を掠《かす》めておいでになるはずがあるでしょうか、と詠んでいます。この場合のウタガタモは、わたしが一瞬でも下紐を解くのか、妻が一瞬でもそういう疑いをもつのか、そのどちらかではなく、どちらにも理解すべきでしょう。瞬間に消え去るウタガタほどの短かい時間でさえもということですから、このウタガタモは、群泡のイメージをともなわないほど抽象化された副詞にはなっていなかったとみてよいでしょう。

ⓓうぐひすの　来《き》鳴く山吹《やまぶき》　宇多賀多母《うたがたも》　君が手触れず　花散らめやも
〔巻十七・3968〕

ウグイスが来て鳴いている美しい山吹の花にあなたがちょっとでも手を触れないうちに、散ってしまうことなどあるでしょうか。あなたはきっとすぐにおいでになるはずです、お待ちしています、ということです。

この短歌の後半の表現は、前引のつぎの和歌を想起させます。

思ひ川　絶えずながるる　水《み》の泡の　うたがた人に　逢はで消えめや
〔後撰和歌集・515〕

最後は、いわゆる借訓で表記されたつぎの短歌です。

ⓐ歌方毛《うたがたも》　曰管毛有鹿《いひつつもあるか》　我ならば　地《つち》には落ちじ　空に消《け》なまし〔2896〕

この直前に、〈ああだこうだと噂《うわさ》がうるさくて、先月から彼女にいちども逢っていない〉という短歌〔2895〕があり、こちらは、噂などに負けるものか、という決意の表明です。

「うたがたも言いつつもあるか」とは、〈言ったとたんに嘘だとばれてしまうやりかたで、よくもつぎつぎと噂を立てるものだ〉ということで、この場合のウタガタモは、すぐに嘘だとばれてしまうことを、群泡がつぎつぎと生まれては消えることになぞらえたものでしょう。第三句以下は、〈わたしなら、根も葉もない噂に屈してダメになったりするものか、それでダメになるぐらいなら、空に消えるほうがよい、すなわち、死んでしまうほうがよい〉ということでしょうか。群泡の特性が最後の部分まで生きていると筆者は読み取ります。

なお、つぎの現代語訳と注とは、筆者によく理解できませんでした。

《口語訳》きっと言っているに違いない。わたしならば地面には落ちず、空に消えてしまいたい。

《注》「うたがた」の語、未詳。仮の口語訳を付けておく。（略）第二句「言ひつつもあるか」の内容は不明。（略）「それにしても、全体の意味もはっきりしない所がある」（『私注』）〔佐竹昭広他校注『万葉集』三 新日本古典文学大系・岩波書店・2002〕

＊『私注』……土屋文明『万葉集私注』。

「〈うたがた〉の語、未詳」としたのは、「歌方毛」という借訓表記にこだわったためのようです。また、「第二句の内容は不明」としたのは、直前の短歌と照合せず、独立に解釈する立場をとったためでしょう。

以上、『万葉集』に使用された四例のウタガタモの意味を文脈に即して検討した結果、ウタガタの部分が、いずれも、瞬時に消え失せる群泡をさす名詞として、あるいは、群泡のイメージを喚起して、その特性になぞらえていること、そして、もうひとつ、ウタガタモのモの用法がどれも同じではなく、ⓑの例はモーマタ、モーハヤリであることがわかりました。〈芥子粒《けし》〉は日常的に使われる名詞です（でした？）が、文学作品のなかに用例を探すのは困難です。しかし、〈芥子粒も頭をかすめなかった〉とか、〈芥子粒も疑わなかった〉とかいう用法を生めば、文学作品にも使われるようになるはずです。名詞ウタガタと、副詞とされてきたウタガタモとは、そういう関係にあったと考えればよくわかります。辞書類で、副詞とされてきたウタガタモに、〈下に打消しや反語の表現を伴って〉というたぐいの解説が付いている理由も、砂粒、芥子粒のたとえで考えれば当然のことです。

わかってみればただこれだけの単純なことが見抜けずに、ウタガタモを副詞という文法機能だけで説明しつづけてきた理由はふたつあります。そのひとつは、①個々の語句の意味を解明することをおろそかにして、もっぱら文法機能だけに関心を集中してきたことであり、もうひとつは、②日本語の歴史に切れ目などあるはずはないのに、政治史に合わせた時代区分を当てはめて区分してきたために、奈良時代の用例と平安時代の用例との相互参照がおろそかになっていたことです〔『日本語の歴史』〕。

ウタガタなどは、吹けば飛ぶ程度の些細な語かもしれません。しかし、右に指摘したことは、研究の現状に対する重大な警鐘です。古文読解のカギは助詞・助動詞だなどと初心者に叩き込む教育は、叩き込まれた人たちがつぎの人たちに叩き込むという最悪の拡大再生産を繰り返すことになりますから、というよりも、すでにそういう嘆かわしい状況になっていますから、ただちに方向を転換すべきです。

■ウタタ（轉）に着目する

上代に副詞ウタガタモがあり、平安時代以降の和歌に名詞ウタカタが出てきても、それらの語形がよく似ているのは他人の空似にすぎないと片付けてきたのは軽率でした。図書寮本『類聚名義抄』が出現し、「沫雨」の項の和訓に「ウタガタ《高高高《濁》高》」という声点があることが知られて以後、一部の辞書は、「ウタカタ」という見出しのあとに、《「うたがた」とも》と書き加えるようになりました。「とも」とは、〈「ウタカタ」がふつうだが、「ウタガタ」とも言われた〉ということかもしれませんが、それぞれの語形をどのように位置づけるべきかに触れなければ意味がありません。

ウタガタモは副詞であり、ウタカタは名詞であって、両者の間には関係がないと考えられてきましたが、名詞の語形もウタガタだったばかりか、アクセントまで一致していたことが明らかになって、無関係とみなす根拠が失われました。そうなると、「ウタ」の起源がますます気になってきます。といっても文献上の証拠を探しても出てくるはずがないので、理論の助けを借りて考えることにします。

そこで注目されるのはウタタという語です。観智院本『類聚名義抄』には、「假」、「漸」、「輙」、「轉」の四字に「ウタヽ」という和訓があり、そのうち、「轉」の項の「ウタヽ」だけに《高高高》の声点があります。繰り返しますが、この辞書の凡例には、声点があるのは由緒の正しい和訓であると記されています。また、「轉タ」という表記を含めて、築島裕編『訓点語彙集成』（第二巻・2007）には、「轉」字（現行の「転」字）を「ウタ、」と訓読した事例が、数十例も並んでいます。

中国漢字音を韻で分類した宋本『広韻』（陳彭年等撰・1008）によると、「轉」にはふたつの音があり、ひとつは上声獮《せん》韻で、意味は「動也、運也」、もうひとつは去声線《せん》韻で、意味は「流転」です。中国語音韻学の専門用語の解説は省略しますが、要するに轉字には別々のアクセントに対応するふたつの意味があったということです。この場合、基本は「動也、運也」であって、〈不安定〉ということから、「流転」という意味が派生したと考えられます。

■重音脱落による*ウタタガタ→ウタガタの可能性

ウタタを前部成素とする複合語としては、現代語にも残っているウタタネがあります。

うたゝねに　恋しき人を　見てしより　夢てふものを　頼み初《そ》めてき

〔古今和歌集・恋二・553・題知らず・小野小町〕

修辞的技巧をもてあそばず、心情を率直に吐露した和歌という印象ですが、「夢を」ではなく「夢てふものを」と表現していることが目を引きます。テフは［ト＋イフ］の縮約形です。夢という不思議なもの、神秘的なもの、ということでしょう。現実に逢うことはできなくても、夢というあの不思議なもののなかでは逢うことができると知ったあのときから、夢というものに期待をかけるようになった、ということです。あのことがあって以来、相手はもう夢に現れないが、それでもアテにしつづけていることが「頼みそめてき」に含意されています。それ以来、夢でしばしば逢っていると解釈したのでは、『古今和歌集』の恋歌になりません。

以上の検討の結果を総合するなら、［ウタタ＋形《カタ》↓*ウタタガタ］という複合語がまず形成され、さらに*ウタタガタ↓ウタガタという重音脱落(haplology《ハプロロジー》)が生じて安定した語形になったのがウタガタであろうという想定が、高い確度をもって成り立ちます。すでに述べたように、語形表記の右上の〈*〉印は、文献上に確認できないが理論的に推定される語形であることを表わします。

以上の推定が成り立つなら、この語の場合、複合語の形成とそれに続いて生じた重音脱落とは、文献時代以前に完成していたことになります。

図書寮本『類聚名義抄』の和訓ウタガタに加えられた声点も、観智院本『類聚名義抄』のウタタの声点も、第一音節がともに《高》であることは、両者が起源的に結びついている可能性を否定しません。否定しませんとは、たとえば、被害者の受けた傷が左利きの人間によるものであり、被疑者も左利きであることは、被疑者が犯人である可能性を否定しないという意味ですから、その先に求められるのは、理論的な裏づけです。

　重音脱落とは、たとえば、英語の［gentle＋ly→gently］（やさしく）、［simple＋ly→simply］（簡単に）のように、同一の音節、あるいは類似の音節の重なりの、その一方が脱落する現象です。これらふたつの英語の例を口に出してみれば、日常の発話で自然に脱落してしまうのは当然だと納得できるでしょう。

　ウタタガタも口に出してみましょう。アクセントは別にして、「ガ」が鼻にかかった音であったことを除けば、文献時代以前の発音も現代語とほとんど同じでした。

　単独には、意識して「ウタタガタ」と発音することができますが、「淀みに浮かぶウタタガタは」というように、発話のなかに出てきたら、そこで舌を噛んでしまいます。重音脱落とか haplology とか言語学の専門用語が出てきても尻込みしないでください。なんのことはない、舌を噛まずにすらすら発音できる語形に移行しただけのことです。重音脱落という言語変化のレールがあらかじめ敷かれており、そのレールに乗って言語が変化するわけではなく、すでに生じた変化を分類するために考えられた名称にすぎません。そのことは、言語変化を説明する場合の用語一般に当てはまります。

複合語が形成された時期には、［ウタタ＋ガタ］という語構成が意識されていたので、頭のなかで切れ目を入れて発音しますが、完全に熟合してしまうと、すなわち、ウタタガタがひとまとまりで特定の対象をさす語になると、切れ目が意識されなくなり、舌を噛むようになってしまいます。この語の場合は、五音節語のなかに三つも［タ］があるので、いよいよ厄介です。

ウタタネに重音脱落を生じていないのは、語構成が明確に意識されつづけてきたからです。カタタタキも語構成が明確に意識されるので、あわてなければ舌をかみませんが、言いにくいことは否定できません。

アタタカイは、舌を噛みそうな語形です。〈今日はアタタカイですね〉などと、いちいち念入りに発音していられないので、〈アッタカイですね〉となります。［タ］が［ツ］に変化したわけではありません。その部分を「ッ」と表記することには歴史的事情があります〔『日本語の音韻』〕。実際には、そのあとの［タ］を発音する用意をして喉頭が緊張している状態ですから、なにも聞こえません。口に出して確認してみてください。これも原理的には重音脱落の一種です。ただし、日常的な口頭言語には重音脱落を生じましたが、もとのアタタカイも、〈みなさまのアタタカイ御支援をいただきまして〉などという丁寧な言いかたのための語形として存続しています。丁寧なことばづかいなので丁寧に発音しますから舌を噛むことはありません。

身近な実例を最後に添えたのは、言語学の専門用語で煙《けむ》に巻いて、不確かな推定を確かだと信じ込ませようとしたわけではないことをわかってほしかったからです。

■ウタガタとアワとの違い

あちこちでたっぷり道草を食いながら、読者をぐるぐる引き回したので、頭の整理がつかなくなったかもしれませんが、そもそもの出発点は『方丈記』の冒頭でした。「なぜ泡沫を〈うたかた〉というのかは不明」〔新全集〕といって済ませておいても投げやりだと批判されることはありませんが、筆者としてはたいへん残念です。なぜなら、他の注釈書がまったく疑問をいだいていないところに芽生えた小さな why の芽を大切にせず、水をやらずに枯らしてしまったからです。

この章では、ウタガタという語を、遠巻きにしてじっくり中心に近づく筆者の流儀で突き詰めてみました。その結果、徐々にヴェールをはがしてその正体が見えるところまで近づくことができたし、また、その過程で、予期せぬいくつかの副産物を得ることもできました。

ということでこの章の検討に幕を引いてよさそうですが、ここで安心してしまうと、せっかく筋道を立てて考えてきたことがウタガタのようにはかなく消えてしまう恐れがあるので、あわてないことにします。百里の道を行く者は九十九里をもって半ばとすべしです。

この段階で必要なのは慎重な検算です。すなわち、右の帰結を導くまでの過程のどこかで短絡や飛躍を犯していないか、あるいは、御都合主義のアドホックな説明をしていないかということです。

この章で検討の対象にしたのは、文献時代以前から十七世紀初頭の『日葡辞書』にまで及んでいますが、その途中に十二世紀の歌論書『奥義抄』の説明がありました。

『万葉集』の短歌から平安前期までの和歌に出てくるウタガタは、激しいしぶきが水面や岩などを叩いて生じた、そして、つぎの瞬間には消えてしまう小さな泡沫の集まりをさしたと考えるべきです。それを個々の泡、すなわち、単泡と区別するために群泡とよびました。

鴨長明は歌人であり、歌論書『無名抄』の著者でもありますから、『奥義抄』を読んでいた確率は高いと考えてよいでしょう。『日葡辞書』の、「雨降りの時などに、できてはすぐに消える大きな水泡」も、「詩歌語」という表示からみて、おそらく歌論書に基づいているのでしょう。「大きな水泡」という捉えかたは『奥義抄』と似ています。この「大きな水泡」は、いちどにたくさん形成された小さな水泡が集まって浮いている状態を捉えた形容だと考えれば理解できます。その群泡が消えきらないうちにつぎにできた群泡が合流するということを繰り返している間、壺の口のような形をした群泡はしばらく浮いていますが、流れの状態が変われば後続を失って急激に縮小するので、久しくとどまることはありません。

『方丈記』冒頭の一節に出てくるウタガタと、そのすぐあとに出てくるアワとが同じ対象をさしているなら、「うたがた」と「水の泡」とを入れ替えても、あるいは、両方とも「うたがた」であっても、「水の泡」であっても、伝達されるメッセージの内容は、事実上、同じだと考えてよいことになりますが、多数の小さな泡の集まりと一個の泡との違いだとすれば、この順序でなければなりません。

朝ニ死ニ　夕ニ生ルヽナラヒ　タヽ　水ノアハニソ　似《ニタ》リケル

右のように、個々の水泡はアワであり、アワの集まりがウタガタだとするなら、朝に死んだり、夕方に生まれたりするのは、社会集団ではなく、個々の人間ですから、ウタガタではなくアワにたとえるのが適切です。

■『方丈記』冒頭の構成

ウタガタの意味が確定し、アワとの違いがわかりさえすれば、冒頭部分がすべてがわかったことにはなりません。よく読んでみましょう。

五七調や七五調の定型詩ではないのに、この一節から、力強く快いリズム感とともに作者のメッセージが伝わってくるのは、つぎのようにマークを付けてみるとわかるように、接近した箇所に同じ音節を頻繁に反復させる構成にその理由があります。

①ゆくかはの　ながれは　たえずして　しかも　もとの　みづにあ

らず
②よどみに　うかぶ　うたがたは　かつ消え　かつむすびて
③ひさしく　とどまりたる　ためし　なし
④よのなかにある　ひとと　すみかと　また　かくのごとし

第①行……「絶えずして」を「しかも」と受け、その「しかも」を「もとの水に」と、「も」で受けています。「絶えずして」と「あらず」とが呼応しています。

第②行……「よどみにうかぶうたがた」と、「ウ」の音節を繰り返し、「うたがた」と「タ」の音節を繰り返したあとに、「かつ消え、かつ結びて」が続いています。

第③行……「ためしなし」には「タ」と「シ」とふたつの重複があり、「ためし」を受けて、「なし」と断定的に結ばれているのが印象的です。

第④行……「ひとと、すみかと」に、「と」の反復があります。

同じ音節の反復がこれほど高い密度で偶然に出てくる確率はきわめて低いと考えるべきです。そのほか、③の末尾が「ためしなし」、④の末尾が「かくのごとし」と脚韻を踏んでいることも見逃せません。

このつづきも、そのつもりで読んでみましょう。

たましきの　みやこのうちに　むねをならべ　いらかを　あらそへる　た

かき　いやしき　ひとのすまひは　よよをへて　つきせぬものなれど
これをまことかと　たづぬれば　むかしありし　いへはまれなり

反復の密度はずっと低くなっていますが、マークしてみればわかるとおり、節目《ふしめ》はちゃんと抑えてあります。これは、おそらく、効果を周到に計算した修辞ではなく、作者のセンスに基づく半ば無意識の選択なのでしょう。文才とは、こういうことをいうのかもしれません。このあたりから、作者は、明らかに調子《トーン》を変えています。この一節の結びは、「ただ、水の泡にぞ似たりける」と結ばれており、しだいに本題に入っています。

仮名文字の連鎖を目で追って読み解くように構成されている平安前期の仮名文と対比的に、『方丈記』のテクストは、声に出して読まなければ作者の強いメッセージが心に届きません。

■ウタタガタからツユへ、そして、ウタガタからウタカタへ

前節までの検討の結果、ウタガタは、つぎのような歴史をたどったと推定されます。

ⓐ激しい雨が水面を叩いたり、激流が岩に当たって砕けたり、波が激しく岸に打ちつけたりして生じる飛沫の集まりをさす語として、［ウタタ］（転）と［カタ］（形）との複合した*ウタタガタが文献時代以前に形成された。

ⓑ*ウタタガタは発音しにくい語形だったために重音脱落を生じてウタガタとなり、

その語形で定着した。

ⓒウタガタはあえなく消えてしまうことから、ウタガタモという結合で、微塵《みじん》も、いささかも、という意味の副詞として『万葉集』に使用された。

ⓓ平安時代の文学作品にウタガタがほとんど使用されなくなったのは、重音脱落を生じて語構成が不明になったウタガタに代わって、ウタガタと同じく、はかないものの象徴にふさわしく、しかも、いっそう身近で語形の短い名詞「露《つゆ》」が、副詞としても使用されるようになったためである。

ⓔ重音脱落によって生じたウタガタは、連濁で語構成を表示していた［ガ］がその機能を失って語構成分析が不可能になり、はかなさを象徴する、実体のイメージをともなわないきれいな響きの雅語ウタカタに生まれ変わった。

この章の最初に提起した、『方丈記』冒頭の「うたかた」が、ウタカタであったか、ウタガタであったかという問題についての動かぬ証拠《ソリッドな》を得ることはできませんでした。この問題を解決するために最大の障害になったのは、仮名も片仮名も、清濁を書き分けない文字体系だったことです。個々の語形は、変化の過渡期を除いてほぼひとつに固定していたので、文脈の支えがあれば清音なのか濁音なのかと迷ったりしなかったからであって、仮名や片仮名が不完全な文字体系だったわけではありませんが、我々が過去の語形を確かめようとすると、その特色が大きな障害になってしまいます。その意味で、辞書の和訓などに加えられた声点と、十六世紀末から十七世紀初頭にかけて渡来した宣教師たちが編纂した一連の切支丹文献は、その特質をよく理解したうえで注意深く使うなら、かけがえのない資料です。

図書寮本『類聚名義抄』の和訓の声点が表わしているのは十一世紀後半の語形であり、『日葡辞書』の Vtacata は十七世紀初頭の語形です。『方丈記』は、時期的にそのハザマに当たる十三世紀初頭の成立ですから、右に想定した変化のプロセスのⓒとⓔとの間のどのあたりに定位すべきか、その判断が微妙になります。筆者としては、①図書寮本『類聚名義抄』のほうが『日葡辞書』よりも『方丈記』にずっと時期が近いこと、そして、②『日葡辞書』の説明が。歌論書などの二次情報に基づいている確率が高いことなどから、ウタガタという語形が保たれていたとみなしておきました。

以上が、ひとまず、この問題の総括になりそうですが、さらにそのあとがあります。

ヘボン式ローマ字で知られる J. C. Hepburn は、『英和・和英辞典』(日本語タイトル『和英語林集成』)を1867年(初版)のあと、1872年(第二版)、1886年(第三版)と、再度改訂して出版していますが、第三版につぎの項目があります。初版、第二版にこれに対応する項目はありません。

†Utagata 浮漚 n. Foam, of waves: —*no-yono-naka*, This world is

evanescent as foam; —*no ma*, a little while. Syn. HAKANAKI

＊evanescent ……蒸気のように消えやすい。はかない。foam ……泡

Syn…… 同義語

『古事記』、『万葉集』、物語（*Monogataris*）など、古代の典籍を読みたい人たちの助けになるように、目についたかぎりの古代語を収録し、†《ダガー》を付けたと序文に記されています。

注目すべきは“foam, of waves”という訳語です。『日葡辞書』と同じく、こちらも“foam”ですが“of waves”が添えられています。岸に打ち寄せた波が大木の根元で砕け散る『万葉集』の短歌（3600）を思わせます。ちなみに、〈きっと〉や〈けっして〉に当たる訳語はありません。「ウタガタの世の中」、「ウタガタの間《ま》」はこの項に含まれています。「はかなき」（無墓）という同義語が示されていますが“utakata”という項はありません。ちなみに、森鷗外の『うたかたの記』が発表されたのは、これより四年後の一八九〇年です。ウタカタは実体のイメージをともなわない雅語になっていたようです。ともあれ、こういう事例がある以上、『日葡辞書』の“Vtacata”を有力な証拠にして『方丈記』の「ウタカタ」をウタカタと読むべきだと主張することはできません。

補章　助動詞キの運用で物語に誘い込む

――物語冒頭文における助動詞キの表現効果

前言　雑誌『日本語学』の「特集・語りのテクスト」〈明治書院・二〇〇五年一月〉に巻頭言として寄稿した小文を補章とします。補章とは、本論の趣旨を補う章という意味です。文体はもとのままにし、加筆は最小限にとどめます。同誌の読者には国語科教員のかたがたが多いとのことなので、現行の古典文法のありかたについての筆者の見解を端的に表明しました。助動詞には義務的に使用されるものと選択的に使用されるものとがあり、後者がどのような場合にどのような表現効果を意図して選択されているかを、キとケリとの実例に基づいて指摘したものです。本書のイントロダクションで古典文法フリーの叙述を謳ったのは、既成の文法規則を覚えたうえで、あるいは、それと照合しながらテクストを読んだりすると、以下に指摘するような表現を柔軟な感覚で読み取ることができなくなるからです。

＊　　＊　　＊

『落窪物語』の冒頭には、最初の登場人物がつぎのように紹介されている。

今は昔、中納言なる人の、御女《むすめ》あまたもち給へる、おはしき

平安時代の仮名文に多少ともなじんでいる読者なら、結びの助動詞キに、オヤ？　と反応するに違いない。なぜなら、「今は昔」から予期される結びは、「おはしき」でなく「おはしけり」のはずだからである。当時の人たちは、ここにキが出てきたことに、現今の我々よりも、もっと敏感に反応したであろう。

物語の類型を破ったキとケリとの入れ替わりが、この場面でどうして生じているのか、これまで問題にされた形跡がないようなので、その理由を考えてみたい。

手始めに、これら二つの助動詞の機能がどのように説明されているかを古語辞典で調べてみよう。現行の古語辞典の種類は驚くほど多いが、それらの説明を比較しはじめたらそこで足を取られてしまうので、日進月歩を信じ、二〇〇四年初版の最新の一冊だけを引用する。

き……【過去】過去の事を、直接経験した事あるいは確実に存在した事実として、回想する意味を表す。

けり…【過去】①自分が直接経験していない過去の事を、他から聞いたりして回想する意を表す。

経験していないことを回想できるはずはないので、ケリについてのこの説明は意味をなさ

ない。特設された「アドバイス」の欄に、「〈けり〉は間接伝聞過去」とあるが、間接伝聞の意味が不明であるし、そもそも、伝聞したのは過去以外にありえない。その道の専門家が編纂したことになっている辞書が、未消化で難解な漢語を散りばめて不可解な説明をしているのが現状だとしたら、教室ではどうなっているのだろうと心配になってくる。

ケリの用法を具体例に基づいて確認したうえで右の説明の矛盾を指摘する余裕はないので、抜本的かつ全面的な改定を強く要望するにとどめ、以下には、この場合のキの用法を中心に検討する。

助動詞キは、右に引用した解説のように、直接に経験したことの回想を表わすというのが古典文法の共通理解になっているようである。

テクストの冒頭に「今は昔」とあれば作り物語だというのが当時の常識だったはずなので、そのつもりで読みはじめた読者は、出だしの文がキで結ばれていたら調子が狂う。物語の書き手が、以前、その大納言を直接に知っていたとなると、この話は絵空事ではない。読み手は、構えを改めなければならない。

直接経験の回想という古典文法の説明が正しいことは、これで裏書されたようにみえるかもしれない。しかし、右のように理解したのでは、この場面におけるキがどのような表現効果を発揮しているかは説明できない。それは、古典文法がこの助動詞の肝心な機能を見すごしてきたからである。

　確かに、キが付いているのはすべて直接に経験した事例ばかりであるが、直接に経験した事柄なのにキの付いていない事例はさらに多い。文法書の著者や辞書の編集者はその事実を明確には認識していないようにみえる。どのような場合にキが付いていないかを、たとえば『枕草子』の、作者が関わったエピソードなどで確認してみるとよい。直接経験した事柄のなかの一部にしかキが付いていないとすれば、現在の共通理解は怪しくなってくる。

　古典文法の用語として〈過去〉は適切でない。平安時代の日本語は、現在と過去とを区別せずに文末が結ばれているので、現在か過去かの判断は文脈に委ねられているからである。ちなみに、未来表現には義務的に助動詞ムなどが添えられている。〈回想〉も使用をやめたほうがよい、言語は外へ向けた表出（expression）であるから、内向きの回想（recollection）を直接に表明する助動詞をもつことは原理的にありえないからである。

　以上の検討から知られるように、助動詞キの機能は、それが話し手の行為、行動であったと積極的に表明すること、すなわち、自己の関与を読み手に認識させることである。「アフリカに象がたくさんいたよ」のタには、話し手の関与が表明されている。この場合のタの用法は、その点において平安時代のキの用法とほぼ同じである。現今と同様、昔の日本語も場面に即して柔軟に運用されていたことを、古典文法の専門家は忘れがちのようにみえる。

自分の経験を叙述するだけなら、過去の出来事であることは文脈から判断可能なので、特定の助動詞で表明する必要はない。

『落窪物語』冒頭の場合、「おはしき」という表現をとることによって、地位の高いその人物を自分は知っていたと明言していることになるから、読み手は、現実社会で実際に起こった出来事への好奇心をそそられ、話の展開に強く引き込まれることになる。

「今は昔」という前置きの「昔」は、大昔を意味しない。イニシへが、意識のうえで現在と連続する過去をさすのに対し、ムカシは、意識のうえで現在と断絶された過去をさす語であり、経過した年数の多寡は関係がない。

『源氏物語』以前の物語は、「今は昔」の常套句で始まり、登場人物の人間関係が紹介されるのが一般である。この物語もそのパターンにそって書き始められている（文献1・頭注）。常套句《コロケーション》になっていたのは、「今は昔〜けり」という呼応である。その決め込みが裏切られて「き」で結ばれていたら、当惑するのが当然である。調子を崩されたために、話し手による自己関与の表明は増幅して印象づけられる。

否定の助動詞は、付けないと肯定表現になるから必ず付けなければならないが、助動詞キを付けるのは自己の関与を積極的に表明したい場合だけである。言い換えるなら、否定の助動詞の使用は義務的《compulsory》であり、助動詞キの使用は選択的《optional》である。キもケリも選択的に使用できるから、「〜おはしき」に続く文は、「かしづきそし給ふ」と、キもケリも付けていない。それが過去に生じた事柄の叙述であることは、文脈に依存して判断される。

近世以来の文法研究をつうじて、助動詞の意味用法は、それらが使用されている事例を拾い集めてなされてきた。総索引が整備され、電算機検索も容易になった現在では、読んだことがないどころか、表紙さえ見たこともないテクストから、文脈も確かめずに用例を剥ぎ取ることに後ろめたさを感じない風潮が蔓延し、すべての助動詞が義務的であるかのような説明がなされている。服役している刑法犯の行動に基づいて人間一般の行動パターンを帰納しようとするような方法では、どれほど多くのデータを収集処理しても求める真実の一面しか見えてこない。

右に取り上げたキ、ケリのほかに、選択的に使用される助動詞の一つを追加しておこう。

終止形に後接するナリは伝聞・推定を表わすという説明が定着しているが、明らかに伝聞で得られた情報でも、また、音響や鳴き声、人の声などに基づく推定でも、ナリの付いていない事例のほうがずっと多い。したがって、この助動詞は、《伝聞・推定＋ナニカ》を表わしている。そのナニカは、索引を駆使しても突き止めることができない。テクストを読んで、ナリの付いている場合と付いていない場合と文脈を比較してみれば、求めるナニカとは、〈直接に確認、視認していないために断定はできないが〉という留保であることがわかる（文献2）。同じことは視覚に基づく推定を表わすとされるメリにも当てはまる。

『落窪物語』に話を戻そう。第三の文は、つぎのように、途中にケリが挿入され、動詞の終止形で結ばれている。


ときどき通ひ給ひけるわかうどほり腹《ばら》の君とて、母もなき御女《むすめ》おはす

そして、第四の文で文末のケリが登場し、物語のふつうの叙述形式に移行している。

落窪なる所の、二間《ふたま》なるになむ住ませ給ひける

最初の文を異例のキで結んで読者の関心を強く引き付けたうえで、段階的にケリで終わる文を導き、物語としての自然な叙述に移行している話術はなかなかのものである。

以上の説明が、特定の助動詞の偶発的分布を深読みしすぎた結果の妄想でないことは、あとの節の検証によって裏づけられる。

この物語の最後には、姫君の侍女であった「あこぎ」が現在は内侍典侍《ないしのすけ》になっているはずだとあり、「典侍は二百まで生けるとかや」と結ばれている。「あこぎ」は超人的長寿に恵まれたが、そのほかの登場人物は世を去って久しいから、現存する人物と結びつけて憶測したりしないようにと釘を刺したものであろう。冒頭のキと整合させれば、物語の書き手もまた「あこぎ」と同じだけ長寿だったという理屈になるが、そこまでは責任をもっていない。

■法話の冒頭における助動詞キの表現効果

『法華百座』と仮称される法隆寺蔵の無題の一巻には、天仁三年（一一一〇）に催された連続説法が、おおむね、話されたとおりのことばで記録されている（文献3）。

二日目の導師、香雲房阿闍梨《あじゃり》は、つぎのように話し始めている。

(1)昔シ、仏法ニ信ヲイタサズ、破戒ナルモノアリキ、(2)ソノ名ヲ不信ノ男トイヒキ、(3)仏（ノ名）ヲキ、テハ、イマ〳〵シキコトニシテ耳ヲアラヒ、タハブレニモ経論ノコトヲキ、テハ、マガ〳〵シクオボエテ、口ヲナムス、ギケル

助動詞キで終わる文を重ねた(1)(2)によって、聴衆に、この阿闍梨は登場人物の名前までも知っていたのだと思わせ、あるいは感じさせ、そのうえで、(3)以下にケリを使っている。この提示のしかたは、『落窪物語』冒頭の話術と共通している。

翌日も右と同じ導師が、二つの話をしている。

第一話は、「舎衛国ニ居者《ト》アリキ」と、キで終わる文で語りはじめるが、そのあとには、「ソノ名ヲバアクイトイフ」と、キもケリも付けずに動詞終止形で結んだ短い文を六つ連続させ、そのあとに、「セメテモノ悪人ナリケレバ」と、ケリを挿入した文が現われるが、そのあとには文末にケリをほとんど使わず、ツやヌを巧みに配して、地獄での恐ろしい出来事

や仏による救出の模様などを、その傍らにいて説明しつづけているかのように生き生きと描写している。

同じ日の第二話になると、一転して、「又、昔、ヒトリノ聖人ノモトニ、十五歳ノ沙弥アリケリ」と、最初の文末からケリで結び、物語の典型的スタイルで話しはじめており、そのつぎの文もケリで結んでいる。三回目ともなれば、もはや導師が直接に関与していないことを聴衆は見抜いており、仮想現実の巧みな描写で引き付けるほかないからである。

香雲房阿闍梨の法話は数日にわたっているが、出だしにおけるキとケリとの使い分けに象徴されるように、その日その日で目先を変えており、やはり、たいへんな話し上手である。彼のあとを引き継いだ導師の法話に、そのような工夫の跡は認められない。細部の表現は、もとのテクストで確かめていただきたい。

以上、年代が隔たり、しかも、物語と法話とでは文体が異なるにもかかわらず、両者に同じ工夫が認められることに着目し、助動詞キ・ケリの機能とその運用とについて考えてみた。とうてい意を尽くさないが、選択的用法の助動詞の機能を解明するにはどのようにすべきかについて緊急の課題を提起した。教える立場にある読者は、古典文法や古語辞典の説明を慎重に毒見したうえで、若い世代にどのように与えたらよいかを考えてほしいというのが筆者の念願である。

文献1　三谷栄一校注『落窪物語』日本古典文学全集（小学館・一九七二年）
文献2　小松英雄『みそひと文字の抒情詩』本論2・8（笠間書院・二〇〇四年）
文献3　法隆寺蔵『法華修法一百座聞書抄』（勉誠社文庫四・一九七六年）

追記　教室で目前の問題になるのを避けて、『落窪物語』と『法華百座』とを選んだだけで、取り上げた事柄は、一部の作品に認められる特殊な事象ではない。

なにかいいテーマはないかと悩んでいる学生諸君の参考になればという思いから、講義の合間などに、何度か、つぎのような話をしたことがある。

少年のころ、田舎の親類に行って、ワラビ採りに誘われた。この辺だよ、と言われてあたりを見回したが、どこにもワラビなど生えていない。呆然と立っていたら、親類のおばさんは、ほらと言って、わたしの足元から摘んでみせる。上からじゃなくて、屈《かが》んでね、と模範を示してくれたので視点を下げたら、なるほど、つんと立ったワラビが目の前に首を丸めていた。そもそも、ワラビとはどのような形で生えているのかも知らなかったのだ。

それが筆者にとっては最初にして最後のワラビ採りになったが、振り返ってみると、筆者の手がけてきた仕事は、あのときのワラビ採りと同じように、対象を、その在りかたに即した視点から眺めなおすことによって、それまで死角になっていた一群の事象を発見して収集し、それらを体系のなかに位置づけたうえで、理論づけたり、理論化したりする作業の繰り返しであった。どの場合にも、同じ特性を共有するいくつかの事例が存在することに気づきさえすれば、あとは類例がおもしろいほど続々と目に入る。それも、あのときのワラビ採りと同じだった。

ワラビを見つけるコツは親類のおばさんに伝授してもらったが、テクストのなかに潜んでいる過去の日本語のさまざまな事象を自分自身で見つけ出そうとする場合には、使用されている文字の特性を熟知し、言語の、そして日本語の、運用に関する基礎知識を身につけていることが不可欠の条件になる。といっても、未開拓の分野では、試行錯誤を繰り返しながら少しずつ確実な知識を蓄積しなければならない。具体的には、テクストの一字一句を疎かにせず的確に理解しようとする作業をつうじてその蓄積は徐々に増加する。もとより、達成の目標は際限なく遠い。その点は、他の研究領域と変わりがないはずである。

筆者の経験した文献資料のワラビ採りのいくつかを以下にあげてみよう。

＊修士課程二年目の夏休みが終わりかけた八月末にまだ論文のテーマすら見つからず、自分は研究なんて柄の人間じゃない。どうせあといくらも生きない病身だし、好きなことをして暮らそうと、比叡山麓の叡山文庫に出かけたところ、出してもらった本の内容となんの関係もない図書寮本『類聚名義抄』のひとつの個所がありありと目に浮かんだ。「タクマシ」、

「コヽロヨシ」というふたつの和訓が横に並んでおり、どちらの「シ」にも、中途半端な位置に声点が付いている。あれは、ことによると…、と思ったらじっとしていられず、その日の夜行で東京にトンボ返りした。さっそく調べてみたら、それと同じような位置にある声点が形容詞語尾「シ」や「キ」、サ変動詞「ス」などに集中してゾロゾロと見つかった。まさにワラビ採りの興奮だった。その声点が、下降調音節を表わしていることを十月の国語学会(日本語学会の前身)で発表し、論文を書いて、修士課程を二年で修了した。それ以後、なにかいいテーマはないかなどと考えたことはない。

＊藤原定家自筆の『伊勢物語』や『更級日記』などに、不似合いな異体仮名がランダムに出てくることが気になって調べてみたら、「具」の仮名の右には必ず「く」の仮名があり、「伊」の仮名の右には「い」の仮名がある。そういうセットの発見を糸口にして、漢字の用法を含めた、定家の用字原理の全体像が見えてきた。その結果、定家自筆テクストは、既存の写本を忠実に書写したものではなく、門下の人たちが自分の解釈どおりに理解するように、そして、写し誤るおそれのない表記に整備した証本であることが明らかになった。同じ字体の仮名が隣りあう行に並んでいたら、一行とばして写したり、同じところを二度写したりする恐れがあるので、たとえば、「く」の左には「具」を書いて目移りを未然に防止したもので、その種の工夫が隅々まで行き届いている。それまでは変体仮名というよびかたで片

付けてきたために、たくさんの研究者が目を通してきていながら、定家の綿密な心配りにだれも気づかなかったことは驚きでさえあった。〔『日本語書記史原論』〕

＊文学部一年次向けの講義で『徒然草』を何度か講読したが、注釈書がどれもこれもデタラメだったので、『徒然草抜書』(1983)を書き、表現解析の方法を問題にした。この本はその後大幅に改訂増補して講談社学術文庫に入れていただき、四半世紀を生き抜いている。

＊『古今和歌集』を腰を据えて読んでみたら、とうてい納得できない注釈ばかりだったので、『やまとうた』(1994)を書き、後に徹底的に改訂増補して『みそひと文字の抒情詩』とした。これまでは、仮名の特性を無視してきたために、アノ和歌のココの解釈が間違いだということではなく、すべての和歌を再検討しなければならなくなった。この山のワラビは、いくら採っても採り切れない。それなのに、国文学の研究者のほとんどは現状に安住しつづけており、視点を変えようという動きは感じ取れない。本書のイントロダクションで『百人一首』のなかから一首を取り上げ、問題点を指摘したが、残りの九十九首も再検討が必要であることに気づいて欲しい。

博覧強記の物知り博士を自負してみたところで、大切な知識ほど更新の頻度が高い。一を聞いて十を知るのは天賦の才だから凡人の及ぶところではないが一を聞いてそれを疑い、その疑いを残りの九十九にも向けて、そのなかのひとつでもふたつでもみずからの手で解決してみようと知恵を絞ることは、筆者なみの頭脳でも、ということは、とりもなおさず、だれにでも、味わうことのできる楽しみである。

＊筆者にとって近年の大きな収穫は、古筆に秘められたもうひとつのすばらしさを発見したことである。

徳島の四国大学に設置された大学院の新しいコースで、「日本語学と書　特論」と題する集中講義の担当を委嘱され、単年度だけだと早合点して引き受けたが毎年担当ということだったので、毛筆も使えないのに、やむなく古筆の複製とニラメッコをしているうちに、草仮名や仮名を自在に操って和歌を視覚的にイメージ化した一群の古筆が存在することに、そして、それらの書き手が和歌の心をほんとうによく理解していたことに気がついた。日本語研究の資料としては価値ゼロと侮ってきた古筆のもつ無限の魅力を感得するうえで大きなきっかけを与えてくださったのは京都精華大学の石川九楊教授である。その時点までに気がついた事例の一端は石川教授との「ひらがな対談」（石川九楊『平仮名の美学』所収・新潮社。2007）で述べたし、本書にもいくつかの事例をあげておいた。この主題で一書をまとめようと手を付けかけたが、そのまえに書いておきたいことがあって、一書にまとめる見通しは立っていない。本書の原稿を笠間書院に托して徳島に講義に出かけるが、今年は話したいことがたくさんあって、二回の集中講義では扱いきれそうもない。ほかで講義を担当する機会がなくなった身にとって、毎年度、新しい発見のハケグチを提供していただけたことは、ほんとうに幸運であった。

＊ワラビ採りの教訓……先達に密着して歩けば、迷子にならずに済むし、既成の知識も身につくかわりに、心が躍る発見は期待できない。これまでの研究と同じ角度で対象を眺めている限り、これまでと同じものがこれまでと同じように眼に映るだけであるが、視点を変えれば、死角になっていた思いがけない事象を目にすることができる。

ステレオ録音のディスクはステレオで再生することを前提にして制作されているが、モノラルで再生しても、リズムやメロディーはまったく同じなので、ステレオで音楽を聞いたことがなければ不満を感じることはない。しかし、モードをモノラルからステレオに切り替えると、同じディスクから、部屋中にあふれる立体的音響が迫ってくる。本書の主題をそれになぞらえると、あくまで比喩にすぎないが、『万葉集』の短歌も『新古今和歌集』の和歌もモノラルなので、それらの中間にある平安前期の『古今和歌集』などの和歌がステレオで再生して鑑賞するように制作されていることに気づかないまま、平安後期から今日まで、ずっとモノラルで再生しつづけてきたことになる。その意味で、本書は、ステレオ録音のディスクをステレオモードで聞いてみるデモンストレーションである。右のスピーカーから初読が響き、左のスピーカーから次読が響いて、両者が一体となり、豊かな表現になることが理解していただけたはずである。和歌のステレオ式表現を可能にしたのは平安時代になって発達した仮名文字の体系であるから、奈良時代まではモノラル式表現しかなかったし、平安後期以後、表音文字の体系が仮名から平仮名にしだいに移行するにつれて、再びモノラル式表現に戻ったのは当然である。もとより、それは、詩歌としての進歩とか退歩とかを単純に意味するわけではなく、抒情表現の深化の軌跡として跡づけられる。〔『古典和歌解読』〕

『古今和歌集』の和歌の複線構造による多重表現の解明に筆者が本格的に取り組んだのは『やまとうた』(1994)が最初である。『みそひと文字の抒情詩』(2004)は、同書を徹底的に改稿して改称したセカンド・エディションである。その間に刊行された『古典和歌解読』(2000)でも、同じ課題を別の視点から取り扱っているし、『古典再入門』(2006)では、『土左日記』の冒頭文にそれと同じ技法が使われていることを指摘した。といっても、同工異曲の著書を何冊も書いてきたわけではない。坦々たる道路を作り、何百年にもわたって、数え切れないほどの人たちがなにも気づかずに通り過ぎてきたその下に古代文化の遺品が大量に埋もれていたのを発見したようなものであるから、最初は手探りで、同じような特徴をもつ対象を拾い集めていただけであるが、経験を積むにつれて勘所がつかめるようになり、理論づけも少しづつ深まってきた。本書では、これまでまったく関心のなかった古筆にまで手を伸ばし、従来の書家のかたがたとは違う観点から、新たな価値を見いだすことができた。本書に織り込んだのは、ほんの一端に過ぎない。

古筆の調査は、二玄社刊の『日本名筆選』(全四十七冊)を全面的に利用させていただいた。本書で扱ったような問題に関しては、料紙の色が重要な役割を担っている場合があるが、この叢書は原色写真版なので、その意味でもたいへんありがたい。書道人口が多いためか、かなり安価に入手できる。こういう貴重なテクストをきちんとした形で手軽に見ることができることを国文学や国語学の領域の人たちに広く知らせたい。

谷沢永一氏の御発言をイントロダクションの最初に引用させていただいた。国文学関係のかたがたにほとんど黙殺されている状態のなかで、年来の主張を明示的に支持していただけたことは大きな慰めであった。心からお礼申し上げる。

古筆に開眼することができたのは、石川九楊教授と、四国大学大学院の富久和代教授による、折に触れての懇切な御教示とのおかげである。毎年度、僭越にも仮名の書に関わる講義をすることは、毛筆を操れない筆者にとって大きな心理的負担であったが、同じ内容の講義を意地でも繰り返したくないばかりに無理を重ねてきたおかげで、本書のような内容の小冊を書くことができた。白羽の矢を立ててくださった同大学の白井宏文学研究科長と国語学の田中敏生教授、そして、素人だとバカにせずに、だれもどこにも書いていない新しい話の熱心な聞き役になってくれた学生諸君に深甚の謝意を表したい。

厚かましいことに、笠間書院で出版していただけるものと決め込んで本を書くようになってしまっている。たまには売れそうな本を書いてほしいというたぐいの要請がまったくないのをいいことに、好きなことを好きなように何冊も書いてきた。本書もまた、いつものように、池田つや子社長、橋本孝編集長の御高配をいただき、前著『古典再入門』に引き続いてヴェテランの重光徹さんに以心伝心で乱雑きわまりない原稿に形を付けていただくことができた。その背後には、社員の皆様の温かい応援がある。物を書く立場の人間にとって、これ以上、ありがたいことはない。改めて笠間書院の皆様の御厚意と積極的御助力とに深謝申しあげる。

二〇〇八年十月

小松英雄

掲載図版一覧

口絵Ⅰ　『寸松庵色紙』のひとつ『古今和歌集』（泉屋博古館蔵）…『日本名筆選47　古筆名品集2』（二玄社）より
口絵Ⅱ　『十五番歌合』（前田育徳会蔵）…『日本名筆選35　古筆名品集』（二玄社）より
66頁　『寸松庵色紙』…『日本名跡叢刊　平安　寸松庵色紙』（二玄社）より
93頁　『土左日記』青谿書屋本…『影印本　土左日記（新訂版）』（新典社）より
108・177頁　『古今和歌集』伊達本…『伊達本　古今和歌集』（笠間書院）より
133頁　『継色紙』（三井文庫蔵）…『日本名筆選13　継色紙　伝小野道風筆』（二玄社）より
146・167頁　『古今和歌集』元永本（東京国立博物館蔵）…『日本名筆選33　元永本古今集〈下〉二　伝源俊頼筆』（二玄社）より
157・181頁　『類聚名義抄』観智院本（天理大学附属天理図書館蔵）…『天理図書館善本叢書和書之部第三十四巻　類聚名義抄　観智院本　僧』（八木書店）より
198・217頁　『方丈記』大福光寺本…『大福光寺本　方丈記』（武蔵野書院）より
224頁　『類聚名義抄』図書寮本…『図書寮本　類聚名義抄』（勉誠社）より

キーワード索引

それぞれの用語について解説のあるページを示す。
＊印は筆者の定義による用語。

小松　英雄（こまつ　ひでお）
＊出　生　1929年、東京。
＊現　在　四国大学大学院文学研究科講師
筑波大学名誉教授。文学博士。
＊著　書
日本声調史論考（風間書房・1971）
国語史学基礎論（笠間書院・1973：増訂版・1986：簡装版 2006）
いろはうた（中公新書 558・1979）
日本語の世界 7〔日本語の音韻〕（中央公論社・1981）
徒然草抜書（三省堂・1983：講談社学術文庫・1990・復刊 2007）
仮名文の原理（笠間書院・1988）
やまとうた（講談社・1994）
仮名文の構文原理（笠間書院・1997：増補版 2003）
日本語書記史原論（笠間書院・1998：補訂版 2000：新装版 2006）
日本語はなぜ変化するか（笠間書院・1999）
古典和歌解読（笠間書院・2000）
日本語の歴史（笠間書院・2001）
みそひと文字の抒情詩（笠間書院・2004）
古典再入門（笠間書院・2006）

丁寧《ていねい》に読《よ》む古典《こてん》

2008年11月29日　初版第1刷発行

著者　小松　英雄

装幀　芦澤　泰偉

発行者　池田つや子
発行所　有限会社　笠間書院
東京都千代田区猿楽町 2-2-3［〒101-0064］
電話　03-3295-1331　Fax　03-3294-0996

ISBN978-4-305-70352-1
乱丁・落丁本はお取り替えいたします。　印刷／製本：シナノ
出版目録は上記住所または http://www.kasamashoin.jp/ まで。

小松英雄著…好評既刊書

古典再入門　『土左日記』を入りぐちにして
四六判　本体1900円　978-4-305-70326-2
貫之は女性のふりなどしていません。これまでの古典文法はリセットし、文献学的アプローチによる過不足ない表現解析から古典を読みなおす。

仮名文の構文原理　増補版
A5判 本体2800円　978-4-305-70259-3
和歌を核として発展した仮名文を「話す側が構成を整えていない文、読み手・書き手が先を見通せない文」と定義。〈連接構文〉と名づける。

古典和歌解読　和歌表現はどのように深化したか
A5判 本体1500円　978-4-305-70220-3
日本語史研究の立場から、古今集を中心に、和歌表現を的確に解析する有効なメソッドを提示。書記テクストを資料とする研究のおもしろさ。

みそひと文字の抒情詩　古今和歌集の和歌表現を解きほぐす
A5判 本体2800円　978-4-305-70264-7
藤原定家すら『古今和歌集』の和歌を理解できていなかった——長らく再刊が待たれていた旧著『やまとうた』をベースに全面書き下ろし。

日本語書記史原論　補訂版　新装版
A5判 本体2800円　978-4-305-70323-1
情報を蓄蔵した書記としての観点を欠いたままの解釈が通行した為に、日本語史研究は出発点を誤った。古代からの書記様式を徹底的に解析。

日本語の歴史　青信号はなぜ アオなのか
四六判 本体1900円　978-4-305-70234-0
変化の最前線としての現代日本語は、こんなに面白い！ 例えば、青信号はミドリ色なのに、なぜアオというのか。日本語の運用原理を解明。

日本語はなぜ変化するか　母語としての日本語の歴史
四六判 本体2400円　978-4-305-70184-8
日本人は日本語をどれほど巧みに使いこなしてきたか。ダイナミックに運用されてきた日本語を根源から説きおこし進化の歴史を明らかにする。